# LOUCA
# POR
# VOCÊ

M. LEIGHTON

# LOUCA POR VOCÊ

BAD BOYS • VOL.1
(DOWN TO YOU)

Tradução de
ALICE FRANÇA

1ª edição

EDITORA RECORD
RIO DE JANEIRO • SÃO PAULO
2013

CIP-BRASIL. CATALOGAÇÃO NA FONTE
SINDICATO NACIONAL DOS EDITORES DE LIVROS, RJ

Leighton, M.
L539d    Louca por você (Bad Boys, vol. 1) / M. Leighton; tradução de Alice França. – 1ª ed. – Rio de Janeiro: Record, 2013.

Tradução de: Down to you (The Bad Boys, Book 1)
ISBN 978-85-01-40448-0

1. Romance americano. I. França, Alice. II. Título.

13-02133
CDD: 813
CDU: 821.111(73)-3

Título original:
Down to you (The Bad Boys, Book 1)

Copyright © 2012 by M. Leighton

Texto revisado segundo o novo Acordo Ortográfico da Língua Portuguesa.

Todos os direitos reservados. Proibida a reprodução, no todo ou em parte, através de quaisquer meios. Os direitos morais da autora foram assegurados.

Direitos exclusivos de publicação em língua portuguesa somente para o Brasil
adquiridos pela
EDITORA RECORD LTDA.
Rua Argentina, 171 – Rio de Janeiro, RJ – 20921-380 – Tel.: 2585-2000, que se reserva a propriedade literária desta tradução.

Impresso no Brasil

ISBN 978-85-01-40448-0

Seja um leitor preferencial Record.
Cadastre-se e receba informações sobre
nossos lançamentos e nossas promoções.

EDITORA AFILIADA

Atendimento e venda direta ao leitor:
mdireto@record.com.br ou (21) 2585-2002.

### Ao meu marido
Por ter me amado e apoiado durante toda esta jornada louca, e por ter comemorado os momentos mais maravilhosos da minha vida comigo. Obrigada por estar por perto. Fico feliz por você ter decidido ficar.

### À Courtney Cole
Minha revisora-colaboradora e uma das melhores amigas que uma garota poderia ter. Te adoro, amiga, e quero que você seja minha vizinha. Faça isso rápido. Obrigada.

### Às Indie Hellcats
Sem suas contribuições noturnas, este projeto não teria esse lindo perfil. Seu apoio e carinho foram inesgotáveis, incríveis e despretensiosos. Sou eternamente agradecida à Georgia Cates por me introduzir no seu grupo.

Eu amo todas vocês.

E, como sempre, acima de tudo, agradeço **ao meu Deus.**

O Senhor é tudo. É isso.

# UM

# Olivia

Minha cabeça está girando levemente, mas de um modo agradável. Não consigo nem lembrar os nomes dos drinques que Shawna continua pedindo para todas nós. Só sei que são deliciosos. E fortes pra caramba. Uau!

— Quando o stripper vai chegar? Estou pronta para perder a linha! — grita Ginger. Ela é a louca, sem papas na língua, que sai com um garçom bem mais jovem, e trabalha conosco no Tad's Sports Bar and Grill, em Salt Springs, na Geórgia. Ela já é selvagem o bastante no seu ambiente natural, mas em um lugar desconhecido, em uma cidade como Atlanta, se transforma em uma tigresa, com garra e tudo. *Arrrr!*

Ela olha para mim e dá um sorriso. Seu cabelo loiro oxigenado assume um tom amarelado sob a luz fraca, e seus olhos azuis estão brilhando de um jeito diabólico.

Fico imediatamente desconfiada.

— Como é que é? — pergunto meio atordoada.

— Já falei com o gerente. Ele vai fazer a Shawna ajudar o stripper a tirar aquela roupa complicada que ele vai usar

— diz ela em meio a uma risada alta. Não dá para não rir ao imaginar a cena. Afinal, Shawna é toda estabanada.

— Ryan a mataria se ela tirasse a roupa de outro homem, mesmo na despedida de solteira!

— Ele nunca vai ficar sabendo. O que fica na sala VIP acontece na sala VIP — balbucia minha amiga.

— Será que você não quer dizer: "o que *acontece* na sala VIP *fica* na sala VIP"?

— Foi o que eu disse.

— Ah, sei.

Fico rindo enquanto a observo tomar mais um gole da sua bebida neurotóxica. Eu opto por água. Alguém tem de permanecer semilúcida. E é melhor que seja eu. Afinal, esta noite é da Shawna. Quero que ela se despeça da vida de solteira com a melhor festa do mundo. Com certeza, isto não inclui ter que me carregar para casa, nem limpar vômito nos seus sapatos.

Uma batida na porta da sala privativa faz todas nós virarmos as cabeças naquela direção. As garotas imediatamente começam a rir, gritar e vaiar.

*Ai, meu Deus! Espero que seja o stripper e não um policial, ou algo assim!* Quando a porta se abre, entra o cara mais inacreditavelmente lindo que eu já vi em toda a minha vida. Ele parece ter 20 e poucos anos, é bem alto e tem o corpo definido de um jogador de futebol; ombros e peito largos, braços e pernas musculosos e cintura minúscula. Ele está usando preto dos pés à cabeça, mas é o seu rosto o que mais impressiona.

*Meu pai do céu, ele é maravilhoso!*

O cabelo dele é curto, loiro escuro, e seu rosto é perfeito. Não dá para dizer a cor dos olhos enquanto examina a sala, mas posso ver que são escuros. Ele ameaça falar alguma coisa, quando seu olhar finalmente se dirige a mim, pousa no meu e me fita.

Fico completamente hipnotizada. Examino aqueles olhos atentamente, mas não consigo determinar a cor. Parecem quase pretos. Mesmo com a luz que atravessa a porta atrás dele, parecem duas marquinhas de nanquim. Então ele inclina a cabeça para o lado, só um pouquinho, enquanto me observa.

Aquilo me deixa nervosa. E excitada. Não sei por quê. Não tenho nenhuma razão para ficar nervosa *ou* excitada. Mas estou. Ele me deixa inquieta. Constrangida. Entusiasmada.

Ainda estamos fitando um ao outro, quando Ginger se levanta e o arrasta para o centro da sala, fechando a porta.

— Muito bem, Shawna. Venha dar adeus à sua vida de solteira agora mesmo!

As outras garotas começam a gritar para animá-la. Shawna sorri, mas recusa o convite, com um gesto de cabeça.

— De jeito nenhum! Eu não! — As futuras damas de honra tornam-se mais insistentes, duas delas chegam a puxá-la pelas mãos e arrastá-la.

Ela inclina-se para trás, tentando se afastar, balançando a cabeça mais energicamente.

— Não, não, não. Não quero. Vá alguma de vocês.

Ela começa a se debater na tentativa de se libertar, mas as garotas apertam com firmeza os finos pulsos dela. Quando olha para mim, seus grandes olhos castanhos me dizem tudo: ela está completamente apavorada.

— Liv, socorro! — Eu ergo as mãos num gesto que diz: *O que você quer que eu faça?* Ela faz um aceno com a cabeça, em direção ao grandalhão atrás da Ginger. — Vá você!

— Está louca? Não vou despir stripper nenhum!
— Por favor! Você sabe que eu faria isso por você.
E faria mesmo. Caramba!
*Por que a garota mais tímida e mais atrapalhada do mundo é pressionada a fazer coisas desse tipo?*
Como acontece normalmente, eu mesma respondo a minha pergunta:
*Porque ela é bobinha!*
Então respiro fundo, me levanto e caminho em direção ao Stripper Gostoso, levantando o queixo um pouco mais, de propósito. Ele ainda está me olhando com aqueles olhos negros sensuais.
Quando me aproximo, ele ergue lentamente as sobrancelhas.
Um calor intenso toma conta do meu corpo na mesma hora.
*Deve ser efeito daquelas bebidas fortes,* penso. *Só pode ser.*
Sinto-me excitada e um pouco sem fôlego. Mesmo assim, dou mais um passo adiante.
O Stripper Gostoso se afasta de Ginger e se vira para ficar totalmente de frente para mim. Em seguida, cruza os braços sobre o peito e espera, com as sobrancelhas ainda erguidas, intrigado. Ele não vai facilitar as coisas. Vai deixar tudo por minha conta, exatamente como a Ginger pediu.
Estimulando o momento, a música que estava tocando na sala, a noite toda, fica mais alta. É uma música sensual, com ênfase no som grave do contrabaixo. Claro que a música é inspiradora. Parece acentuar cada batida intensa do meu coração, à medida que me aproximo daqueles olhos aveludados.

Quando paro na frente dele, tenho de levantar o olhar. O meu 1,70m fica uns 30 centímetros abaixo da sua estatura elevada.

De perto, vejo que seus olhos são castanhos. Escuros. Castanho-escuros. Quase pretos.

*Pecaminosos.*

Estou me perguntando por que essa determinada palavra veio à mente, quando as garotas começam a me incentivar a tirar a camisa dele. Indecisa, olho para os rostos excitados e para ele de novo. Então, lentamente, ele abre os braços, mantendo-os estendidos.

Em seguida, dá um sorriso malicioso, com o canto da boca. A sua expressão, a linguagem do seu corpo é cheia de desafio.

Percebo que ele acha que eu não vou ter coragem de ir em frente. Provavelmente as garotas acham a mesma coisa.

E é exatamente por isso que eu vou.

Deixo a batida da música relaxar os meus músculos tensos, fixo um sorriso no rosto, enquanto me aproximo para puxar a camisa do Stripper Gostoso do cós da sua calça.

## DOIS

# Cash

*Caramba, ela é linda!*

O cabelo preto desta garota, seus olhos brilhantes, provavelmente verdes, seu corpinho sexy e o modo como ela parece só um pouco tímida me faz desejar que estivéssemos sozinhos nesta sala.

Seu sorriso não abandona os lábios, enquanto ela passa a mão em volta da minha cintura, para puxar a camisa de dentro da calça. Quando retira a última parte, ela começa a puxá-la para cima.

Mas então faz uma pausa. Durante uma fração de segundo, eu a vejo hesitar. Ela está tentando esconder que está insegura. Insegura do que está fazendo.

Encaro fixamente aqueles olhos claros. Não quero que ela pare. Quero sentir suas mãos na minha pele. Então eu a provoco, na esperança de alimentar a felina que posso apostar que está bem escondida, em algum lugar.

— Ah, qual é. Isso é tudo que você consegue fazer? — sussurro.

Ela olha bem dentro dos meus olhos e prendo a respiração, esperando ver qual dos seus lados vencerá o conflito. Completamente fascinado, observo o equilíbrio se alternar e a mudança se refletir nos olhos dela. Eles tornam-se um pouco mais brilhantes, um pouco mais agressivos. Eu nunca *vi*, de fato, alguém reunir coragem. Determinação. Esta garota se recusa a se dar por vencida, a recuar. Ela aceita o desafio. E isso é altamente sensual.

Sem tirar os olhos dos meus enquanto começa a puxar minha camisa, ela inclina-se um pouco mais e sinto uma brisa do seu perfume. É doce e levemente almiscarado. Sexy. Como ela.

Ela precisa colar seu corpo ao meu e ficar na ponta dos pés para conseguir passar a camisa por cima da minha cabeça. Posso sentir seus seios pressionando meu peito. Eu poderia facilitar a tarefa. Mas não faço nada. Gosto da sensação do corpo dela roçando no meu. E não vou acabar com isso, por nada neste mundo.

Quando termina de tirar a camisa, ela dá um passo para trás e me observa. Fica óbvio que está acanhada. É como se quisesse olhar, mas se sentisse um pouco constrangida, o que, por algum razão, só aumenta o tesão. Eu sei que, pelo menos a metade dos olhares na sala está me observando, *nos* observando, mas os dela são os únicos que posso sentir. Eles são como línguas de fogo lambendo a minha pele. São intensos e expressivos. Ou pelo menos assim parecem para mim.

Respiro fundo e ela percorre os olhos até o meu abdome. Depois oscilam, indo um pouco mais para baixo. Ela observa esta parte do meu corpo mais tempo do que deveria, mas não por tanto tempo quanto eu quero.

Começo a ficar excitado.

Então ela arregala os olhos e fica de boca aberta, apenas o bastante para passar a língua discretamente sobre os lábios para umedecê-los. Tenho que trincar meus dentes para não puxá-la para junto de mim e beijar aquela boca pequena e sensual.

Então a luz se acende. É o bastante para quebrar o encanto.

Ouço a voz de um homem. A voz de um homem muito irritado.

— Cara, que droga é essa? — É Jason. Eu sei por que ele está zangado.

Não é fácil desgrudar meus olhos dos dela. Eles possuem uma excitação tímida, relutante, que me fazem querer ver até que ponto posso instigá-la. Mas não faço isso. Instigá-la. Em vez disso, desvio o olhar, virando a cabeça para lançar os olhos, primeiramente a Jason, e depois à sala repleta de fêmeas literalmente babando. A brincadeira acabou.

*Droga. Isto estava começando a ficar divertido.*

Eu sorrio para o grupo de rostos vidrados em mim.

— Garotas, este é o Jason. Ele irá entretê-las esta noite.

Todos os olhos se viram para Jason, enquanto ele fecha a porta e se aproxima de mim. Eu me viro para a garota que está segurando a minha camisa. Ela está perplexa. E com razão.

— Como assim, ele vai nos entreter? — pergunta ela, virando seu rosto confuso na minha direção.

Não respondo imediatamente. Sei que logo ela irá entender.

Ela analisa Jason, tentando juntar as peças do que acabou de acontecer.

— Afinal, qual de vocês, belas mulheres, é a futura noiva? — pergunta Jason.

Percebo o instante em que a ficha cai. Seus olhos se arregalam novamente e, mesmo sob a luz fraca, vejo seu rosto ficar vermelho.

Ela olha para mim novamente e pergunta, intrigada:

— Se ele é o stripper, então quem é você?

— Cash Davenport. Sou o dono da boate.

# TRÊS

# Olivia

Não consigo deixar de encarar, boquiaberta, o proprietário da boate. Luto contra o impulso de procurar uma mesa para me enfiar debaixo. Nunca me senti tão envergonhada em toda a minha vida.

Ouço as garotas fazendo comentários sobre Jason, mas mal presto atenção. Metade do meu cérebro está concentrada unicamente no cara diante de mim.

Então fico enfurecida.

— Por que você me deixou fazer isso? Por que não disse alguma coisa ou se apresentou logo?

Ele sorri. *Sorri*, droga! Noto por um segundo que seu sorriso é espetacular, mas então minha humilhação retorna e ofusca completamente todo o resto.

— Por que eu faria isso, se deixá-la me despir foi tão mais divertido?

— Bem, porque é totalmente antiprofissional, para começo de conversa.

— Por quê? Vocês pediram um stripper. Faz alguma diferença quem eu mando vir?

— Não é essa a questão. Você nos enganou de propósito.

Ele cai na gargalhada. *Gargalhada*, droga! Que cara de pau.

— Não me lembro de ter prometido que mandaria um stripper *honesto*. Apenas um disposto a colaborar.

Eu cerro os lábios, furiosa. Ele é bem abusado.

Então, de maneira descontraída, como se não estivesse sem camisa diante de mim, ele cruza os braços por cima do peito. O gesto faz minha atenção se prender ao seu músculo peitoral perfeitamente definido e à tatuagem que cobre um lado inteiro do peito. Não consigo decifrar exatamente o que é, mas parte dela chega a se espalhar e se estende pelo seu ombro esquerdo, como dedos longos, irregulares.

Ele pigarreia e meus olhos voltam rápido para o seu rosto. Está sorrindo mais ainda, e eu retribuo fazendo cara feia, fuzilando-o com o olhar. Não consigo raciocinar com ele de pé, aqui, desse jeito. Ele é extremamente desconcertante sem camisa.

— Você não acha que deveria pelo menos se vestir?

— E você não acha que deveria pelo menos devolver a minha camiseta?

Olho para baixo e, claro, presa firmemente na minha mão, está a camiseta preta dele. Furiosa, eu a jogo sobre ele, que a agarra.

*Droga!*

O mais estranho é que, mesmo estando enfurecida, não sei muito bem por que estou tão zangada. Só sei que estou.

— Você está mesmo pegando fogo! Talvez eu devesse ter tirado a *sua* blusa — diz Cash, enquanto veste a camisa.

— Que diferença teria feito?

*Além do fato de que teria sido no mínimo umas dez vezes mais constrangedor.*

Ele para e sorri para mim, um sorriso sexy e convencido, que eu não quero que me impressione, mas pelo visto não consigo evitar.

— Se eu tivesse feito isso, com toda certeza você não estaria *aborrecida* agora.

Minha boca fica completamente seca quando uma imagem dessa cena oscila na minha mente: ele passando delicadamente a blusa por cima da minha cabeça, suas mãos na minha pele, seu corpo contra o meu, seus lábios tão perto que quase posso sentir seu gosto. Isto é o suficiente para me fazer esquecer a raiva.

Estou olhando fixamente para ele, de boca aberta — novamente —, enquanto ajeita a camisa. Quando termina, ele chega perto de mim. Eu permaneço imóvel. Seu sorriso se transforma em uma curva sedutora nos lábios que faz meus joelhos tremerem. Estou completamente encantada e embaraçosamente excitada quando ele se curva para sussurrar no meu ouvido:

— É melhor fechar essa boca antes que eu fique tentado a beijá-la e *realmente* dê motivos para você ficar agitada.

Quase engasgo. Estou chocada. Mas não com o que ele disse, mas sim porque isso é exatamente o que quero que ele faça, porque isso faz o meu estômago se contrair só de pensar.

Ele se inclina para trás e olha para mim. Não sei bem por qual motivo, mas fecho a boca, na mesma hora.

E ele percebe

*Droga!*

Vejo uma leve decepção em seu rosto. E, de um modo perverso, isto me agrada.

— Quem sabe da próxima vez — provoca, com uma piscadela. Então pigarreia, recua e olha à sua esquerda. — Senhoritas. — Cumprimenta as outras garotas, que não estão prestando nenhuma atenção, porque estão observando Jason provocar Shawna com seu peito, agora nu. Ele volta a olhar para mim e, de um jeito tipicamente sulista, diz: — Senhorita.

Em seguida, acena com a cabeça, se vira, abre a porta e sai, fechando-a lentamente atrás de si.

Eu nunca me senti tão tentada a ir atrás de alguém como nesse momento.

Abro os olhos só um pouquinho, quase certa de que vou sentir facas me apunhalando na cabeça. Mas a claridade da manhã no início de setembro que flui pela janela não é nem um pouco dolorosa. É o caso estranho da ressaca que nunca aconteceu. E estou agradecida por isso.

O que *é* doloroso, entretanto, é a lembrança da humilhação da noite anterior. Ela volta à minha memória num ímpeto, assim como a imagem do maravilhoso proprietário da boate, Cash. Eu me viro na cama e afundo o rosto no travesseiro, enquanto os detalhes vagueiam pela minha mente: alto, forte e rosto lindo, perfeito. Um sorriso de matar.

*Ai, meu Deus, aquele cara era tão gostoso!*

Mesmo agora, lamento que ele não tenha me beijado. É ridículo, mas poderia ter tornado o vexame um pouco menos... em vão.

Repreendendo a mim mesma, eu me viro de costas novamente e fico olhando para o teto. Sou inteligente o bastante para reconhecer quando estou prestes a ceder à minha única fraqueza de verdade. E é por esta razão — por causa do modo como meu pulso acelera quando penso naqueles olhos escuros me desafiando a despi-lo; por causa do modo como me sinto excitada quando penso nos lábios deles nos meus — que *tenho* de ficar contente por nunca mais voltar a vê-lo. Esse cara é a personificação da única coisa na vida da qual eu quero distância: me apaixonar por outro bad boy.

Como sempre, quando penso em relacionamentos desastrosos, penso em Gabe. Cash me lembra muito ele. Convencido, sexy, encantador. Indomável. Rebelde.

Um destruidor de corações.

Eu trinco os dentes, afasto os lençóis e vou até o banheiro. Tiro Gabe da cabeça, recusando-me a dar àquele cretino mais um segundo sequer da minha vida.

Depois de jogar água fria o suficiente no rosto para me sentir parcialmente humana, vou cambaleando para a cozinha. Mal percebo a mobília elegante e as obras de arte perfeitamente posicionadas quando passo pela sala de estar. Faz quase duas semanas que a garota que dividia o apartamento comigo se mandou, e tive de me instalar na casa da minha prima rica, Marissa. Por fim, me acostumei a ver como os ricos.

*Bem, mais ou menos,* penso enquanto paro para observar o relógio de 2 mil dólares na parede.

São quase onze horas. Quando entro na cozinha, estou um pouco irritada comigo mesma por desperdiçar uma boa parte do dia dormindo, isso me deixa de mau humor e estressada. Ver Marissa sentada na ilha, com suas longas pernas à mostra, cruzadas diante de um cara sentado num banco, não ajuda em nada o meu estado emocional.

Fico observando os ombros largos, cobertos com o lençol e o cabelo loiro escuro. Durante meio segundo, penso no que estou usando: um short masculino e uma camiseta regata; e na minha aparência: cabelo preto despenteado, olhos verdes sonolentos, e rímel borrado. Analiso a hipótese de voltar imediatamente para o quarto, mas essa opção se perde no instante em que Marissa fala comigo.

— Olha só, a Bela Adormecida! — diz minha prima com um enorme sorriso, enquanto caminha na minha direção.

Na mesma hora, fico desconfiada.

Pra começo de conversa, Marissa nunca é gentil comigo. Nunca. Ela é o perfeito triplo M: mimada, metida e maliciosa. Se houvesse *qualquer* outra opção de teto para cobrir minha cabeça, eu teria escolhido. Não que eu não seja agradecida. Eu sou. E mostro essa gratidão pagando a minha parte de um aluguel que Marissa sequer paga – o pai dela faz isso – e não a estrangulando enquanto ela dorme. Considero isto um gesto bem generoso da minha parte.

— Bom dia? — respondo, hesitante, com a voz rouca.

Os ombros largos diante de Marissa mudam de posição, e o cabelo loiro escuro se vira na minha direção. Os olhos castanho-escuros da cor do pecado me tomam de surpresa. E me deixam paralisada.

É Cash. O dono da boate.

Sinto o queixo cair e minha coragem desaparecer. Estou surpresa e constrangida; porém, acima de tudo, estou passada ao perceber o quanto ele fica muito mais atraente à luz do dia. De certo modo, acho que secretamente pensei que a minha reação a ele na noite anterior tivesse sido efeito do álcool, somado ao fato de estar tirando a sua roupa.

Obviamente, nenhuma das duas coisas tem a ver com o que está acontecendo comigo agora.

— O que você está fazendo aqui? — pergunto, confusa.

Ele franze a testa, intrigado.

— Desculpe, o que foi que você disse?

Em seguida, lança um olhar à Marissa, e novamente para mim.

— Espere um minuto. Nash, você a conhece? — pergunta Marissa, sua gentileza agora estranhamente deixada de lado.

*Nash? Nash, o namorado da Marissa?*

Não faço a menor ideia do que dizer. A minha mente desordenada está tendo dificuldade em colocar as peças do quebra-cabeça no seu devido lugar.

— Não que eu saiba — diz Cash/Nash, com uma expressão totalmente apática.

Quando finalmente me dou conta do que está acontecendo, minha confusão e meu constrangimento dão lugar à raiva e indignação. Se tem uma coisa que detesto mais que um traidor é um cara mentiroso. Os mentirosos me causam repugnância e ódio.

Automaticamente, assumo o controle dos meus sentimentos. Preciso de pouco esforço para permanecer calma agora, resultado de uma vida inteira engolindo em seco, escondendo emoções.

— Ah, é mesmo? Você sempre esquece as mulheres que tiram quase toda a sua roupa? Que conveniente...

Algo brilha em seus olhos. Será que ele está... achando graça?

— Acho que eu me lembraria de algo assim. Pode acreditar nisso.

Marissa pula do banco e assume uma postura agressiva, com as mãos fechadas nos quadris.

— O que é que está acontecendo aqui?

Eu não sou o tipo de mulher que gosta de causar problemas entre um casal. O que eles fazem e escondem um do outro é problema deles. Mas desta vez é diferente. Não sei por que, mas é.

*Talvez porque ela seja minha prima.*

Digo isso a mim mesma, mas sei que não há nenhum sentimento de afeição entre mim e Marissa. Outro pensamento vem à minha mente, um pensamento que diz que estou aborrecida por ter sido esquecida, de forma tão simples, pelo cara em quem acordei pensando — mas descarto essa ideia completamente, rotulando-a como "ridícula", e sigo em frente.

Primeiro, me dirijo à Marissa:

— Bem, acontece que o *Nash* aqui apareceu na despedida de solteira da Shawna ontem à noite, dizendo que era o proprietário da boate e que se chamava *Cash*. — Em seguida, me viro para o impostor em questão. Por mais que eu tente, não consigo tirar o sarcasmo do meu tom de voz: — E você. Fala sério! Cash e Nash? Não acha que poderia ter sido um pouco mais original? Que coisa mais estúpida!

Fico esperando que Marissa tenha um ataque de fúria, e Cash/Nash se arrependa imediatamente, ou até que chegue a mentir para sair desta situação. Mas o que acontece em seguida é o que eu menos poderia imaginar.

Ambos caem na gargalhada.

Enquanto assisto, confusa, parece que a diversão dos dois só faz aumentar. Consequentemente, a minha raiva cresce.

É Cash/Nash quem fala primeiro:

— Acho que Marissa não mencionou que eu tenho um irmão gêmeo, não é?

## QUATRO

# Nash

Eu observo a gama completa de emoções oscilarem através do rostinho bonito desta garota. Confusão, raiva, indignação, prazer e, mais uma vez, confusão. Por fim, seu rosto se fixa em uma expressão de descrença.
— Você está brincando.
— De jeito nenhum. Quem se daria ao trabalho de inventar uma história dessas?
Ela ainda está me encarando com um olhar confuso.
— Então você é o Nash.
— Correto.
— E tem um irmão gêmeo chamado Cash.
— Correto.
— Cash e Nash.
Dou de ombros.
— O que eu posso fazer? Minha mãe curtia música country.
— E Cash é o dono daquela boate, Dual.
— Correto.
— Deste modo, isto faz de você o advogado.

— Bem, não tecnicamente. Pelo menos, não ainda. Mas, sim.

— E não estou participando de uma pegadinha.

Eu rio.

— Não, você não está numa pegadinha — replico.

Ela morde o lábio inferior enquanto tenta compreender tudo aquilo. Não creio que ela faça ideia do quanto é sexy e lindinha.

Quando tudo fica esclarecido, ela respira fundo e pergunta:

— Podemos recomeçar?

— Claro.

Um sorriso brilhante vem imediatamente aos seus lábios e ela aponta para mim.

— Você deve ser Nash, o namorado. Eu sou Olivia, prima meio sem graça da Marissa.

Eu sorrio mais uma vez.

— Prazer em conhecê-la, Olivia, prima meio sem graça da Marissa.

*Duvido que haja qualquer coisa sem graça em você.*

Ela retribui meu cumprimento com um gesto de cabeça e se vira para ir até a cafeteira. É tudo que posso fazer para deixar de fitá-la. Tenho que me *obrigar* a ficar concentrado na bela loira que está diante de mim. Sempre que eu olhava para Marissa, via uma mulher elegante, escultural, maravilhosa. Mas, esta manhã, estou lamentando que ela não seja uma morena linda, sexy e toda amarrotada.

Merda! Isto não é nada bom!

# CINCO

# Olivia

— Ai, meu Deus! Você não pode estar falando sério! — murmura Shawna, enquanto mastiga um pedaço do bolo de casamento.

Quero rir das migalhas que voam da sua boca. Acompanhá-la a uma degustação de bolo foi a coisa mais divertida, perdendo apenas para a festa de despedida de solteira.

— Bem que eu gostaria de estar brincando, mas não estou. Foi horrível! — Sinto o rosto ruborizar de vergonha só de *contar* o que aconteceu com Nash.

— Bem, pelo menos foi o irmão, e não aquele que você praticamente violentou.

Dou um tapinha no braço da Shawna.

— Eu *não* violentei ninguém!

— Não, mas bem que queria.

— Foi mais como...

— Não minta pra mim, sua piranha! Eu te conheço muito bem. Ele tinha aquela coisa de bad boy. Fiquei surpresa por você não ter enroscado as pernas, a boca e tudo mais no corpo dele, ali mesmo.

— Meu Deus, Shawna, você fala como se eu fosse uma mulher da vida.

— Mulher da vida? Que termo é esse? — Ela me lança um olhar cético.

Então, nós duas damos uma risadinha. A minha se transforma em uma gargalhada escancarada, quando vejo a cobertura vermelha do bolo no dente da Shawna.

— Não conta pra ninguém. Esse era um termo usado pela Tracey — explico, referindo-me à minha mãe. Ela era a "madame perfeitinha". Palavras como *puta* e *vadia* não faziam parte do seu vocabulário. Mas, pelo visto, *divórcio* e *abandono* sim.

— Nem comece a falar dela. Vou trucidar uma piranha!

— Sabe, de fato é meio assustador você dizer isso agora com esses dentes. Parece que você acabou de comer o fígado de alguém. — A cobertura na sua boca, vermelha como sangue.

— Foi o que fiz. E estava delicioso com um belo vinho Chianti e um pouquinho de feijão fava — diz Shawna, na sua melhor imitação da voz de Hannibal Lecter, fazendo um ruído esquisito com a boca em seguida, como se estivesse sugando alguma coisa.

Gargalhamos de novo, chamando a atenção da atendente elegante da loja, que nos lança um olhar de repreensão.

— Acho bom você se comportar. Posso apostar que dá azar ser expulsa de uma loja de bolo de casamento um mês antes da cerimônia.

Shawna sorri com recato para a atendente, os lábios praticamente fechados enquanto fala comigo:

— Se você tivesse um pedaço de carvão, nós poderíamos segurá-la, enfiá-lo na bunda dela, e voltar daqui a alguns dias para buscar um enorme diamante.

— Tenho certeza que leva mais do que alguns dias para o carvão virar um diamante, Shawna.

— Não naquela bunda apertada.

Lançando um olhar discreto à mulher de rosto sisudo, mudo de opinião.

— Você deve ter razão.

— Bem, enquanto temos todo esse doce circulando pelo nosso sangue, vamos arquitetar um plano para você roubar o Nash da Marissa. Garanto que seria o melhor presente de casamento *do mundo* ver a cara daquela piranha metida.

— O quê? Ficou louca? Não vou roubar ninguém de ninguém!

— E por que não? Esse cara parece ser tudo que você sempre quis.

Eu dou um suspiro.

— Eu sei. — E é verdade. Ele é incrivelmente lindo, encantador, obviamente inteligente, bem-sucedido, maduro, responsável. Tudo que minha mãe tinha enfiado na minha cabeça, desde que eu era criança. Tudo que ela achava que o meu pai não era. E Nash também não é um bad boy, o que é a sua melhor qualidade. Posso discordar da minha mãe em muitas coisas, mas sei que ela tem razão em relação ao tipo de homem que se deve ter em mente. Tive a oportunidade de comprovar a teoria dela repetidas vezes. Talvez alguém como Nash pudesse ajudar a mudar o meu coração teimoso. Até agora, parece que estou destinada a me apaixonar pelo cara errado.

— Então, qual é o problema? Vá atrás dele.

— Não é tão simples assim. Em primeiro lugar, não sou esse tipo de mulher.

Shawna pousa o garfo e me olha furiosa.

— E que tipo de mulher seria esse, exatamente? — pergunta ela. — O tipo que vai atrás daquilo que quer? O tipo que assume o controle da própria vida? O tipo que faz tudo o que puder para encontrar a felicidade? Ah, não. Você não é esse tipo, de jeito nenhum. Você é a mártir. Você é aquela que vai deixar a vida passar só para não correr mais riscos.

— Querer um diploma que vai me dar a chance de ajudar o meu pai não faz de mim uma mártir.

— Não, mas desistir de outras áreas da vida para poder voltar a morar no quinto dos infernos, sim.

— Ele já teve uma mulher que o abandonou. Eu me recuso a ser a segunda — argumento, sem conseguir evitar o tom agudo na voz. Shawna está mexendo com as minhas emoções.

— Viver a sua vida não significa abandonar seu pai, Liv.

— Isto foi exatamente o que *ela* falou.

Em relação a isto, Shawna não diz nada.

Assistir as aulas mais importantes de contabilidade, logo nos dois primeiros anos de faculdade, havia sido uma decisão inteligente. Porém, mesmo com um horário flexível de aulas fáceis, por alguma razão ainda me sinto cansada hoje. É noite de sexta-feira e o fim de semana só está começando.

*E já está uma droga.*

Eu gostaria de pensar que é somente o pavor de ter que trabalhar no fim de semana, mas sei muito bem que não é só isso. Tem a ver com aquela conversa estúpida que eu tive com a Shawna durante a degustação de bolo.

*Este cara parece ser tudo que você sempre quis.*

Suspiro. Isso está ficando mais claro a cada dia que passa.

Nash visitou Marissa todas as noites esta semana. Quanto mais ouço ele falar, vejo seu sorriso e observo como age, mais lamento *não ser* o tipo de pessoa que vai, sem dó nem piedade, atrás do que quer.

Mas não sou assim. Marissa detém a exclusividade dessa característica. Bem, Marissa e minha mãe.

*Se algum dia eu me tornar uma ladra, Nash será a primeira coisa que vou roubar.*

Posso ouvir sua voz grave, enquanto ele conversa com Marissa. Não há dúvida que ambos têm planos bem excitantes para hoje à noite. Suas vidas milionárias são o recheio dos contos de fadas. Infelizmente, a minha vida está *bem* longe dos contos de fadas.

Com uma chacoalhada firme que faz meus olhos lacrimejarem, ajeito o meu rabo de cavalo e me olho no espelho. O uniforme de trabalho de Marissa é um blazer de mil dólares e sapatos Jimmy Choo. O meu é um short preto e uma camiseta preta com os dizeres: *Dê uma passadinha no Tad's*. Uma garota como eu nunca terá uma vida daquelas.

Fico contente quando ouço a porta da frente se fechar. Pelo menos agora não tenho de passar pela dupla dinâmica para poder sair. O fim de semana já está uma merda, e só está começando. Ter que vê-los babando um pelo outro é a última coisa que eu preciso.

Por garantia, aguardo alguns minutos. Depois, pego minha bolsa e as chaves, jogo a mochila, na qual carrego tudo e mais um pouco, no ombro e me dirijo à porta. Estou pensando que deveria ter ido ao banheiro antes de sair, quando levanto os olhos e vejo Nash no seu carro preto luxuoso, falando ao telefone. Sem prestar atenção no que estou fazendo, não me dou conta do meio-fio e acabo levando um tombo.

Provavelmente eu teria conseguido manter o equilíbrio se não estivesse sobrecarregada com o peso no ombro. Como pisei em falso, foi impossível evitar a queda.

Caio com as pernas para cima, dentro do estacionamento. Na minha cabeça, eu me vejo dando aquelas cambalhotas de palhaço, balançando os braços e as pernas.

Pois é. Estou fazendo papel de otária. Mais uma vez. E bem na frente do Nash.

*Quantas vezes mais eu vou ter que passar vergonha diante deste cara?*

Estou pensando nisso, enquanto tento me recompor, o mais rápido possível. Porém, antes de conseguir me desvencilhar do emaranhado das alças das bolsas, sinto duas mãos fortes agarrando os meus braços e me levantando.

Nash está cara a cara comigo. Seus olhos castanho-escuros, como chocolate, demonstram preocupação, e seu perfume exala um leve toque de colônia cara, algo almiscarado. Misterioso. Sexy.

— Tudo bem?

Fico toda atrapalhada.

— Estou contente por não ter feito xixi em mim mesma — falo sem pensar. Percebo uma discreta perplexidade na sua expressão e sinto meu rosto arder de vergonha.

*Ai meu Deus, por que falei isso?*

Então ele ri. Sua boca perfeita se abre num largo sorriso, revelando dentes igualmente perfeitos. Seu rosto se transforma de lindo em algo simplesmente de tirar o fôlego. E a risada... É forte e intensa, e desliza como seda sobre a minha pele.

Eu sei que estou olhando fixamente para ele, mas não consigo tirar os olhos dos lábios tão próximos dos meus. Eles parecem tanto com os do seu irmão. Tão lindos. Tão proibidos. E apesar de saber que não deveria, eu gostaria, com a mesma intensidade, que ele me beijasse.

*O que é que está acontecendo comigo?*

— Eu também.

Agora a minha cabeça dá um nó.

— Como? — pergunto, confusa.

— Eu também — repete ele.

— Também o quê?

— Também estou contente que não tenha feito xixi em si mesma.

*Ah, tá. Era isso.*

Pelo visto, é uma lei da física eu pagar mico toda vez que encontro esse cara. E seu irmão, também!

Eu me afasto dele para conseguir raciocinar e sorrio timidamente, balançando a cabeça.

— Ah, meu Deus! Desculpe. Eu... eu só estava querendo dizer que deveria ter ido ao banheiro antes de sair. Bebi muita água hoje.

Então rio, envergonhada. Ele continua me olhando como se achasse graça. Que situação horrível!

— Para onde você está indo? — pergunta.

— Para o trabalho.

— Ah, sim. E onde fica? — Enquanto pergunta, ele enfia a mão no bolso, como se estivesse assumindo uma posição confortável para encarar uma longa conversa.

— Tad's Bar and Grill, em Salt Springs.

— Salt Springs? — repete, intrigado. — Isso fica a mais de uma hora daqui?

— Exato, por isso tenho que ir logo.

Preciso escapar dele antes que algo mais constrangedor aconteça. Como, por exemplo, estender a mão e tocar o tórax definido que consigo perceber sob sua camisa cara.

— Certo. Bem, dirija com cuidado.

Com um aceno de cabeça e um sorriso educado, ele se vira e volta para o carro, que está com o motor ligado, a poucos metros de distância.

Eu praticamente corro para o meu Honda Civic velho. Ele nunca pareceu tão acolhedor. Ou mais como uma cápsula de fuga. Pulo no banco, bato a porta e suspiro aliviada.

Porém, para minha aflição, ao virar a chave, só ouço um ruído lento e contínuo. O carro não quer pegar, de jeito nenhum.

Dou uma conferida no marcador de gasolina. Pela metade. Não é esse o problema. Dou uma olhada nas luzes do painel. Tudo aceso e nos conformes. Não é bateria fraca. Fora isso, não faço a menor ideia do que verificar.

Sinto-me completamente perdida, olhando para o volante, me perguntando o que vou fazer, quando vejo Nash atravessar em frente ao meu carro e se aproximar da janela. Eu abaixo o vidro.

Tento sorrir, quando minha vontade é de chorar.

— O carro não quer pegar? — pergunta ele.

— Não.

— O que acha que deve ser?

— Não faço ideia. Eu tenho ovários; portanto, tenho aversão a tudo o que é mecânico.

Ele dá uma gargalhada.

— Você é o do tipo que só sabe colocar gasolina e trocar o óleo, não é?

— Mais ou menos isso.

— Vou dar uma olhada. Dá para levantar o capô? — pergunta Nash, enquanto arregaça as mangas da camisa.

*Nossa, até o antebraço do cara é sexy!*

Então, olho para a minha esquerda. Vejo o pequeno símbolo do capô. Ainda bem que pelo menos *isso* eu sei onde fica.

Puxo a alavanca.

Não sei se devo sair do carro ou ficar quietinha. Com objetivo de autopreservação, opto por ficar quietinha. Permanecer no carro, distante de Nash, reduz drasticamente a probabilidade de fazer ou dizer algo idiota. Isto sempre é bom.

Pela fenda da dobradiça do capô, posso ver Nash mexendo em um monte de coisas, puxando mangueiras e fios e forçando algo para baixo. Então vejo-o sacudir as mãos e fechar o capô.

Ele volta à janela.

— Não consegui descobrir nada de errado a princípio, mas não sou mecânico. Parece que este carro que não vai andar durante algum tempo. Quer que eu chame o reboque?

Não consigo evitar um profundo suspiro de frustração.

— Não, tudo bem. Faço isso depois de ligar para o trabalho.

— Tem certeza?

Abro o sorriso mais confiante que consigo, o que não é lá essas coisas, tenho certeza.

— Sim, absoluta. Mas obrigada de qualquer jeito.

— Quer que eu espere com você?

O meu riso é amargo.

— Não precisa. Eu prefiro levar bronca sem a presença de outras pessoas, se você não se importa.

Ele me olha intrigado e fala:

— Vai ter problemas no trabalho?

Eu faço um gesto com a mão, demonstrando que está tudo bem.

— Nada que não seja habitual.

Ele acena com a cabeça e começa a se afastar, mas para de repente. Eu o vejo conferir a hora no relógio e, em seguida, levantar os olhos, como se estivesse pensando. Fica óbvio que sua mente está acelerada.

— Você não quer uma carona?

— De jeito nenhum! Você já tem planos com a Marissa. Além disso, meu trabalho fica *totalmente* fora do seu caminho. Salt Springs é totalmente fora do caminho *de qualquer pessoa*.

— Nós íamos apenas sair com alguns colegas. Posso chegar um pouco atrasado. Não é nada importante.

— Bem, pra mim é. Vou ficar bem. Agradeço a gentileza, mas vou ser obrigada a recusar.

— Recusar? — diz Nash, piscando os olhos de um jeito malicioso. — E se eu insistir?

— Pode insistir o quanto quiser. A minha resposta não vai mudar.

Nash olha para mim, cerrando os olhos, e dá um meio sorriso com o canto dos lábios. Em seguida, caminha lentamente até a janela do meu carro e se debruça, colocando os braços no espaço aberto. Seu rosto está a poucos centímetros do meu.

— Eu poderia forçá-la.

A maneira como ele diz isso passa a impressão de algo misterioso e indecente, e totalmente irresistível. Fico imaginando o que eu gostaria que ele me forçasse a fazer.

Há um termo repugnante para isso, quando um cara força uma mulher a prestar favores sexuais. Mas como é mesmo que se diz por aí? Se for consentido, não é estupro. E, no meu caso, seria consentido. E como!

Minha boca está tão seca que a língua fica presa no céu da boca. E o máximo que consigo fazer é balançar a cabeça, negativamente.

Num gesto rápido, Nash enfia a cabeça pela janela do carro e puxa a chave da ignição. Então, exibe um sorriso convencido ao retirar a cabeça de dentro do carro e dar a volta até o lado do passageiro. Depois, abre a porta e pega as minhas duas bolsas do banco. Antes de fechá-la, ele diz:

— É vir comigo ou dormir num carro que não quer pegar. Você é quem sabe.

Com isto, ele bate a porta e se afasta casualmente, levando as minhas coisas para o seu carro e colocando tudo no banco de trás. Então, recosta na porta do motorista, cruza os braços sobre o peito e fica olhando para mim. O desafio fica evidente.

Eu seria teimosa o suficiente para conseguir achar uma solução para aquilo, se *realmente* não quisesse a carona. Mas aí é que está o problema: *eu quero*. Só de passar mais um tempo com ele, sem Marissa por perto, é como um presente dos deuses. Bem, isso não quer dizer que eu tenha algum plano para tentar roubá-lo da minha prima. Ou sequer que isso estaria ao meu alcance. Marissa reúne todas as qualidades desejáveis numa mulher. Ela é uma vaca irritante, mas é uma gata, rica, bem-sucedida, e tem um monte de contatos no mundo da advocacia em Atlanta.

Agora, vamos a mim: sou uma estudante-de-contabilidade-barra-atendente-de-bar-barra-filha-de-fazendeiro. Pois é.

Roubar o Nash não é uma opção, mesmo se eu fosse do tipo que tentaria fazer uma coisa dessas.

Por sorte, isto torna uma carona com ele algo ainda menos perigoso.

Depois de levantar o vidro, salto do carro e tranco a porta, antes de me dirigir ao interior sofisticado do BMW dele. Não faço nenhum comentário sobre o sorriso satisfeito que ele está exibindo quando senta-se ao meu lado. É melhor ele achar que ganhou a disputa.

— Afinal, foi tão difícil assim?

Tento manter um sorriso ligeiramente tolerante, contendo o meu entusiasmo.

— É, acho que não. Você não dá mole mesmo.

— Já me disseram isso.

— Não tenho a menor dúvida — murmuro. Quando ele vira a cabeça na minha direção, eu sorrio inocentemente.

— O que foi?

Ele parece desconfiado.

— Pensei ter ouvido você dizer alguma coisa.

— Não. Eu não falei nada.

Sufoco um sorriso, enquanto ele dá a ré para sair do estacionamento.

# SEIS

# Nash

Observo Olivia pelo canto do olho, enquanto vou em direção à autoestrada interestadual. Sei que estou procurando encrenca ao inventar tais meios para passar um tempo maior com esta garota.

Não que eu deixasse de ajudar qualquer mulher em uma situação semelhante. Mas será que eu chegaria a esse ponto? Provavelmente não. E insistiria? Definitivamente não.

*Por que você não ficou apenas esperando com ela até a chegada do reboque e depois foi embora?*

Não sei a resposta, mas parece que ela tem alguma coisa...

Ela é linda, sem dúvida, embora não seja exatamente o meu tipo. Ela é o oposto da Marissa, de praticamente todas as formas, física e qualquer outra. E, embora se encaixe perfeitamente em tudo na minha vida, não me sinto atraído por Marissa como me sinto por esta garota.

E isto não é nada bom.

E sei muito bem.

Mesmo assim, aqui estou. Atravessando o estado para deixá-la no trabalho. Enquanto a minha namorada está esperando por mim.

*Ah, merda! Marissa!*

No instante em que acelero para subir a rampa de entrada, me viro para Olivia.

— Você se importa se eu avisar a Marissa?

Ela sorri e responde com um gesto negativo de cabeça.

Então aperto alguns botões no console para desligar o Bluetooth. Não quero que Olivia ouça a minha conversa com Marissa.

— Onde você está? — pergunta, assim que atende o meu telefonema.

— O carro da Olivia quebrou. Estou dando uma carona para ela até o trabalho e depois vou para aí.

— Olivia? A minha prima, Olivia?

— Naturalmente. Quem mais?

— E você vai levá-la até o trabalho? Em Salt Springs?

— Sim.

Eu me deparo com o silêncio. Sei como a Marissa é em relação a outras pessoas. Tenho plena consciência dos comentários e do acesso de raiva que ela está suprimindo para me poupar. Ela sabe como manter sua fachada cuidadosamente intacta. E sabe muito bem que o nosso relacionamento terminaria se ela não fizesse isso. Por essa razão, não fala nada até conseguir controlar a raiva.

— É uma enorme gentileza da sua parte fazer isso. Apenas saiba que não é sua obrigação. Ela é da minha família, mas eu nunca pediria a você para sair do seu caminho desse jeito.

— Eu sei que você não faria isso. Mas não é problema nenhum.

Outra pausa.

— Certo. Acho que o verei dentro de algumas horas, então.

— Até logo.

Quando ponho o telefone no porta copos, vejo Olivia me olhando.

— Algo errado?

— Eu estava me perguntando a mesma coisa. Ela está zangada?

— Não — respondo. — Por que estaria?

— Você *conhece* a garota que está namorando?

Não consigo evitar a risada.

— Ela não é assim. Ela levou numa boa.

— Huuum, sei.

— Obviamente vocês não morrem de amores uma pela outra. Então, por que você está morando com ela?

Lanço os olhos à Olivia e vejo seu rosto se contrair.

— Estou agindo como uma bruxa ingrata, não é? E ela *é* a sua namorada. Desculpe!

*Merda, eu a aborreci.*

— Por favor, não peça desculpa. Não foi minha intenção aborrecê-la. Eu só estava curioso em saber como tudo começou.

— Marissa não contou a você?

— Não. Ela não fala muito sobre isso.

— Faz sentido — murmura Olivia. Eu finjo que não a ouço, mas tenho vontade de sorrir. — Bem, a garota que dividia o apartamento comigo nos últimos dois anos, de repente, decidiu ir com o namorado para o Colorado sem me falar nada. Aí chegou a hora de renovar o aluguel e eu não tinha dinheiro para pagá-lo sozinha, então tive de fazer outros planos. Minha melhor amiga me ofereceu o sofá da casa dela, mas ela vai se casar no mês que vem; portanto, isto está fora de cogitação. Só me restaria apelar para os dormitórios. Então o pai de Marissa permitiu que eu fosse morar com ela. Ele não está me cobrando tanto quanto eu teria de pagar por alojamento e alimentação na faculdade, o que é ótimo porque isso seria um enorme problema para mim. Estou com um orçamento bastante apertado, embora o Tad me pague um bom salário para trabalhar no bar. — Ela olha para mim, e aceno com a cabeça, num gesto de compreensão. — Pode não parecer, mas eu sou realmente grata. O problema é que essa última semana foi péssima.

— Quer dizer então que você é bartender?

— Sim.

— Posso perguntar por que você dirige toda essa distância, quando há provavelmente dezenas de bares na cidade que contratariam você para trabalhar?

— O Tad paga melhor do que qualquer outro lugar que verifiquei. Muitas garotas que trabalham lá ligam para avisar que irão faltar nos seus turnos de fim de semana, então ele acaba me pagando mais para fazer hora extra. Trabalho lá há dois anos e o conheço há muito tempo. Ele sabe que pode contar comigo.

— No final das contas acho que acabou sendo bom eu ter forçado para que você aceitasse a carona.

Ela sorri. É um sorriso atraente, sexy que me faz querer beijá-la.

E isto não é nada bom.

— Acho que vou ficar devendo.

— Estou certo de que posso pensar em alguma coisa como retribuição ao favor.

*Qual é cara, resolveu passar uma cantada na garota?*

Até para os meus ouvidos, o meu comentário parece sugestivo. O triste é que era essa a intenção. Há literalmente uma dúzia de coisas que eu gostaria que ela fizesse por mim. Ou para mim. Ou que ela me deixasse fazer.

Ela abre um sorriso.

— Então me avise quando pensar em algo.

*Ótimo! Agora ela está retribuindo a cantada!*

Eu deveria me incomodar. Deveria resistir. Mas não resisto. Nem em sonho!

Tenho que mudar de assunto.

— Bem, eu não sei quanto meu irmão paga, mas sei que ele é muito competitivo. Posso falar com o Cash sobre você. Ele pode ter uma vaga.

Vejo o pânico estampado no seu rosto.

— Não!

— Tudo bem — digo, um pouco surpreso pela sua reação. — Posso perguntar por que não?

Ela suspira e se recosta no apoio de cabeça, fechando os olhos.

— É uma história longa e muito constrangedora.

— Tem alguma coisa a ver com o fato de você ter tirado a roupa dele?

Imediatamente, ela afasta a cabeça do encosto e se vira para mim, de olhos arregalados.

— Ele falou algo sobre isso?

— Não, mas você mencionou esse detalhe, naquele dia que nos conhecemos na cozinha, lembra?

Sua expressão se acalma.

— Ah, sim. Tem razão.

— Só por causa de um pequeno incidente como aquele, você recusaria uma oferta de emprego para trabalhar mais perto de casa, e que provavelmente traria mais dinheiro para o seu bolso?

— Bem, o detalhe "mais dinheiro para o meu bolso" ainda teria que ser confirmado. Você não sabe quanto ele paga.

— Posso quase garantir que seria um bom salário. A boate dele é um sucesso.

— Huuum — responde mais uma vez.

— Você deveria pelo menos pensar a respeito. A não ser que precise ser forçada novamente. Posso muito bem carregá-la até lá.

Ela se vira para olhar para mim e sorri. E não há nada que eu queira mais do que parar o carro e arrastá-la para o meu colo.

— Pensando bem, eu preferia que você me fizesse levá-la à força.

*O que você está fazendo, cara?*

Ela ergue a cabeça e a inclina para o lado.

— Isso é uma cantada?

Eu dou de ombros. Ela é muito direta. Gosto disso.

— Você se incomodaria se fosse?

— Marissa é minha prima, você sabe.

— Mas você mal a suporta.

— O problema não é esse. Acontece que não sou *esse* tipo de garota.

Eu a observo. E não duvido da sua declaração nem por um segundo. Ela pode até achar a Marissa uma vadia fria e calculista, mas nunca faria nada de propósito para magoá-la.

— Acredite ou não, sei que você não é assim. Sou um bom juiz de caráter e não tenho a menor dúvida que você não é *esse* tipo de garota.

Olivia assume uma expressão intrigada.

— Então por que está dando em cima de mim? — Ela está séria. Não está sorrindo ou me provocando, tampouco me julgando. Só está curiosa.

Fico fascinado e, durante um segundo, sou completamente franco.

— Não consigo evitar.

# SETE

# Olivia

*Como é que eu fui deixá-lo me convencer a fazer isso?*

Estou de pé, diante da porta principal da boate Dual. Olho bem para a placa. E não consigo deixar de sorrir. Dual. Duplo. Dois. Gêmeos. Pelo visto, Cash é safado em tudo o que faz. E inteligente.

*Droga.*

Ainda é dia, e o estacionamento está vazio. Estou em dúvida em relação ao que estou prestes a fazer. Desde domingo à noite, quando meu pai me levou para casa da minha prima, Nash ficou me enchendo o saco para que eu o deixasse arranjar um emprego para mim, na boate.

Embora aparentemente não se dê muito bem com o irmão, Nash se ofereceu para me trazer até aqui e me apresentar oficialmente a ele. Idiota e teimosa como sou, eu me recusei a sequer pensar a respeito do emprego. Mas agora que o fim de semana está se aproximando e estou começando a ficar preocupada com o fato de ter que ir até Salt Springs para trabalhar no Tad's, estou mais otimista em relação à oportunidade na Dual. Infelizmente, Nash teve de sair da cidade novamente, então fui obrigada a vir sozinha. Mas estou começando a ficar em dúvida. Especialmente porque o que mais me faz querer permanecer por perto nos fins de semana é a oportunidade de passar mais tempo com Nash, que está numa zona proibida.

*Você é muito babaca mesmo! Querendo arranjar encrenca!*

Dou um profundo suspiro e desloco o peso de um pé ao outro, na dúvida do que fazer. Olho para o meu carro com carinho e lembro-me de Nash chamando um mecânico para consertá-lo, antes mesmo que eu chegasse em casa, no domingo. Acabou sendo um probleminha simples, com uma vela de ignição, acho que foi o que ele disse. Mas ainda assim... Ele o consertou.

Suspiro de novo.

A possibilidade de passar mais tempo com Nash, e o fato de que ele poderia casualmente fazer uma visitinha só para ver se estava tudo bem, me empurram em direção à boate.

Abro a porta e entro no salão escuro. Mesmo em pleno dia, muito pouca luz entra pelas janelas pequenas e altas.

O lugar parece totalmente diferente sem o jogo de luz e a multidão comprimida entre as paredes. As mesas elevadas estão limpas e vazias, o chão preto está brilhando, dá para se ouvir uma espécie de música instrumental saindo suavemente das caixas de som, e a única iluminação em todo o salão é a da luz das vitrines de licor, atrás do balcão do bar.

Nash mencionou que Cash estaria aqui o dia todo, mas estou começando a pensar que eu deveria ter pedido a ele para marcar um horário. Não faço a menor ideia de onde procurá-lo.

A beirada da minha sandália de dedo faz um barulho surdo cada vez que bate nos meus calcanhares, enquanto atravesso o salão. Vou até o bar e puxo um banco para me sentar, esperando que Cash esteja vigiando o lugar, já que a porta estava aberta.

Quase desmaio de susto quando ele surge, inesperadamente, atrás do balcão.

— Você deve ser a Olivia.

— Puta que pariu! — xingo, colocando a mão no peito para controlar o coração.

Ele ri.

— Com uma boca assim, vai ficar bem à vontade por aqui. — Se eu não estivesse tão surpresa, provavelmente não gostaria daquele comentário. Em vez disso, sorrio.

— Você faz aflorar tudo o que tenho de pior. O que posso fazer?

Cash está usando uma camiseta preta que deixa totalmente à mostra os seus braços definidos e a interessante tatuagem que dá maior realce ao lado esquerdo do peitoral. Tento não pensar nele como um cara gostoso, mas esta é a palavra que não sai da minha cabeça.

*Droga!*

Ele apoia os cotovelos sobre o balcão e inclina-se na minha direção.

— É porque não me deu a chance de deixar aflorar o que há de melhor em você.

Sua voz é profunda e tranquila. As sobrancelhas estão arqueadas, como na noite em que nos conhecemos — de um modo sugestivamente desafiador. Sinto o pulso acelerar.

*Meu pai do céu, ele é mais gostoso do que eu lembrava!*

De alguma maneira, eu tinha conseguido me convencer de que ele não era tão atraente quanto Nash; e que por ser o bad boy, era menos interessante. Jesus amado, como eu estava errada!

Tento desesperadamente manter a calma e causar uma melhor impressão desta vez. Sei que só terei esta oportunidade de me redimir.

Sorrio educadamente e respondo:

— Bem, isso não será problema se eu começar a trabalhar para você, certo?

Ele dá um passo para trás e sorri de forma maliciosa.

— Já está ameaçando um processo por assédio sexual?

— Não, eu... Claro que não! Eu... Eu não quis dizer... O que eu de fato quis dizer foi... — Na minha cabeça, ouço o barulho de um avião caindo numa velocidade terminal e batendo em uma montanha com uma enorme explosão.

*Cale a boca, Olivia! Por favor, apenas cale a boca!*

— Não vá recuar agora! — diz. — Isto está começando a ficar interessante.

Suspiro. Eu me sinto aliviada e, ao mesmo tempo, um pouco irritada.

*Ele está me provocando!*

— Você é sempre maldoso assim?

— Maldoso? — pergunta, com uma expressão inocente. — Eu? Nããão.

Com um sorriso, ele pousa as mãos no balcão e, apoiando-se nelas, ergue o corpo, jogando as pernas por cima e pulando bem perto de mim. Chego a fechar bem os olhos durante um segundo, na esperança de que a visão daqueles bíceps e tríceps delineados na sua pele lisinha não fique gravada na minha mente. Entretanto, acho que não dá tempo de evitar, porque é tudo que consigo ver no plano de fundo das minhas pálpebras.

*Droga!*

— Nash comentou que você é bartender, é isso?

Eu abro os olhos e dou de cara com ele. Cash está me olhando fixamente, tão de perto que consigo ver a linha tênue onde a pupila preta acaba e a íris, quase negra, começa. Que olhos lindos!

Vejo suas sobrancelhas se arquearem, esperando uma resposta.

— Desculpe, o que foi que disse? — pergunto.

— Nada. Acho que nem faz diferença. Se você for assim tão adoravelmente sexy o tempo todo ninguém vai se incomodar caso demore ou não a servir as bebidas.

Coro um pouco ao ouvir suas palavras. Elas não deveriam me agradar. Mas agradam. Muito.

— Isso não é problema.

— O quê? Você ser adoravelmente sexy? Não, não é mesmo.

— Não foi isso o que quis dizer. Eu trabalho em um dos lugares mais movimentados de Salt Springs há dois anos. Posso me sair muito bem no seu bar.

Ele cruza os braços sobre o peito e sorri de forma pretensiosa.

— Acha mesmo?

Sinto minha coluna se empertigar.

— Tenho certeza.

— As pessoas que vêm aqui não só querem ser atendidas como entretidas. Acha que pode dar conta disso também?

Eu nem sei o que isso significa exatamente, mas a minha boca já falou por mim:

— Sem problemas.

— Então você não vai se incomodar em fazer um... teste.

Sua pausa me provoca um leve frio na espinha. Dou um pigarro e tento manter a pose, numa demonstração de autoconfiança.

— Teste? Como seria?

Por alguns segundos ele não responde. Tempo o bastante para me deixar totalmente envergonhada. Tempo bastante para me fazer imaginar as mais diversas formas de testes, alguns dos quais me deixam excitada.

*Pare de pensar sacanagem, Liv! Esse cara está passando dos limites.*

Ele ri.

— Nada *muito* complicado. Não quero abusar da sorte com essa coisa do assédio sexual. Pelo menos por enquanto.

— Você está *tentando* me fazer desistir do emprego e sair correndo?

— Ah, qual é! Vai dizer que nunca trabalhou para alguém que ficou interessado? Aposto que isto acontece o tempo todo com uma garota como você.

Resisto ao sorrisinho ridículo que está repuxando meus lábios. Não posso deixá-lo perceber que estou satisfeita de ouvi-lo confessar que se sente interessado, sobretudo quando *satisfeita*, na verdade significa: *mal posso respirar, estou excitada demais.*

— Uma garota como eu? — pergunto da forma mais calma possível.

— Isso mesmo, uma garota como você. — As pálpebras de Cash caem parcialmente, até a metade dos olhos, fazendo-os parecerem penetrantes, cheios de tesão, e a sua voz soa como os lençóis de seda nos quais posso imaginá-lo dormindo. — Ousada, sexy e linda. Aposto que nunca conheceu um homem que não faria qualquer coisa por você.

Ele está me observando como se quisesse me despir bem ali, em um bar vazio, com luz fraca e música suave.

E bem lá no fundo, isso é exatamente o que eu gostaria que ele fizesse.

Então, acabo bufando.

Ai, meu Deus, *bufando*!

— É ruim, hein!

— Bem, isso é o que você diz, mas sou capaz de apostar que faz o que bem entende com qualquer cara. — Ele inclina a cabeça para o lado, enquanto me observa atentamente. Eu tenho a sensação que ele está me avaliando. — Mas talvez não saiba disso.

— Eu... Eu... Não sei o que você quer dizer — falo, odiando o fato de minha voz parecer tão ofegante. Não quero, de jeito nenhum, que Cash perceba o que causa em mim.

— Huuum. — É tudo o que ele diz. Após vários outros segundos tentando me compreender, Cash sorri, de uma forma educada, que diz que ele voltou a se concentrar na parte profissional. Pelo menos tanto quanto demonstrou se concentrar, até agora. — Então, vamos ao teste. Pode vir para uma substituição amanhã à noite?

Odeio ligar para o Tad avisando que não vou trabalhar, mas não quero sair de lá enquanto não tiver certeza de que consegui o emprego. Portanto, é ligar para o Tad ou mandar este teste para o espaço. Não tenho muita escolha.

— Claro. Que horas devo chegar?

— Às sete horas. Assim a Taryn pode te mostrar como tudo funciona na casa, antes de as portas abrirem, às nove.

— Tudo bem — digo, acenando com a cabeça. O silêncio cai entre nós e fico sem saber o que dizer. — Bem, acho que vou deixá-lo trabalhar.

— Você não quer saber qual é o salário? Nash disse que era importante.

*Cacete! Estou tão enfeitiçada que esqueci até de perguntar sobre pagamento!*

Sinto as bochechas esquentarem. Rezo para que esteja escuro demais para ele notar e que, caso note, atribua esse rubor ao meu constrangimento de falar sobre dinheiro.

— É, tem esse detalhe.

— Que tal 2 dólares acima do valor que o seu empregador atual está pagando por hora?

Meu queixo quase cai.

— Você não quer saber quanto me pagam?

Ele faz uma careta.

— Não precisa. Algo me diz que o pagamento vai valer a pena.

— Sem pressão, por favor — resmungo.

Ele ri novamente.

— Ah, vai rolar muita pressão. Não se preocupe. Este lugar bomba nos fins de semana.

Penso em lembrar-lhe que já estive aqui, mas não quero que pense em mim tirando a roupa dele.

Tarde demais.

— E você só viu a parte de cima da boate — diz Cash com uma piscadela.

Eu deveria saber que não sairia daqui sem alguma referência sobre aquela noite.

— Será que dava para esquecer que aquilo aconteceu?

Seu sorriso é malicioso.

— Nem brincando. — Então ele começa a andar para trás, afastando-se de mim e da porta. — Espero você amanhã à noite. Às sete horas.

— Devo usar algo específico? Ou...

— Eu mando entregar uma roupa na sua casa. Manequim 38, certo?

Por alguma razão, só de saber que ele me observou tão atentamente, a ponto de descobrir o meu tamanho, me faz sentir arrepiada em todos os tipos de lugares que eu não deveria me sentir arrepiada.

— Isso mesmo.

Ele pisca novamente, se vira e desaparece por uma porta pouco visível, nos fundos do bar.

# OITO

# Cash

Sorrio ao ouvir a porta bater atrás de Olivia. Ela foi embora.

Odeio ter sido obrigado a interromper a entrevista, mas já posso ver que essa garota vai me levar a fazer e dizer coisas insanas e estúpidas. De certa forma, gosto disso. Gosto *dela*.

Ela é tão contraditória. Percebo que se sente atraída por mim, mas faz tudo para evitar. Ela é um pouco tímida, mas tenta não deixar transparecer isso, também. E observá-la fazendo de tudo para esconder o que está sentindo, observá-la aceitar o desafio, é tão sensual! Isso me faz querer instigá-la para ver até onde ela vai.

Sei que parece perverso, mas é verdade. Fico excitado com a reação dela ao meu sarcasmo e às minhas provocações. Tê-la por perto vai deixar alguns fins de semana muito interessantes!

Sento para escrever um e-mail para Marie, a dona da loja que me fornece todos os uniformes. Não consigo deixar de pensar em como Olivia vai ficar de calça preta de cintura baixa e regata preta justa. Não quero que minhas bartenders pareçam prostitutas, mas não me incomodo que mostrem um pouco de pele e exibam um belo decote. Isso vende mais bebidas. E, no caso da Olivia, isso proporcionará *a mim* um imenso prazer.

Estou muito ansioso por amanhã à noite. Ela já está se julgando sexy e atraente. Colocá-la em uma situação na qual poderei fazer com que ela ganhe um pouco de confiança será a melhor diversão que eu já tive em muito tempo. Já estou pensando no que posso pedir que ela faça no tal "teste".

# NOVE

# Olivia

O toque do meu celular me faz acordar. Abro um olho embaçado e dou uma conferida no relógio, ao lado da cama. São seis horas e quatro minutos. Da manhã. Quem estaria me ligando num horário tão inconveniente?

Olho a tela acesa do telefone. Não reconheço o número e penso em não atender, mas exatamente pelo fato de *estar* tão cedo é que estendo o braço e pego o aparelho. Sempre sinto certa apreensão quando o meu telefone toca muito cedo ou muito tarde.

— Alô? — digo, com a voz rouca até para os meus próprios ouvidos.

— Olivia?

Um tremor percorre a minha coluna. É Cash. Sua voz invoca a imagem do seu rosto lindo, o sorriso convencido e seu peito sexy. Imediatamente, fico toda derretida.

— Olivia? — diz ele novamente.

Não, não pode ser o Cash. Deve ser o Nash. É cedo demais para um dono de boate estar acordado. Mas fico empolgada do mesmo jeito pela imagem mental, além da possibilidade de Nash ligar para mim.

*Nunca imaginei que ficaria assim tão pervertida!*

— Sim.

Uma risada alta.

*Sexy pra caramba!*

— É o Nash. Desculpe ligar tão cedo, mas vou ficar fora a maior parte do dia e queria saber como foram as coisas na boate. Afinal, conseguiu o emprego?

— Não tem problema nenhum ter ligado a essa hora. Sério. Obrigada por se preocupar. É... na realidade, eu vou fazer um "teste" hoje à noite. Não sei bem o que é.

— Ahhh — diz ele, como se soubesse do que se tratava. — Cash gosta que seus funcionários saibam entreter os clientes.

Pela primeira vez, eu me lembro que foi Cash quem providenciou o stripper, e o pavor se instala.

*Jesus amado, eu não vou ficar pelada!*

Na mesma hora, eu me aprumo na cama.

— Cacete! Ele não espera que eu faça um striptease, não é?

Outra risada.

— Não. A menos que você *queira*.

— Deus me livre!

— Eu já achava isso, especialmente depois da sua primeira experiência na Dual.

Noto um sorriso em sua voz.

*Cash contou a ele! Droga!*

Acho que está na hora de mudar de assunto.

— Afinal, o que ele espera exatamente quando diz "entreter os clientes"? — pergunto.

— Vamos apenas dizer que você não pode ser tímida diante de uma multidão. Você tem algum problema com isso?

Sim, normalmente sou um pouco tímida, mas nada que impeça a minha capacidade de agir. E francamente, fico até meio chateada por ele dar a entender que eu possa ser assim.

— Pode acreditar Nash, sou capaz de fazer o que qualquer outra garota consegue fazer, tranquilamente.

*Bem, isso pode não ser totalmente verdade. Mas não vou admitir isso, de jeito nenhum!*

— Então não terá nenhum problema. Com a sua aparência e personalidade, você vai arrasar.

O comentário dele me agrada, embora Nash não devesse notar a minha aparência. Mas fico feliz que tenha percebido. Significa que ele não é indiferente a mim, o que na verdade é ruim, mas me faz sentir que não estou sozinha nessa. Entretanto, não pode rolar nada. Ele é comprometido.

*Droga.*

Ouço um bip abafado, como se Nash estivesse recebendo outra chamada.

— Falando do diabo, é o Cash ligando agora — avisa Nash. Então murmura quase distraidamente: — O que será que ele está fazendo acordado uma hora dessas? — Acho engraçado eu ter pensado a mesma coisa. Após alguns segundos, ele pigarreia e volta a falar comigo: — Bem, enfim, boa sorte hoje à noite. Isso é tudo que eu realmente queria dizer. Volte pra cama. Vá dormir o seu sono da beleza. Não que você precise.

Eu me pego sorrindo como uma idiota. Tenho vontade de dar uma risadinha, mas me contenho.

— Obrigada, vou fazer isso.

— Durma bem, Olivia.

Mesmo depois que ele desliga, a pele dos meus braços e do peito está arrepiada. Adoro o modo como Nash diz o meu nome.

*Como ele descobriu o meu telefone?*, penso aleatoriamente.

Permaneço na cama por um longo tempo, fitando o teto e pensando nele. Imagino como seria estar fitando o teto em vez disso, onde quer que ele estivesse, na cama ao seu lado. Meus olhos vão se fechando lentamente, enquanto penso nele virando-se para cobrir o meu corpo com o seu, sentindo seu quadril se encaixar entre as minhas coxas.

E, com esses pensamentos, volto a dormir.

A Dual está praticamente igual a ontem, a diferença é que esta noite há mais algumas luzes acesas e o barulho de vozes de duas pessoas. Uma delas está alterada, numa demonstração inconfundível de raiva.

— Quer dizer que vou ser obrigada a ficar treinando uma novata? Isso é um absurdo! Eu sou a funcionária com mais tempo de casa. Ele deveria, no mínimo, ter me pedido.

Posso ver que a voz pertence a uma garota baixinha com dreads loiros e longos, e um monte de tatuagens em um dos braços. Ela está furiosa, gesticulando e gritando com um cara novinho que parece completamente atordoado.

— Trata de baixar a bola, sua doida — diz ele de forma amistosa. Só dá para vê-lo de costas, mas sei que está sorrindo. Percebo isso pela sua voz. Aliás, dá a impressão de que ele está se segurando para não cair na gargalhada. — Ele falou que a garota tem experiência. Provavelmente não vai precisar de muito treinamento.

— Se ela for trabalhar comigo, vai ter que ser "a melhor" ou não trabalho com ela.

— Você é um docinho de coco. A adorável garçonete piriguete, sabia disso Taryn?

A garota, Taryn, que tinha dado as costas para encher algo atrás do balcão, se vira para ele tão rápido que deu para ouvir os seus dreads baterem no seu rosto.

— Do que você me chamou?

O cara inclina a cabeça para trás e ri. Muito. Nessa hora, espero ver a garota pular para cima dele, mas em vez disso, ela me surpreende e abre um sorriso. E simples assim, a raiva passa.

— Você vai fazer uma forcinha para ir ao show comigo? — pergunta ela em tom amigável.

Suas vozes adquirem um tom mais calmo, que não me permitem ouvir tão claramente e me fazem sentir culpada por ficar prestando atenção. É hora de me mandar ou deixar que me vejam de uma vez. E acredite, não é uma decisão fácil. Só de imaginar trabalhar com alguém como esta Taryn, me dá azia.

Antes que eu pudesse analisar a opção de ir embora, me armo do último resquício de autoconfiança de que disponho, dou um pigarro e começo a caminhar em direção ao bar.

Ambos se viram para me olhar, enquanto me aproximo. Quando chego bem perto, posso ver que, embora claramente dona de um temperamento difícil, a garota é bonita, com seus grandes olhos amendoados e lábios grossos, vermelhos. E o cara é... Nossa! Ele é bonito, também.

Tem uma aparência exótica. Talvez seja havaiano ou cubano. Sua pele é levemente bronzeada, seu cabelo é bem preto e os olhos são da mesma cor. E o sorriso que ele abre para mim? Cacete!

*Que lugar é esse? A terra dos modelos perdidos?*

Tento não ficar inibida no meu uniforme. Não é muito revelador, pelo menos não de forma constrangedora, mas ainda assim, me sinto... nervosa. A calça é de cintura baixa, exibindo um pedacinho decente da barriga; e a camiseta é, provavelmente, um tamanho menor do que normalmente uso, com um belo decote. De modo geral, não é nada vulgar, mas vou atrair muita atenção, tenho certeza. *Isto* é o que me deixa nervosa.

Minha camiseta não fica tão recheada quanto à da Taryn, cujo peito é inegavelmente artificial. Em compensação, ela é muito magra em todas as outras partes do corpo, o que me deixa orgulhosa das minhas curvas. Se existe uma coisa que eu tenho é bundão.

Abro um enorme sorriso e estendo a mão.

— Oi. Meu nome é Olivia. Você deve ser a Taryn — digo, dirigindo-me primeiramente à garota. Sem dúvida, se tem alguém com quem provavelmente vou ter problemas, esse alguém é ela.

— Eu diria que estava à sua espera, mas acabei de descobrir que vou treiná-la, então...

Ela é implicante, tudo bem, mas não abertamente hostil. Eu considero isso um bom sinal e parto para o contra-ataque.

— Vou fazer de tudo para aprender bem rápido. Por sorte, tenho bastante experiência em preparar e servir drinques, então... — respondo, deixando o fim da frase no ar, exatamente como ela fez.

Ela assente com um gesto de cabeça, mas seu sorriso é claramente duvidoso.

— Bem, vamos ver.

— Ótimo! Estou ansiosa para ver — digo animada. Rapidamente me viro ao rapaz e estendo a mão em sua direção. Ele ainda está sorrindo. — Olivia

— Marco — replica suavemente, com um brilho malicioso no olhar.

De vez em quando, você conhece um cara e simplesmente *percebe* que ele se sente imediatamente atraído por você. Eu não tenho a menor dúvida de que Marco está se sentindo assim por mim. Ele não está sequer tentando esconder isso. E por que estaria? Não há uma mulher no mundo capaz de resistir aos encantos de alguém como ele: moreno, sexy, simpático, dono de um sorriso maravilhoso.

— Minha noite acaba de ficar bem melhor — completa.

*Nossa, ele é bem saidinho!*

— Acho que a minha também — respondo com um sorriso descontraído. Minha capacidade de flertar com ele é a indicação mais óbvia de que nada vai rolar entre nós. São os caras que me deixam ansiosa e confusa, como Nash e Cash, que me dão motivo para ficar preocupada.

— Use este seu sorriso afetado com alguns clientes e talvez você se dê bem. Mesmo assim, é melhor saber preparar uns drinques — diz Taryn de maneira brusca, enquanto se afasta.

Marco faz um movimento com a mão indicando "saia logo daqui", na direção da Taryn, e revira os olhos, impaciente.

— Tente ignorá-la — sugere ele. — Ela está em um estado constante de TPM aguda. Melhora um pouco quando a boate começa a ficar cheia.

Eu sorrio e aceno com a cabeça, mas estou pensando: *Graças a Deus!*

— Talvez os dreads estejam muito apertados — digo.
Marco ri.

— Caramba! Você é bonita *e* engraçada. Mal posso esperar para ver o que esconde atrás desse sorriso sexy.

— Nada tão sedutor quanto o que você tem atrás do seu, com certeza.

Marco faz um gesto de cabeça, seu sorriso sempre constante.

— Ah, sim! Nós vamos nos dar muito bem.

DEZ

# Cash

Raramente *odeio* ter que trabalhar, mas de modo geral também não anseio tanto assim por isso. Dou um tempo até o salão encher e vou verificar como Olivia está se saindo. Fiz questão de dar um tempinho para que ela se sentisse mais à vontade antes de aparecer, para que não ficasse nervosa.

Sei que ela me quer. Pelo menos acho que sim. Mas tenho a impressão de que ela *não quer* me querer. Isso por si só já desperta o meu interesse.

Não me importo com esse nosso jogo de gato e rato. Estou disposto a disputá-lo com tudo e levá-la para a cama. Na maioria das vezes, tenho boa intuição em relação às mulheres, e algo me diz que a espera vai valer a pena.

Quando entro no salão, olho através do mar de cabeças em movimento e meus olhos vão diretamente ao bar. Na direção de Olivia.

Dá para ter uma visão bem clara, em parte porque estou um pouco acima da pessoa mais alta entre nós, e em parte porque há uma pequena roda de homens em volta dela. Já.

Ela está sorrindo para um cliente, enquanto mistura rum com Coca-Cola. Fico observando enquanto ela pega o cartão do cara e o passa pela máquina, como se fizesse aquilo todos os dias, há vários anos.

Ela é boa. Estou satisfeito. Teria dado o emprego a ela de qualquer maneira, mas é bom saber que ela faz por merecer.

*Ah, e como!*

Minha mente quer fantasiar a imagem de agarrá-la no bar quando a boate ficar vazia, de tirar sua roupa e lamber sua pele macia. De forma implacável, rebato os pensamentos e me concentro novamente no assunto em questão: o teste. Ela nunca precisará saber que ele é desnecessário. Ela seria contratada de qualquer maneira. Mas estou fazendo isso, mesmo assim, mais para o meu prazer do que qualquer outra coisa.

Abro caminho pela multidão e me dirijo até onde ela está, no final do longo e reto balcão. Então paro na borda do semicírculo de homens que a rodeiam e espero até ela levantar os olhos. Ao me ver, percebo que ela para. É um gesto quase imperceptível, tanto que duvido que alguém tenha notado. Mas eu noto. E isso é tudo que importa.

Ela passa a língua nos lábios, nervosa, e sorri. Retribuo o gesto com uma piscadela, só para ver o que ela fará. Olivia faz outra pausa. Fica vermelha e desvia o olhar.

Então, ela franze o cenho por alguns segundos. Acho que nem se dá conta do que está fazendo.

*Caramba, eu adoro isso! Ela reage a mim, mesmo quando não quer.*

Não sei por que ela se esforça tanto para resistir. Não sou um cara tão ruim. Sou saudável e em forma, dono de um negócio bem-sucedido, não tenho dívidas e sou muito bonito. Pelo menos é o que eu ouço.

Eu me aproximo do bar, apoiando um cotovelo sobre o balcão e me viro para o grupo de rapazes.

— Então, o que vão beber? Temos uma nova bartender que precisa ser testada.

A empolgação é grande à minha volta. Olivia já tem um fã-clube. Ela vai transformar a minha boate num sucesso.

Ouço coisas como: *dançar, cantar* e *se jogar nos braços do público*, pipocando aqui e ali. Então duas palavras se destacam em meio às outras, e logo todos formam um grupo e começam a gritar:

— Body shot! Body shot! Body shot!

Olivia observa com interesse, enquanto seu destino é decidido.

— Que seja, então! — grito.

Em seguida, olho para ela e ergo as mãos, com as palmas para cima.

— Os clientes já decidiram. — Ela faz um aceno de cabeça e dá um breve sorriso, enquanto esfrega as mãos na calça. — Escolha a sua vítima.

Ela morde o lábio, enquanto dá uma olhada por todo o salão para todos os caras que estão com os olhos fixos nela. Eu sei, sem a menor sombra de dúvida, que todos estão ansiosos para serem escolhidos, mas ela é esperta. Ela sabe que este "teste" é mais complexo do que aparenta ser. Está avaliando as opções e pensando em uma reação apropriada.

Tendo trabalhado em um bar antes, ela deve saber que beber no trabalho é estritamente proibido, embora Marco e Taryn sejam excluídos dessa regra. E provavelmente também sabe que tomar parte em algo assim com um cliente não é bem visto. Ela está considerando todos os aspectos da situação.

*Garota esperta.*

Um teste na minha boate sempre se resume em encontrar um modo de manter os clientes felizes, mas sem quebrar as regras. Sou o maior infrator por natureza, mas sou rigoroso com meus funcionários. Afinal de contas, esta boate é o meu ganha-pão. Não posso me dar ao luxo de ter que enfrentar processos judiciais, prejuízos e brigas.

Observo Olivia enquanto ela avalia a situação. Quando os seus olhos pousam em mim, sei que ela percebe que sou a única opção viável. Não sei muito bem se vejo uma chama de excitação atravessar o seu rosto, ou se foi apenas a minha imaginação. O que enxergo claramente, no entanto, é a forma como ela se empenha para usar aquela demonstração de autoconfiança, com a intenção de impressionar. E é tão sexy como foi da outra vez.

Ela se vira para os caras à minha volta e os presenteia com um sorriso sedutor.

— Será que o meu chefe aqui é homem pra isso?

Uma espécie de incentivo generoso por parte do pessoal se inicia, em forma de empurrões animados e tapinhas nas costas. Um clima de ciúme desencanado e muito encorajamento, enquanto faço um sinal para Olivia, indicando que aceito o desafio.

Ofereço a minha mão a ela, por cima do balcão. Olivia dá uma olhada, respira fundo e desliza os dedos sobre a palma da minha mão. Então eu a ajudo a se firmar, e ela põe um joelho na borda e sobe.

— Esvaziem o balcão — digo, e todos os homens pegam seus copos, abrindo espaço para Olivia se deitar. — Marco, uma dose de tequila Patrón!

Ele rapidamente se desvencilha das garotas que está entretendo para servir a dose e trazer o prato de sal com dois pedaços de limão.

Em vez de deixar tudo ali e se afastar, ele sorri para Olivia e diz:

— Estique-se, gata. Vou deixá-la no ponto.

Normalmente, o bartender faria exatamente o que Marco está fazendo. Porém, normalmente, eu não estou na jogada. E por alguma razão, eu queria prepará-la.

Ela deita e se contorce, tentando achar uma posição confortável na superfície dura do balcão.

Tento sorrir enquanto assisto Marco passar um pedaço de limão por sua barriga nua, rodeando seu umbigo várias vezes. Olivia está olhando para ele, sorrindo. Marco está olhando para ela, praticamente babando. Eu trinco os dentes para controlar a ponta ciúme que estou sentindo.

*Que porra é essa?*

Qualquer pessoa dirá que não sou nem um pouco ciumento. Tem muita mulher dando mole por aí para se entrar em desespero por causa de uma só. Ciúme simplesmente não faz parte do meu cardápio.

Não normalmente.

Marco está aproveitando seu doce momento com calma, molhando a pele dela e jogando sal no seu corpo. Taryn coloca a música que sempre toca durante o body shot, "Pour Some Sugar on Me" do Def Leppard, o que faz o público entrar no clima e avisa a todo mundo o que está rolando. Nunca dei muita importância a isso, mas esta noite, em relação à música envolvente, consigo sentir sua vibração. Eu gostaria de derramar algo doce por todo o corpo de Olivia e depois lamber tudinho, lentamente.

Estou prestes a falar com Marco para ir mais depressa, quando ele finalmente para o que está fazendo para entregar a ela a bebida e colocar o outro pedaço de limão na sua boca. Não consigo deixar de sorrir quando Olivia toma-o da sua mão e o coloca, ela mesma, na boca. Talvez a atração que vejo nos olhos de Marco seja uma via de mão única.

Fico todo convencido.

Olivia se vira para olhar para mim, com os olhos largos e atentos. Eu me curvo para sussurrar no seu ouvido:

— Se você estiver se sentindo desconfortável, não é obrigada a ir em frente.

Eu prendo a respiração ao voltar à posição inicial, para aguardar a sua resposta, torcendo para que o seu lado ousado ganhe o conflito de sentimentos.

E ganha.

Lentamente, Olivia faz um gesto negativo de cabeça e arrasta o corpo um pouco mais para perto de mim, sobre o balcão. Seus olhos estão brilhando de determinação. E desafio. Isso provoca um movimento involuntário na minha calça.

Eu sorrio para ela.

— Muito bem. Você pediu — digo, alto o bastante para os caras à minha volta ouvirem. Eles me incentivam.

Eu me posiciono em frente à sua cintura, me curvo e encosto a língua no seu estômago. Sinto seus músculos se contraírem. Os sabores salgados e ácidos fazem a saliva jorrar na minha boca, então cerro os lábios e engulo, beijando sua barriga antes de continuar lambendo o contorno do seu umbigo.

Ela permanece imóvel, enquanto continuo passando meus lábios por todo o sal. Quando termino, ergo a cabeça um pouco e vejo que ela força o corpo na minha direção. É um pequeno movimento. Provavelmente ninguém mais notou. Mas eu notei.

Coloco os braços em volta dos seus quadris para segurá-la firme e mergulho a língua no seu umbigo. Ela se contrai e posso jurar que ouço sua respiração acima do volume da música.

Quando levanto a cabeça, meus olhos encontram os dela e o que vejo neles, mesmo que ela nunca venha a admitir, é desejo. Aquele tipo de desejo bem intenso, suado, impetuoso.

Sem desviar o olhar, pego o copo e bebo a tequila. Ao me inclinar na direção do seu rosto, vejo seu peito se encher com uma profunda inspiração.

Em seguida, pego seu pescoço por trás e puxo-lhe a cabeça. Coloco os lábios em volta do limão que ela mantém entre os dentes e sugo até a última gota de suco que ele contém. A questão é que ela não solta o fruto, nem por um minuto. Não consigo deixar de me perguntar se está imaginando o mesmo cenário em um bar vazio e nada entre nós além de um intenso desejo.

Quando afasto meu rosto do dela, noto que Olivia parece tão... aflita quanto eu. Acho que se *estivéssemos* sozinhos, ela teria dificuldade em dizer não a qualquer coisa que eu quisesse fazer.

Marco interrompe o momento.

— Bem-vinda à Dual! — exclama.

Mais uma vez, ouvem-se gritos de estímulo e incentivo a toda volta. O sorriso de Olivia é um tanto vago, enquanto ela se despede do nosso encontro sensual e volta à realidade de que está numa boate cheia de homens disputando sua atenção. Mas ela se recupera rapidamente, tira o limão da boca e o ergue, em sinal de vitória.

Então, me lança um sorriso atrevido e gira o corpo para pular do balcão e retomar sua posição de funcionária, atrás dele.

— Muito bem, pessoal, quem quer um drinque?

E sem mais nem menos, ela já está em plena atividade como bartender. Minha única preocupação agora é manter Marco longe dela.

ONZE

# Olivia

A primeira coisa que vem à minha mente quando acordo é Cash. Lambendo minha barriga. Passando a língua no meu umbigo. E depois olhando fixamente nos meus olhos.
Nossa, eu seria capaz de devorá-lo ali mesmo!
*Malditos bad boys*!
Atribuo a eles a culpa por toda a minha fraqueza, porque minha consciência diz que eu deveria procurar alguém mais apropriado. Alguém como Nash.
Nash.
Suspiro mentalmente só de pensar no seu nome. Ele é exatamente tão gostoso quanto o irmão. Claro. Eles são gêmeos. E embora ele não tenha a mesma intensidade que parece me atrair como abelha ao mel, tem muitas outras coisas que eu adoro.
Meu telefone toca. Dou uma olhada no identificador de chamada e nenhum nome aparece, o que significa que eu não sei quem está ligando. Considero não atender, mas como já acordei, não faz diferença.
— Alô?

— Bom dia — diz uma voz rouca. Em uma fração de segundos, não só reconheço a voz, como reajo a ela. Meu estômago se agita em uma excitação prazerosa.

— Bom dia — respondo. É Cash.

— Estava pensando em falar com você antes que fosse embora ontem à noite.

Seu comentário faz surgir uma lembrança desagradável da noite anterior. Pouco antes de os últimos clientes serem conduzidos para o lado de fora, Taryn tinha desaparecido pela mesma porta que eu o tinha visto entrar, e nenhum dos dois saiu de lá. Marco me mostrou como fechar a boate e, quando terminamos, ele se ofereceu para me acompanhar até o meu carro, e eu aceitei. Estava irritada e não tinha a menor intenção de ficar esperando o Cash, como um cadelinha obediente. Mesmo sendo o meu chefe. É uma questão de princípios. Lembro-me de pensar que ele é exatamente como todos os outros bad boys. Gosta de uma diversão, é excitante e, no fim das contas, infiel.

Não que pareça que ele tenha alguém a quem ser fiel, mas eu não ficaria nem um pouco surpresa se tivesse.

Espanto todos esses pensamentos e lembro a mim mesma que não me importo com Cash. Ele é o meu chefe e pronto. Fim de papo.

— Eu não queria interromper você e a Taryn — explico, odiando o traço mordaz no meu tom de voz. Então disfarço um pouco e acrescento: — O Marco me mostrou tudo o que eu tinha que fazer. No final, deu tudo certo.

— Ah, o Marco fez isso é?

*Será que estou imaginando demais ou há algum veneno na voz dele agora?*

— Sim. Ele é muito bacana.

Ele solta um muxoxo de desprezo e pausa durante um segundo, antes de prosseguir:

— A Taryn tinha alguns assuntos para discutir comigo a respeito de hoje à noite, por isso estou ligando para você.

Sinto-me aliviada. Na mesma hora. E odeio me sentir assim. Isso me deixa irritada. Porém, mais do que qualquer coisa, agora estou preocupada. Este telefonema parece estranho.

— Há algum problema?

— Olhe, não sou desses que fica fazendo rodeio ou se envolve nesse tipo de briguinha boba, portanto vou ser direto. A Taryn não está a fim de treiná-la. Ela não tem uma razão específica, apenas não está a fim. Não vou falar o que *eu* acho que seja porque não importa. O que importa é que quero você trabalhando na Dual. Eu sei que você precisa de um turno específico. Se ela não puder trabalhar com você, isto é problema dela e ela que vá encontrar outra coisa que a faça feliz.

— Afinal, o que isso significa? O que está querendo dizer?

— Bem, quando lhe foi dada essas opções, a Taryn decidiu que ficaria. Então, estou deixando o seu treinamento por sua conta. Se você quiser que a Taryn a treine, ela vai fazer isso. Se não, eu mesmo o farei.

Meu pulso acelera só de pensar em passar mais tempo com Cash. E tão perto.

— Marco não poderia me treinar?

Há uma pausa demorada antes da resposta. Quando ele fala, seu tom é bem articulado:

— Não. Este não é o trabalho de Marco.

Minha mente está em disparada, com mil pensamentos, e um dos mais relevantes que me faz sorrir é pensar que Cash poderia estar com uma pontinha de ciúmes do Marco.

— Não sei o que dizer. Bem, não quero que a Taryn fique pensando que estou com medo dela. Não vou deixar que ela me pressione. Mas, ao mesmo tempo, não quero deixá-la em uma posição difícil, se ela tem algum problema comigo.

— O trabalho dela não é gostar de você: é treiná-la. E você não vai deixá-la em uma posição difícil.

A minha hesitação é mínima. Apesar de ter uma opinião sobre o problema com a Taryn, sei que não será nada bom para mim se eu deixar o Cash me treinar. É que não confio em mim perto dele. Pelo menos, não completamente.

— Então vou deixá-la me treinar.

— Certo. Mas se ela causar qualquer problema, quero que você me avise imediatamente.

— Pode deixar — digo, sem a menor intenção de fazer isso. Vou ter de resolver a situação com a Taryn sozinha. Nós vamos aprender a nos dar bem ou aprender a trabalhar com alguém que odiamos.

Passo a mão pelo meu cabelo despenteado. Espero que a primeira hipótese ganhe. Trabalhar com alguém que me odeia será muito estressante.

— Ela me avisou que não vai esta noite, portanto vocês só precisarão trabalhar juntas novamente no próximo fim de semana. A menos que queira fazer um turno extra na quarta-feira à noite, quando ela trabalha.

De fato, estou precisando de dinheiro. E as minhas aulas só começam às onze da manhã, na quinta, portanto acho que posso encaixar esse dia, desde que não se torne um hábito.

— Quarta-feira. Tudo bem.

— Ótimo — diz Cash.

Acho que ouvi um sorriso na sua voz. Fico contente por não ter levado para o lado pessoal o fato de eu não querer ser treinada especificamente por ele.

*Aposto que ele tem um ego tão grande que não deu a menor importância.*

— Bem, se precisar de alguma coisa, ligue para mim. Eu sempre atendo o celular.

— Como você conseguiu o meu número, a propósito?

— Com um babaca chamado Nash.

— Babaca?

— Sim, babaca. Não me diga que você não o acha um babaca!

Eu rio meio sem jeito.

— Huum, não. Não acho que seja um babaca. Ele sempre foi legal comigo.

— É claro. Você é linda. Que homem não seria legal com você?

— Muitos.

— Babacas, todos eles — diz Cash em tom de provocação.

— Eles são babacas, também?

— Sim.

— Resolveu que todo mundo é babaca hoje?

— Sim — repete ele. — Palavra do dia: "babacas".

Eu caio na risada, pra valer desta vez.

— É mesmo? — pergunto.

— Sim. Não queira nem saber qual foi a de ontem.

— Com certeza. Provavelmente meus ouvidos sangrariam.

Sua voz diminui para um tom mais baixo, mais suave:

— Não, mas provavelmente a deixaria vermelha de vergonha.

Eu fico em silêncio. Meu rosto está quente, mas de uma forma agradável. De repente me ocorre que, por mais que eu o evite, por mais que eu saiba que ele é o cara errado para mim, vai ser quase impossível resistir a ele.

*Droga!*

— Tenha um bom dia, Olivia. Vejo você na quarta-feira.

Com isso, ele desliga, deixando-me sem forças, deitada na cama, perdida em pensamentos e imaginando como seriam as coisas se eu parasse de resistir.

Ouço vozes assim que saio do chuveiro, o que é incomum A voz estridente da Marissa é fácil e irritantemente reconhecível. No entanto, a voz exaltada que me surpreende é a de Nash. Vou lentamente até a porta, abro uma pequena fresta e colo meu ouvido para poder ouvir melhor.

*Você é uma safada bisbilhoteira doente e sem-vergonha.*

Sufoco uma risada. Pelo visto, não sou nem um pouco tolerante comigo mesma *Safada* é só o começo.

— Você não pode simplesmente me botar numa fria dessas na última hora! Já fiz planos e, além disso, nem tenho vestido novo! — Percebo que ela ainda está tentando manter a calma, o que é uma prova do quanto gosta do Nash e, justamente por isso, tenta enganá-lo. Entretanto, não sei ao certo até que ponto ela consegue, de fato, enganá-lo. Seria interessante ver quanto tempo Nash ficaria com Marissa se ela começasse a mostrar quem realmente é.

— Se eu soubesse que estaria de volta, teria dito antes. Eu queria surpreendê-la. —Nash aumenta o tom de voz apenas o bastante para falar acima do tom queixoso de Marissa.

— Bem, agora o que quer que eu faça? Não posso cancelar o encontro com meu pai. Ele já...

— Não tem problema — fala Nash, tentando a acalmar a situação. — Posso levar outra pessoa.

Há um longo momento de silêncio preenchido por uma tensão tão grande que até eu consigo percebê-la, mesmo estando do outro lado de uma porta praticamente fechada.

*Cuidado Nash! Ela vai explodir!*

— Quem você tinha em mente?

Sua voz é gélida. Eu me pergunto se Nash conhece aquele tom e o que ele significa.

— Eu não tinha pensado em ninguém, porque não fazia ideia de que você não iria. Mas posso encontrar alguém no último minuto. Não precisa se preocupar.

Quase dou uma gargalhada. Como assim, não precisa se preocupar? Aposto que Marissa está bufando de raiva.

Quase consigo sentir o cheiro da fumaça saindo do seu cérebro sobrecarregado, enquanto tenta pensar em alguém que não seja páreo para ela, alguém digno de confiança, mas tão patético que não tenha planos e possa aceitar um convite de última hora.

— Que tal Olivia? Posso apostar que ela gostaria de ir, especialmente depois de tudo o que você fez por ela.

Sei que meu queixo está caído e que tenho uma expressão de grave insulto estampada no rosto. Posso sentir isso.

*Ai, meu Deus! A patética sou eu!*

— Agradeço a sugestão, mas ela trabalha nos fins de semana, não é?

— Se ela está trabalhando com o Cash, só Deus sabe qual o seu horário.

— Bem, não vou acordá-la para perguntar isso. Acho que ela trabalhou ontem à noite, não foi?

— Sim, mas ela não vai se incomodar. Vou perguntar a ela.

Ouço Nash começar a dizer algo, mas o modo como ele interrompe a frase me faz deduzir que Marissa já foi embora. Fecho a porta devagarzinho e corro para o banheiro, como se eu tivesse acabado de sair do chuveiro, o que tecnicamente é verdade.

— Olivia? — chama Marissa, batendo uma vez, bem forte, e entrando logo em seguida. Ela nem espera que eu permita sua entrada.

Contenho uma reação ríspida.

*Bruxa!*

— Aqui — grito.

A porta está aberta e eu a vejo entrar, praticamente como um furacão. Há uma expressão ameaçadora no seu rosto. Ela não perde tempo com delicadezas.

— Você vai trabalhar hoje à noite? Se não, preciso que vá a uma exposição de arte com Nash. Você deve um favor a ele.

É bem típico da Marissa sair usando os recursos de sua artilharia pesada, como culpa e extorsão.

Tenho muito orgulho de ser parente da amante do diabo.

Suprimo cuidadosamente o impulso de bufar e respondo:

— Para falar a verdade, estou de folga hoje à noite. Mas não posso ir. Infelizmente não tenho nada para usar em uma ocasião elegante como essa.

Ela descarta a minha desculpa com um aceno de mão.

— Pode usar alguma coisa minha. Tenho certeza de que a gente arranja um jeito.

Eu havia acabado de ouvi-la se queixando sobre não ter tido tempo para comprar uma roupa nova para o evento, mas mesmo assim ela está satisfeita de me mandar no lugar dela vestida de... deixa pra lá.

— Contanto que o Nash não se importe com a minha aparência...

Marissa ri seu típico riso carregado de desdém.

— Olivia, tenho certeza de que o Nash não vai nem reparar em você.

Preciso ser honesta. Isso me deixou enfurecida. Merda, que raiva! E é neste exato momento que decido surpreender todos, principalmente Nash. Marissa vai se arrepender do dia...

Nem que eu precise incorporar a Andie daquele filme *A garota de rosa-shocking* e fazer a porcaria do vestido em exatos sete minutos.

Tudo isso está rolando no meu íntimo. Por fora, abro um sorriso gentil.

— Então, neste caso, tudo bem.

Ela se vira e se afasta, sem ao menos dizer um *obrigada* ou *vá à merda*. Quando a ouço dizer ao Nash que vou à exibição e que ela fará o possível para que eu esteja apresentável, não consigo deixar de me perguntar se seria possível escapar após golpear seu coração frio com um furador de gelo.

Por isto, eu poderia ganhar o Prêmio Nobel da Paz. Ou, no mínimo, um telefonema do Vaticano, me agradecendo.

Desta vez, não me preocupo em esconder um riso de selegante.

DOZE

# Nash

Enquanto espero Olivia sair do quarto, não consigo deixar de me sentir culpado. Eu não deveria estar louco para sair com ela.

Mesmo assim, estou. E não há como negar.

— Nash? — ouço Olivia chamar. Eu me viro em direção ao seu quarto. Da sala de estar, posso ver a porta. Está aberta apenas o bastante para ouvi-la, mas não vê-la.

— Sim?

— Prometa que se eu deixá-lo constrangido com este vestido, você irá sem mim. Não vou ficar chateada. Juro.

— Olivia, não faz diferença...

— Prometa agora mesmo ou não vou sair de jeito nenhum.

*Ela é teimosa? Hum. Por essa eu não esperava. Mas para falar a verdade, eu meio que gosto disso.*

Eu rio.

— Certo, tudo bem. Prometo que se eu achar que você me causará algum constrangimento, vou sem você.

A porta se fecha e há uma longa pausa antes que se abra completamente. O que vejo me faz perder o fôlego.

Marissa é mais alta que Olivia. Mais magra também. Mas Olivia é mais curvilínea. Bem mais curvilínea. E cada curva é realçada de forma absolutamente perfeita no vestido que ela está usando.

Acho que já vi Marissa nele antes, e ela estava linda. Mas não tão linda quanto Olivia.

O tecido é fino, quase transparente, em um tom escuro de vermelho. Ele esvoaça no ar que penetra o ambiente, quando a porta bate na trava, com um ruído surdo. Olivia fica parada e me permite avaliá-la antes de caminhar na minha direção. Eu prendo o maxilar com firmeza para impedir que meu queixo caia, enquanto a observo. O tecido fino adere ao seu corpo conforme ela anda, delineando-o perfeitamente. Ela poderia estar nua.

*Minha nossa! Como eu queria que ela estivesse.*

Afasto o pensamento, sabendo que não vou conseguir avançar a noite pensando coisas desse tipo.

*Pense com a cabeça de cima, cara! Pense com a cabeça de cima!*

Ela para diante de mim, sua pele macia e sedosa. Seu colo e seus ombros nus brilham sob a luz fraca. Quero tocá-la, acariciá-la com tanta intensidade que fecho bem as mãos para mantê-las sob controle.

— Você está linda. — O tom da minha voz parece tenso, até para os meus ouvidos.

Ela me olha, decepcionada.

— Está muito apertado, não é? Estou usando salto mais alto para deixá-lo no comprimento certo, mas não dá para fazer nada com o resto. — Posso ver que ela está realmente aflita, o que me faz querer sorrir, mas me contenho. Seria a coisa errada a se fazer diante de uma mulher constrangida.

— Marissa é bem mais magra do que eu — diz, tremulando

uma das mãos enquanto fala — E eu simplesmente não tenho nada que...

Eu estendo o braço, seguro a sua mão agitada e encosto o dedo indicador da minha outra mão nos seus lábios.

— Shhh. — Ela para de falar imediatamente. Certo, eu poderia tê-la feito se calar de diferentes modos, sem tocá-la, mas imagino que isto seja melhor do que beijá-la, que é o que realmente quero fazer.

*Meu Deus, como quero beijá-la!*

Preciso de alguns segundos para me concentrar em outra coisa, além do modo como seus lábios sensuais se abrem, levemente. Seria tão fácil deslizar a ponta do meu dedo entre eles, sentir o calor da sua boca, a umidade da sua língua.

Fico surpreso e irritado ao sentir minha calça apertar entre na virilha. Terei de ser supercuidadoso com esta garota. Não me lembro da última vez que alguém testou o meu controle de forma tão intensa.

Na realidade, lembro sim. Foi a Libby Fields, com aquele vestido curto e justo na festa da escola, no nono ano. Eu tinha certeza de que se ela sentasse no meu colo e remexesse a bunda mais uma vez, eu ia explodir como um vulcão.

Não explodi, naturalmente. Mas cheguei perto. E esta garota — esta contradição ambulante baixinha, curvilínea e sedutora —, está alcançando a posição da Libby Fields muito rapidamente. E isso é muito sério já que estou com 25 anos, e não 14.

Pigarreio.

— Por favor, não diga mais nada. Você está linda. Nem nos sonhos da Marissa ela ficaria tão linda neste vestido quanto você. Causarei inveja a todos os outros homens. — Sorrio para enfatizar meu comentário.

Embora sua expressão não se torne inteiramente confiante, sei que ela se está sentindo melhor, quando pega o meu braço e afasta a minha mão. Posso ver a curva dos seus lábios tentando conter um sorriso.

— Jura?

— Juro.

— Jura mesmo?

— Juro mesmo. Apenas lembre-se de uma coisa: esta noite você é minha.

É de causar inquietação o quanto eu gosto de falar isto, de pensar nisto.

O seu sorriso se abre totalmente e ela solta meu braço para fazer uma saudação militar.

— Sim, senhor.

Eu adoro seu jeito brincalhão. Uma agradável diferença da Marissa, que é sempre tão... bem... que simplesmente *não* é assim.

— É *disto* que estou falando — comento com um aceno de cabeça. — Uma mulher que sabe que o seu lugar é abaixo de mim. Ah, espere. Isso não soou muito bem — digo em tom de provocação.

Ela ri.

— Não fico abaixo de homem nenhum! — responde Olivia de forma áspera. Em seguida, com ar sarcástico, acrescenta: — Pelo menos não sem um jantar e um drinque primeiro.

— Ahhhh, então não tem problema! Porque tem um McDonald's bem do outro lado da rua.

Ofereço meu braço e ela o toma. Sei que é uma atitude ridícula e infantil, mas eu flexiono o bíceps, esperando que ela o perceba.

— Isso é tudo o que você precisa para ficar em posição de sentido? — Enquanto pergunta sugestivamente, ela desliza os olhos pelo meu corpo.

— Eu tenho 25 anos, estou concluindo um estágio num dos escritórios de advocacia mais influentes de toda Atlanta. McDonald's nunca me deixaria assim. — Abro a porta e faço um gesto para ela sair na minha frente. — Agora um olhar como esse que você acabou de me lançar...

Seu rosto assume um delicado tom rosado e ela abaixa os olhos timidamente. Isso me faz querer rasgar aquele vestido com os dentes.

— Coronel, o que você está insinuando?

— Coronel? Uma saudação como essa e tudo que recebo é um *coronel*?

— Não sei. Você recebeu divisas suficientes para ser general?

Caminhamos lentamente até o meu carro.

— Depende de como você acha que alguém conquista as divisas.

Duas covinhas surgem de ambos os lados de sua boca, na tentativa de controlar o sorriso.

— Ah, acho que da mesma maneira que a maioria dos caras — replica ela, balançando a bolsa vermelha presa ao pulso, tentando agir descontraidamente.

— Gata, se esta é a sua definição, eu seria general quatro estrelas.

Ela cai na gargalhada. Posso dizer que não esperava que eu dissesse aquilo. Mas fico contente de ter dito. Ouvir a risada dela é como escutar a mais bela sinfonia.

Fico um pouco desapontado quando chegamos ao carro. Eu poderia continuar andando, conversando e provocando-a a noite toda.

TREZE

# Olivia

O silêncio no carro é ligeiramente tenso. Bem, talvez *tenso* não seja a palavra exata. Para mim, parece... impregnado. Impregnado de uma atmosfera sexual. Fico me perguntando se Nash sente o mesmo.

Talvez não. Talvez ele se comporte assim com todas as garotas.

Penso nisso por alguns segundos. As perspectivas são, ao mesmo tempo, decepcionantes e incômodas. Mas no fundo não creio que não seja bem assim. Pode ser apenas meu ego, mas não acho que ele aja dessa forma com mais ninguém.

Pelo menos espero que não.

Por alguma razão, Nash parece o tipo fiel.

Eu ficaria muito surpresa se ele traísse a Marissa.

Aposto que ele é mesmo um bom rapaz. O tipo de homem de que preciso desesperadamente na minha vida. O mais triste é que ele nunca será meu, justamente porque é um cara bacana. Por natureza, um cara bacana jamais trairia a namorada, daí a impossibilidade de rolar alguma coisa entre nós. Mesmo se eles terminassem, Nash provavelmente seria bacana demais para magoar Marissa saindo com a prima dela.

Como Shawna diria, isso é uma puta sacanagem!

— Achou a solução?

A voz grave, divina do Nash interrompe meus pensamentos confusos.

— Solução pra quê?

— Para a fome no mundo.

Sei que devo estar olhando para ele como ele tivesse criado asas ou um terceiro olho. Ele desvia o olhar da estrada e me observa algumas vezes, antes de dar uma gargalhada.

— Bem, não sei se deu para perceber, mas não entendi nada.

— Deu para notar — fala para me provocar, com um sorriso. — Só quis dizer que você estava muito concentrada. Está tudo bem?

Eu me reclino no apoio de cabeça de couro e fito seu perfil maravilhoso. Com o cabelo penteado para o lado, diferente do estilo descabelado do irmão, e a pele bronzeada, ele parece James Bond de smoking. Sou vítima dos seus encantos, como se ele realmente fosse o impetuoso agente do MI6.

Ele mexe comigo e chacoalha minhas emoções.

— Você fica muito bem de smoking, sabia?

Ele se surpreende com meu comentário, mas sorri. Ergo a cabeça e olho o para-brisa.

— Ai, meu Deus — digo —, eu não dou uma dentro, não é?

*O que deu em você?*

Ele ri.

— Na realidade, acho que a resposta é sim.

— Você me conhece bem, Bond.

Ele ri novamente.

— Bond? James Bond? De onde veio isto?

Viro a cabeça para fitá-lo novamente. No mesmo instante, tudo fica embaralhado com os hormônios.

— É... eu estava... estava pensando em mexer e chacoalhar. — Ele se vira para mim e me olha espantado. — Quer dizer, eu estava pensando se você provavelmente sabe mexer e chacoalhar algo.

*Ai, meu Deus! Por favor, alguém me faça calar a boca!*

— Quero dizer, se você provavelmente sabe mexer e chacoalhar bem um drinque. Não a mim — explico antes de bufar.

*Ai, meu Deus, acabei de bufar!*

— Ah, é? — Sua boca se curva em um sorriso sexy. Com aquela sobrancelha arqueada e aqueles lábios esboçando um sorriso, ele parece exatamente o irmão. Como gêmeos que são.

Eu fico olhando para ele — envergonhada, de novo —, durante alguns segundos antes de recuperar o bom senso e começar a me punir.

*O que está acontecendo com você? Peça logo para ele encostar o carro e pule no colo dele!*

Bom, se você quer saber, não dá certo se esforçar para aplacar pensamentos ansiosos. Aquele visual me envia para outro breve estado catatônico, enquanto fantasio em pular para o banco do motorista. Com Nash ainda sentado lá.

Após vários segundos, eu me lembro de que ele tinha dito algo.

— Hum, o quê? — pergunto, literalmente balançando a cabeça para recobrar o foco.

Nash me olha intrigado.

— Olivia, está tudo bem?

Eu suspiro e me viro para ficar de frente para o para-brisa, novamente.

*Nota mental: não espere pensamentos coerentes enquanto estiver admirando Nash. Sua coordenação motora pode ficar prejudicada também. Tome as devidas precauções.*

Por pouco não consigo conter um risinho disfarçado, quando me imagino colocando um capacete com grade na boca e joelheira, cada vez que o Nash entra na sala.

Então penso no que eu poderia fazer usando as joelheiras como proteção...

Ahhhh!

Fico aliviada quando ele reduz a velocidade e entra no estacionamento da galeria de arte. Embora não haja nenhuma placa indicando o tipo do estabelecimento, sei que é lá que estamos. Pesquisei no Google antes de sair, para ter uma noção do que esperar. Detestaria cair em alguma escada que eu não estivesse prevendo ou algo assim. Não preciso de ajuda para fazer papel de idiota na frente deste cara.

Enquanto o manobrista afasta o BMW do meio-fio, Nash me oferece seu braço novamente e me conduz ao interior da galeria. Minha primeira impressão ao olhar ao redor e ver toda aquela gente artificialmente bronzeada, corpos costurados por bisturi e cabelos loiros oxigenados é a de que eu havia entrado na mansão da Barbie. Só que na versão em preto e branco, já que todo mundo estava de traje formal preto. Mas isto não é a única coisa deturpada neste universo alternativo típico da Barbie. Não há nenhum Ken! Só vejo nerds, homens feios, ou velhos sem graça, acompanhando a maioria dessas mulheres. É quando me dou conta de que, na verdade, isto deve ser uma convenção de esposa-troféu.

Então olho para o meu corpo curvilíneo vestido de vermelho e para a sala praticamente monocromática. Enquanto considero a hipótese de correr para a saída, Nash se inclina para sussurrar no meu ouvido.

— Tudo bem?

— Estou me sentindo como o único pontinho colorido em uma pintura abstrata.

— Você *é* o pontinho colorido. Mas não há nada de errado nisso.

Olho para ele. Ele está sorrindo, como um gesto verdadeiro. Ele não parece constrangido pela minha aparência. Só posso esperar que não esteja mesmo.

Mentalmente, respiro fundo e decido que é hora de assumir o controle da situação. Se ele não está incomodado, não há nenhuma razão para que eu fique. Certo? Certo. Respiro fundo novamente.

— Muito bem. Vamos.

À medida que nos aproximamos da entrada, mais cabeças viram na nossa direção. A maioria dos homens parece apreciar meu traje. Mas as mulheres... Bem, não muito.

Nash para aqui e acolá para falar com vários casais. É óbvio que está ali a negócios. Além dos cumprimentos superficiais às mulheres, ele se dirige principalmente aos homens. Estabelece um breve diálogo educado, mas há muita avaliação e julgamento rolando, o tempo todo. Por sorte, ele parece estar adquirindo sinais de aprovação de todos os lados.

*Por que você está preocupada com isso? A carreira dele ou o que os seus conhecidos pensam não deveriam fazer diferença para você.*

Mas faz.

Infelizmente, após cerca de vinte minutos, a gentileza começa a desaparecer. Ou melhor dizendo, as garras começam a ficar de fora. E tudo por causa de uma garota que conhece Marissa.

— Nash, onde está a sua alma gêmea? — pergunta a garota que apelidei de Barbie. Ela me olha de cima a baixo com ar de desprezo pouco disfarçado, como se sugerisse que eu engoli a namorada dele.

— Mudança de planos de última hora. Pode deixar que eu digo a ela que você mandou lembranças.

— Por favor, faça isso — fala a mulher, sem tirar os olhos de mim. — E quem seria a perua exibida?

*Perua exibida? Tá de sacanagem?*

— Esta é a prima da Marissa, Olivia.

— Muito prazer, Olivia. — Seu olhar indica que não é um prazer, de jeito nenhum. — Escolha interessante para esta noite — comenta, acenando com a cabeça de forma arrogante.

— Foi a alma gêmea dele que fez a escolha — respondo com um sorriso bastante animado, desejando que o chão se abrisse e me engolisse.

Seus lábios de colágeno se curvam em um sorriso afetado.

— Que legal!

Nash dá um pigarro para amenizar o clima.

— Vou dizer à Marissa para ligar para você. — Ele se dirige à Barbie antes de falar com seu acompanhante. — Spencer, a gente conversa na semana que vem.

Spencer acena com a cabeça para Nash e sorri para mim. A sua expressão diz que ele lamenta que a sua "alma gêmea" não seja melhor, mas sim algo quase tóxico. Retribuo o sorriso, desejando que cobri-la de presentes valha a pena, porque só vejo desgraça no seu futuro.

Ainda bem que Nash não faz nenhum comentário enquanto nos dirigimos ao próximo casal. Este é exatamente tão desarmônico quanto o anterior. O cara é tão esquisito que só faltam os óculos de aro preto com uma fita adesiva prendendo a parte que fica sobre o nariz e um protetor de bolso no seu smoking. E a garota? Posso jurar que ele a tirou de um set de filmagem, onde a música de fundo é "Conga, conga, conga". Ou isso ou ela é inflável.

Penso com meus botões que não há como estes dois serem desagradáveis. Eles parecem tão cômicos que, com certeza, não irão atirar pedras.

Mas atiram. E das grandes.

Na minha cabeça, apelido esta de Barbie Burra. E minha avaliação é reforçada quando ela começa a rir no instante em que paramos diante deles.

— Ai, meu Deeeus! Tem gente que não recebeu o e-mail.

Ela nem tenta controlar o tom de voz. Eu fico espantada e começo a ruborizar quando, pelo canto do olho, vejo várias cabeças se voltarem na nossa direção. Posso quase sentir os olhares críticos percorrerem o meu vestido colorido.

Não digo nada e me limito a sorrir, um sorriso que espero que possa encobrir minha crescente humilhação.

Nash não fala nada a respeito. E fico agradecida. Provavelmente eu teria caído no choro.

Em seguida, nos dirigimos ao próximo casal. E mais um. E ao seguinte. E cada um deles consegue se tornar ainda pior.

Justo quando penso que não há mais nenhuma pessoa grosseira na sala, encontro mais uma. Nessa eu coloco o apelido de Barbie Insossa.

— Onde comprou este vestido?

Fico completamente sem ação. Tudo o que mais quero é correr e me esconder. Depois de caçar Marissa e a estrangular com o próprio vestido, naturalmente.

Para piorar as coisas, sinto lágrimas brotarem nos meus olhos. Eu pestanejo rapidamente e forço os lábios a se erguerem em outro sorriso. É no momento em que percebo Nash paralisado ao meu lado que a raiva aparece. Como se não bastasse o que eles estão fazendo comigo, Nash ainda tem de trabalhar com algumas destas pessoas!

Não estou nem aí para o que vão pensar da resposta malcriada que vem à minha boca.

— Eu o roubei de uma mendiga — digo, na maior cara de pau. — Ela estava deitada bem ao lado da stripper que te deu o seu.

A expressão dela permanece inalterada por vários segundos, até ela entender o meu recado. Então fica vermelha e os seus lábios brilhantes caem de horror, formando um enorme "O".

Durante um segundo, me sinto satisfeita. Vê-la sem saber o que dizer me faz sentir um pouquinho melhor. Mas então me lembro do cara ao meu lado. Aquele a quem eu queria causar uma boa impressão.

A culpa reflete no meu rosto como um balde de água fria. E me sinto péssima.

Então lanço um sorriso gentil à Barbie Insossa e ao seu companheiro sem noção.

— Se me dão licença, preciso encontrar o banheiro feminino. — Em seguida, me viro para o Nash e sussurro, com olhar expressivo: — Desculpe.

E realizo a minha fuga.

Atravesso o ambiente hostil procurando pelos sinais universais de um banheiro. Quando avisto uma plaquinha com a pequena silhueta de uma garota de vestido, praticamente corro em direção a ela. Não chego a correr, claro, principalmente porque provavelmente eu tropeçaria e cairia, fazendo todo mundo rir ainda mais. Mas realmente ando muito, muito depressa.

No banheiro, mantenho a cabeça baixa e vou direto à solidão de um reservado. Quando finalmente me vejo dentro dele, fecho a porta, recosto na parede, e deixo as lágrimas correrem.

Sinto-me tão envergonhada. E tão zangada. E tão envergonhada novamente. E revoltada por agirem de forma tão desagradável na frente do Nash...

Meu Deus, essas garotas fazem o veneno peçonhento da Marissa parecer mamão com açúcar! Não é de admirar que Nash não se incomode com ela.

Minhas lágrimas tornam-se amargas. Por eles terem me humilhado, ou por eu ter me interessado por alguém que nunca poderei ter, e pela constatação do quanto estou longe de ser adequada para um cara como Nash.

Após vários minutos enfrentando a autopiedade e os cruéis porquês da vida, eu saio do reservado. Sei que, se não voltar logo, alguém poderá achar que estou acabando com o banheiro. E isto é a última coisa de que preciso.

Não, suas piranhas horrorosas, a minha reação ao estresse não é intestino frouxo!

Ainda bem que o banheiro está vazio, assim posso limpar a maquiagem borrada e o rosto manchado de lágrimas em paz. Ponho algumas toalhas de papel debaixo da água fria e as deixo alguns segundos sobre os olhos, como compressas, torcendo para que elas reduzam o inchaço. Tudo que elas conseguem fazer é deixar os meus cílios já molhados ficarem grudados.

Balanço a cabeça diante do meu reflexo. A única coisa que posso fazer a esta altura é voltar com a cabeça erguida, um sorriso plantado no rosto, e tentar atravessar o resto da noite sem nenhum incidente.

*Você consegue, Liv. Você consegue.*

Quase acrescento *pelo Nash*, mas até mentalmente isso parece algo estúpido e presunçoso. Ele não é para o meu bico. Não importa o quanto eu gostaria que fosse.

Respiro fundo e abro a porta para voltar à toca das víboras. Mas não vou muito longe. Fico paralisada quando vejo Nash apoiado na parede, bem do lado de fora do banheiro feminino. Seus pés estão cruzados casualmente, da mesma forma que os seus braços, por cima do peito. Seu sorriso é fraco. E triste.

Não digo nada. Não sei o que dizer. Então começo a agitar a bolsa, sacudindo-a com a mão.

Finalmente, ele ajeita o corpo e caminha na minha direção. Ele não para até ficar a poucos centímetros de mim, forçando-me a inclinar o rosto um pouco para cima, para conseguir olhá-lo nos olhos.

Em seguida, passa o polegar sobre a parte de cima da maçã do meu rosto, no canto do meu olho. Eu me pergunto se deixei de limpar uma faixa de rímel.

— Sinto muito — sussurra Nash, fechando os olhos como se estivesse sofrendo. Sua expressão é de desgosto e toca meu coração.

— Não tem problema. Você não tem como controlar as pessoas. Só espero não tê-lo constrangido demais, ou arruinado qualquer contato de negócios importante que você esperava fazer.

— Não estou nem aí para contatos de negócios. Não a este preço.

— Mas deveria. Era justamente este o objetivo da vinda aqui esta noite. A ocasião não deveria ser arruinada por uma garota qualquer, totalmente inadequada para acompanhá-lo em ocasiões como esta.

— Não é você a inadequada. Eu é que sou. Fingindo ser algo que não sou — diz, pensativo.

— Não ser como eles é bom, mas você tem que dançar conforme a música. Faz parte do jogo. Faz parte de quem você tem que ser e do que tem que fazer.

— Pode fazer parte do que eu faço, mas não faz parte de quem sou. Não sou assim. Não mesmo. Isto — diz, puxando a lapela do smoking —, tem um objetivo. É um meio para conseguir algo. Nada mais.

Franzo o cenho.

— Um meio para conseguir o quê?

Os olhos pretos de Nash penetram os meus e, durante um segundo, penso que ele vai me dizer alguma coisa. Mas ele muda de ideia e abre outro pequeno sorriso.

— Nada que eu queira falar agora. Vamos — fala, ao tomar a minha mão. — Vamos sair daqui.

Nash me leva até a porta e partimos, sem olhar para trás.

Ele não diz nem uma palavra enquanto me ajuda a entrar no carro, liga o motor e parte em direção ao extremo norte da cidade. Não pergunto onde está me levando; realmente não me importa. Estou contente só de estar na sua presença e longe de todas aquelas pessoas. Qualquer outra coisa além disso é secundária.

Fico um pouco surpresa quando começo a ver edifícios mais altos, enquanto Nash dirige pelas ruas da parte central da cidade. Então reduz a velocidade, para diante de uma garagem e aponta um cartão para uma cancela eletrônica. O portão levanta e ele entra com o carro. Em seguida, estaciona na primeira vaga disponível e desliga o motor.

Ele não diz uma palavra. Após me ajudar a sair do carro, me conduz a um elevador.

Não pergunto nada. Estou meio tensa e muito curiosa para onde estou sendo guiada. Não deveria. Porque ele não é meu. Mas estou.

Nash passa o cartão por outra cancela vermelha e aperta o botão do 24º andar. As portas se fecham com um silvo abafado. O elevador sobe suavemente até se abrir diante de uma luxuosa recepção, pouco iluminada. A luz direcional brilha como milhares de diamantes, na placa dourada na qual se lê: Phillips, Shepherd e Townsend.

Estamos no escritório de advocacia onde ele trabalha. Com Marissa. E meu tio, que é sócio. Ele é o Townsend do nome da empresa: Phillips, Shepherd e Townsend.

Quero perguntar por que estamos aqui, mas novamente permaneço muda. Ele toma a minha mão e me conduz para fora do elevador, no silêncio do escritório vazio. Então nos encaminhamos até o outro lado, para um grupo menor de elevadores. Subimos mais dois andares, mas quando as portas se abrem desta vez, é para uma vista de tirar o fôlego, o horizonte totalmente iluminado de Atlanta.

Eu paro extasiada. Não consigo evitar. Nunca tinha apreciado uma vista tão linda. Parece um cartão-postal. Só que real.

Avanço nessa direção, passando por entre a requintada mobília da área externa, até chegar ao parapeito do terraço. A brisa morna insiste em jogar meu cabelo na testa, enquanto avisto o prédio do Bank of America, do outro lado da rua.

— Daqui de cima, aquele tipo de gente não existe — diz Nash baixinho, ao se aproximar para ficar ao meu lado. Ele está tão perto que seu ombro está roçando no meu. Eu luto contra o impulso de me recostar nele.

Posso sentir o calor do seu corpo irradiar em mim, me provocando com seu ímpeto sedutor. Isso me faz estremecer.

— Está com frio? — pergunta Nash, virando-se para mim para passar a mão na parte superior do meu braço, como se testasse a temperatura da minha pele. — Tome — diz, tirando o paletó e colocando-o por cima dos meus ombros. O paletó é quentinho e pesado, e tem o cheiro dele, da colônia ou sabonete que usa. Para mim, devia se chamar *Delicioso*, talvez da Armani ou qualquer outra marca famosa. Quase fico com a boca cheia d'água. — Está melhor? — E me abraça, como se quisesse se assegurar de que eu não ficaria com frio. Naturalmente, não vou reclamar. Mesmo se eu estivesse suando, não iria reclamar.

— Está bem melhor, obrigada.

Nós permanecemos em silêncio por tanto tempo que, por fim, começo a ficar desconfortável. Mas exatamente quando começo a quebrar a cabeça procurando algo para dizer, Nash resolve falar.

E o que ele diz vem acompanhado de uma bomba.

## QUATORZE

# Nash

— Meu pai está preso. Por assassinato.
*Precisava falar assim, sem pensar? Idiota!*
Não sei por que me sinto tão estimulado a contar à Olivia todos os meus segredos sujos, mas vou em frente. Talvez porque ela se sinta inadequada. Eu sei muito bem como é isso. Em um mundo onde aparência e reputação representam tudo, tenho que me esforçar muito para me assegurar de que tudo o que falo e faço esteja acima de qualquer crítica. Manter distância do meu pai e de sua detenção foi uma proeza quase impossível, mas eu resisti. Após anos e anos de muito trabalho, puxando o saco das pessoas certas, finalmente consegui. E agora estou um passo mais perto do meu objetivo.

Depois do que pareceu uma eternidade enlouquecedora de silêncio, olho para ela. Olivia está me encarando, a boca ligeiramente aberta, com o choque. Seus olhos verdes brilhantes, escuros na luz fraca, estão focados exclusivamente nos meus. Mas o que mais me chama atenção não é o que eles expressam — surpresa, desconfiança, curiosidade, talvez um pouco de compaixão —, e sim o que não está estampado neles. Julgamento. Desprezo. Medo. Todas as coisas que vi, muitas vezes, nos olhos das pessoas, quando tinha de contar-lhes a minha história.

Agora mais do que nunca quero beijá-la.

*Cacete! Ela fica cada vez mais atraente.*

— E então? Não vai fugir, sair gritando? — pergunto, sem conseguir evitar o leve tom de amargura na voz.

Ela me surpreende com um sorriso e um olhar hesitante.

— Acho que já ficou claro que eu não tenho nada a ver com as pessoas com as quais você lida normalmente.

Rio. E é um riso verdadeiro.

— É, verdade.

Ela se vira para mim. A única coisa que seu rosto expressa agora é curiosidade. Fico contente de ver que o traço de compaixão desapareceu. Dentre as muitas coisas que eu gostaria de inspirar nesta garota, compaixão não faz parte da lista.

— Quer conversar sobre isso?

Eu dou de ombros, em dúvida.

— Isso não me incomoda mais como antigamente. Agora é como se fosse parte do meu passado, mais do que qualquer coisa.

— Deve ser mais do que isso para você querer me falar a respeito.

Ela é bem perceptiva. Tão inteligente quanto bonita. E provavelmente não faz ideia disso.

— Talvez. Não sei. Eu nem mesmo sei por que mencionei isso.

Então olho para as luzes da cidade. Agora me sinto como um idiota por ter tocado no assunto.

— Mas mencionou — insiste Olivia. — Agora vai ter que me contar ou serei forçada a pensar que você é cruel e sádico.

— Talvez seja.

Ela aperta os olhos, me avaliando.

— Ah, qual é. Não acredito. Além disso, não existe alguma lei contra crueldade e punição extrema? Você não pode ser um advogado e transgressor das normas ao mesmo tempo.

Não consigo segurar uma risada diante da sua lógica. Pergunto-me o que ela pensaria se soubesse a verdade.

— As pessoas fazem isso o tempo todo.

— Mas você não é como as "pessoas". Você é o cara que está se preparando para me tirar dessa aflição.

— Aflição é? — pergunto, incitando-a.

Sei que o meu sorriso provavelmente deixa transparecer o rumo que meus pensamentos tomaram, e Olivia consegue me surpreender novamente ao entrar no jogo.

— Sim, aflição — repete ela com um sorriso. — Você não é o tipo de homem que deixaria uma garota aflita e ficaria por isso mesmo, não é?

Embora ela pareça amável, inocente e tímida, de vez em quando parece pronta para participar de um jogo muito mais íntimo e perigoso. Sei que não deveria estar pensando em jogos ou aflição, ou em nada mais em relação à Olivia Townsend.

Mas não dá para evitar!

Pensamentos obscuros e sujos vêm à mente, coisas do tipo: quanto prazer eu teria em deixá-la aflita. Mas não a espécie negativa de aflição. Não, de jeito nenhum. Quero Olivia experimentando a espécie de aflição que a faça suar e se contorcer e me implorar para que eu a penetre.

Sinto a necessidade de ajeitar a calça e lembro a mim mesmo que estou entrando num terreno perigoso. Minha mente entende isso, mas observar o rosto dela, seus olhos brilhantes e os lábios carnudos me impede completamente de transmitir a mensagem para outras partes do meu corpo.

— Só se ela gostar — respondo, estendendo o braço para afastar a longa mecha de cabelo preto do ombro de Olivia. Os fios parecem seda entre os meus dedos. Assim como a sua pele, nas costas da minha mão. — Do que você gosta, Olivia?

Acho que vejo seu peito inflar ao tomar fôlego. Talvez ela resolva interromper o jogo. Deus sabe que eu não vou. Posso até me arrepender depois, mas agora não estou pensando em nada além de como seria ver Olivia sem aquele vestido vermelho.

Ela me olha espantada. Não sei se isso significa realmente a aceitação do desafio ou se é somente o que estou esperando. Então, passa a língua nos lábios e abaixa um pouco a cabeça, olhando para mim por entre os cílios.

Ela é tímida. Mas não de um modo forçado. É o jeito dela. E isso me deixa ainda mais excitado.

— Quer dizer que você não sabe? — pergunta. — Imaginei que um general de quatro estrelas saberia todos os tipos de coisas que os mortais não sabem.

— Talvez eu prefira fazer um reconhecimento do terreno, antes de atacar.

— E como é esse reconhecimento?

Sei que devo parar enquanto ainda há tempo. Só que não há como.

— Eu gosto de usar todos os meus sentidos para penetrar o terreno com segurança.

— Penetrar o terreno? — pergunta ela, arqueando os cantos da boca.

— Claro — respondo. — Para poder planejar o meu ataque.

— Reconhecimento? Para um ataque? Não me diga.

— Primeiro começo com o toque. — Estendo o braço e roço sua covinha com a ponta do dedo, então arrasto a mão lentamente na direção do seu lábio inferior. — O toque é importantíssimo. A textura do terreno me diz até que ponto... o meu ataque tem de ser agressivo. Alguns lugares requerem uma estratégia muito mais delicada do que outros.

— Sei — diz Olivia suavemente. Eu sinto o hálito quente dela fazer cócegas no meu dedo. — O que mais?

— Cheiro — continuo, deslizando a mão pelo seu cabelo para suspendê-lo enquanto aproximo o rosto da pele ligeiramente perfumada do seu pescoço. — Uma determinada fragrância pode me dizer se eu estou indo na direção certa. Algo doce. Algo... almiscarado — murmuro.

Ouço sua respiração falhar quando mordo, delicadamente, sua orelha.

— E ouvir também é importante — sussurro. — Às vezes os sons mais suaves, até um gemido, podem me dizer muito a respeito do quanto estou perto de atingir meu objetivo.

Sinto as mãos dela agarrarem meus braços. As unhas estão penetrando a minha pele, através da camisa. Não consigo pensar em mais nada além do quanto quero senti-las nas minhas costas.

A sua respiração está se tornando mais rápida e entrecortada no meu ouvido.

— O que mais? — pergunta ela, ofegante.

Eu me afasto ligeiramente e observo sua expressão. Suas pálpebras estão pesadas por cima dos olhos deslumbrantes, e seu rosto está corado, pelo clima que está rolando entre nós. Ela também não quer parar. Não há dúvida.

— Sentir o sabor.

Seus olhos oscilam até minha boca e voltam a se focar nos meus.

— E do que você sente o sabor?

— De tudo. Quero sentir o sabor de tudo.

Se em algum momento tive a chance de resistir a ela, essa chance se evapora no instante em que ela se aconchega a mim, assim como o último respingo de elegância que normalmente sou capaz de demonstrar. O beijo que deveria ter começado lento, começa como um incêndio florestal. O primeiro toque da sua língua me consome.

E me sinto perdido.

Minhas mãos estão no seu cabelo e a minha boca está devorando a dela. Não me preocupo com o lugar onde estou, nem com minha namorada para cujo pai eu trabalho. Não consigo pensar em mais nada além do quanto quero penetrar o corpo firme e sensual da garota nos meus braços.

Mas por quê? Por que eu a quero tanto?

Nenhuma resposta vem à minha mente. Todo o pensamento parece se fechar, quando ela me envolve em seus braços e sinto aquelas unhas cravarem a minha pele.

Solto um gemido enquanto a beijo, e ouço o gemido dela em resposta. Puxo seu cabelo, talvez um pouco mais forte do que pretendia, e seu beijo torna-se voraz. Ela aperta o corpo contra o meu, como se não estivesse perto o bastante. Eu a pressiono contra a parede. Meu corpo está colado inteiramente ao dela. Posso sentir cada centímetro duro do meu corpo pressionando cada centímetro macio do corpo dela. É a roupa entre nós que me faz interromper o beijo.

Eu me afasto ligeiramente para poder fitá-la. Seus olhos estão pesados e seus lábios, inchados. Posso ouvir a sanidade mental bater na porta, mas eu a ignoro quando ela se inclina lentamente para a frente, na ponta dos pés, para morder meu lábio inferior.

— Ah, meu Deus — solto um gemido, mergulhando de volta no beijo. Olivia recomeça exatamente do ponto em que estávamos, sem reservas.

Sem quebrar o contato com seus lábios, eu me curvo para pegá-la nos braços e carregá-la até uma das *chaises longues*, distante do elevador. Eu a deito confortavelmente, e me levanto para observá-la.

Seus joelhos estão ligeiramente dobrados, permitindo-me uma olhada furtiva nos seus belos tornozelos. Minha atenção não se desvia dali. Eu me ajoelho, pressiono os lábios no topo do seu pé, levantando seu vestido, enquanto deslizo a boca até sua panturrilha.

Minha mão acaricia suavemente a sua pele lisa, empurrando o vestido ao mesmo tempo, enquanto faço uma trilha com a língua até seu joelho, e depois até a parte interna da sua coxa. Ela afasta as pernas ligeiramente.

Um convite.

Arranho delicadamente sua pele sensível com os dentes, enquanto as pontas dos meus dedos sobem até tocarem sua calcinha úmida. Eu ouço sua respiração ofegante. Fico excitado só de pensar nos gemidos que ela soltará quando meu corpo estiver em contato com o dela.

É quando ela se enrijece que percebo que há algo errado. Levanto a cabeça e meus olhos encontram os seus em estado de alerta.

Fico confuso quando os vejo encherem-se de lágrimas.

— O que foi, Olivia? Eu te machuquei?

Não acho que tenha pegado pesado...

Ela nega com um gesto de cabeça.

— Não, é só... Eu só... Não podemos fazer isso.

Por mais que eu odeie admitir, sei que tem razão. Marissa é muito importante nos meus planos para eu estragar tudo agora. E Olivia é uma garota muito bacana para eu arrastá-la para minha vida bagunçada.

Com um suspiro, pouso a testa no seu joelho.

QUINZE

# Olivia

— Tem razão — ouço Nash murmurar. Então, ele ergue a cabeça e diz com mais firmeza: — Você tem razão. Por favor, aceite as minhas desculpas.

Ele parece tenso e... distante. E está transformando uma situação já pouco confortável em algo muito, muito pior. Então eu me sento e seguro seu braço, antes que ele se levante e se afaste.

— Não, espere. Não faça isso. Foi culpa minha. Eu fiquei flertando com você, sabendo que é comprometido. Muito comprometido. Sou tão culpada quanto. Será que não podemos apenas esquecer tudo isso? E não deixar as coisas ficarem estranhas?

Ele me olha com aqueles olhos intensos por alguns segundos, antes de começar a falar. E quando fala, me sinto aliviada.

— Claro — diz, antes de ficar de pé e me oferecer a sua mão. Deslizo meus dedos nos dele, que os aperta ligeiramente e me ajuda a levantar.

Dou uma olhada para baixo para verificar se o meu vestido se ajeitou corretamente nas minhas pernas. Está tudo certo. Quando volto a erguer os olhos, Nash não está olhando para o meu rosto, mas sim para o meu peito. Olho para baixo para ver o que ele está fitando. Para meu total constrangimento, toda aquela... agressividade durante o beijo fez o vestido se deslocar um pouco. Meus seios estão praticamente pulando para fora. Não foi simplesmente pagar peitinho. Trata-se de um enorme decote, mostrando tudo.

Nash ainda está segurando a minha mão. Eu a solto com uma sacudidela e ajeito a parte superior do vestido. Não consigo deixar de sorrir quando ele finalmente ergue os olhos.

— Então é assim que se encanta uma serpente — digo em tom sarcástico.

Ele sorri com malícia.

— Se realmente quiser ver o efeito que causa na minha cobra, eu ficaria feliz de mostrar.

Sinto o sangue queimar meu rosto e uma torrente de calor percorrer minha barriga. Imediatamente, quase voltamos ao ponto onde começamos.

Nós fitamos um ao outro por vários segundos e finalmente Nash suspira.

— Acho que devo pedir desculpas novamente. Não costumo me comportar dessa forma com a maioria das mulheres. Juro.

Com tranquilidade, ele toma a minha mão novamente e me conduz ao elevador.

— Não só fico contente de ouvir isso, como acredito em você — asseguro-o. E é verdade. Acredito nele, quer dizer. Ele é um cara bacana. Posso ver isso.

— Acredita mesmo? — pergunta ele. Pela sua expressão, parece que Nash, de fato, *se preocupa* com o que eu penso.

*Hum, tá bom. Até parece!*

— Acredito sim. Sei o tipo de homem que você é.

— E que tipo seria esse? — pergunta ao me conduzir para o interior do elevador.

— Inteligente, bem-sucedido, determinado, honrado.

Ele ri.

— Uau! Embora lisonjeiro, esse comentário faz parecer que eu deveria ou estar portando uma espada ou desafiando alguém para um duelo ao amanhecer.

— Não foi isso que eu quis dizer. Digo, você tem outras características, e a maioria mostra que você é um cara legal. Eu sei.

— E isso é bom? — questiona, hesitante.

Eu sorrio.

— Para mim, é muito bom — replico.

Ele retribui o sorriso e me forço a desviar o olhar. Sinto que falei demais. E não devia ter reforçado a minha afirmação como fiz.

*Idiota.*

— Bem, já que *você* pensa assim...

Em seguida, permanecemos em silêncio, enquanto nos dirigimos ao estacionamento. Não consigo pensar em nada além da intensidade das minhas emoções e da sensação dos seus dedos acariciando as costas da minha mão. Sei que não devíamos estar de mãos dadas, como se fôssemos namorados, mas não consigo afastá-la. Isso tudo vai acabar rápido demais; então vou curtir cada segundo enquanto posso. Amanhã, a realidade volta. E com ela, a Marissa.

Nash mantém um papo educado no caminho de volta, o que é ótimo. Assim não sou obrigada a pensar muito para manter a conversa. Posso somente... deixar rolar. E curtir. E fantasiar.

Fico imaginando como seria voltar para casa, depois de sair com Nash. Um encontro de verdade. Se ele fosse meu. Um homem assim, bonito e bem-sucedido ao meu lado, que me faz derreter com um olhar e me incendeia com um simples toque. Nash consegue reunir tudo isso. Só que, infelizmente, pertence a um mundo do qual não faço parte.

Mas Marissa sim.

— Afinal, está gostando de trabalhar para meu irmão?

*Cash.*

Só de pensar nele, no seu nome, meu estômago revira de agitação. O olhar que me lançou ao se curvar para tirar o pedaço de limão dos meus lábios foi algo realmente predatório. Passar praticamente o tempo todo com um cara assim seria a melhor coisa do mundo. Mas ele acabaria me deixando de coração partido.

Eles sempre fazem isso.

— Pelo seu silêncio, deduzo que as coisas não foram muito bem. Preciso estender as minhas desculpas em nome do meu irmão, também?

Fico com vergonha de mim mesma por pensar no Cash quando seu gêmeo, igualmente lindo, igualmente gostoso, está sentado bem ao meu lado. E Nash estava me beijando de um jeito como Cash nunca me beijou, e, *mesmo assim*, fico toda animadinha pensando no Cash.

*Ai, meu Deus, você é surtada! Uma* piranha *surtada, isso sim!*

— Olivia?

Eu volto à realidade com um susto.

— Céus, de jeito nenhum! Deu tudo certo. Desculpe. Eu estava pensando no trabalho. Tenho um turno na quarta-feira.

— Então está gostando? E o Cash está sendo... legal? Há algo em seu tom...

— Por que você pergunta? Esperava que ele pudesse não ser?

Nash dá de ombros.

— Não. Não exatamente.

— Não exatamente?

— Bem...

— Bem o quê?

— O Cash é meio... meio...

— Se isso faz alguém tão eloquente como você ficar sem saber o que dizer, fico me perguntando o que significa.

— Não é isso. Só imaginei que ele fosse gostar de você.

— Ainda bem que ele gostou. Vou economizar muito tempo e dinheiro com gasolina.

Nash me lança um olhar exasperado.

— Não foi isso o que eu quis dizer, e você sabe muito bem.

— O que você quis dizer, então? — pergunto.

— Olivia, você é bonita, inteligente, engraçada. Qualquer homem desejaria você. E meu irmão não é diferente. Ele é apenas um pouco mais... agressivo em relação ao que quer. Eu não gostaria que ele a espantasse e a fizesse sair correndo.

Lembro-me da brincadeira que fiz com Cash sobre assédio sexual. Não duvido que seja ousado e passe dos limites, mas nunca tive a impressão que ele poderia forçar a barra comigo, ou fazer investidas indesejadas. Só peço a Deus que ele não perceba que suas investidas *não* são indesejadas. Gostaria que fossem.

— Bem, não precisa se preocupar com o Cash — garanto. — Ele foi um perfeito cavalheiro e não tenho nenhuma razão para acreditar que isso poderia mudar. Sou sua funcionária. Ele vai respeitar isso.

Pelo canto do olho, vejo Nash me olhar como se eu fosse louca. Eu o ignoro.

Nossa conversa é interrompida quando entramos no estacionamento do lado de fora da mansão que divido com Marissa. Sinto um aperto no peito. Sei que Nash não vai entrar. Porque não vou convidá-lo. E é melhor assim.

Só que isso é uma droga!

Como suspeitei, ele para o carro, mas deixa o motor ligado.

*É melhor assim. É melhor assim.*

— Obrigada — digo, fitando seus olhos escuros, impenetráveis. Eles parecem dois pontos de ônix no brilho das luzes do painel. — Adorei a noite.

— Não adorou coisa nenhuma. — Seu riso tem um tom de descrença.

Não consigo deixar de sorrir.

— Tudo bem, eu adorei a *maior parte* da noite. Obrigada por me trazer. E realmente espero...

— Ai, ai, ai — diz Nash, me interrompendo. — Nem mais uma palavra. Nada do que aconteceu foi culpa sua. Não dava para esperar outra coisa de um bando de esposas-troféu insossas. Não foi culpa sua de jeito algum.

Eu percebo o quanto é engraçado ele usar dois dos mesmos adjetivos que usei para elas. Mentes brilhantes pensam igual...

— Bem, a noite teria sido bem diferente se Marissa tivesse ido com você. Ela saberia exatamente que roupa usar e...

Não completo a frase, ao perceber, pela primeira vez, que tinha sido sacaneada. Não tenho a menor dúvida que

Marissa sabia *exatamente* o que aconteceria se eu aparecesse vestida como estou.

— E o quê? — pergunta Nash.

Eu o observo. Ele merece coisa melhor. Muito melhor. Bem que eu gostaria de poder lhe dar o que ele merece. Mas eu seria um suicídio profissional para um cara como Nash.

— Ah, é... Só que a Marissa combina muito mais com aquele tipo de coisa, aquele tipo de gente. Eu não passo de uma caipira.

Nash inclina-se e segura meu rosto. Então levanta a cabeça ligeiramente, enquanto me observa.

— Não faça isso — pede. — Nunca insista em afirmar que você é inferior. Porque seria um grande erro.

Ele me olha fixamente, como se quisesse que eu visse a verdade das suas palavras, como se quisesse que eu enxergasse sua sinceridade. E enxergo. Não há dúvida quanto a isso. Só que não muda nada. Não muda o fato de que ele está com a Marissa.

Ele não é esse tipo de homem. E eu não sou esse tipo de mulher.

— Eu agradeço, Nash. — Sei que devo ir. Por mais que eu queira que ele me beije novamente, por mais que eu queira que ele vá ao meu quarto e termine o que começamos, sei que não posso fazer isso. Não devo. Não vou. E ele também não.

*Mas se ele fosse...*

Falo diretamente por cima desse pensamento, para abafá-lo. Não há nenhuma razão para pensar nessas coisas, porque não vão rolar.

— Boa noite, Nash.

Seus lábios se erguem em um sorriso malicioso. Queria saber o que ele esperava.

— Boa noite, bela Olivia.

Saltar do carro e me afastar dele, quando poderia haver uma pequena possibilidade de ele me acompanhar, é a coisa mais difícil que já fiz.

Só na manhã seguinte eu me lembro que Nash contou que o pai estava preso por assassinato. É péssimo perceber que meus hormônios estão tão enlouquecidos a ponto de ignorar um homicídio.

## DEZESSEIS

# Cash

Nunca achei realmente difícil me afastar de uma garota antes. Também nunca tive razão para tentar. Mas desta vez tenho. Há algo diferente em relação à Olivia. Estou louco para levá-la para cama. Como agora. Mas ela... Não sei. Algo me diz que ela precisa de um toque mais suave, mais delicado. Ela é um desafio.

E eu adoro um desafio!

Eu a observo enquanto ela prepara um drinque, e Taryn olha por cima de seu ombro. Eu poderia puxá-la para longe e exigir que ela desse um tempo com Olivia, mas não vou fazer nada. Não só acho que seja bom para Olivia — isso aflora seu lado dinâmico e agressivo —, como acho melhor que ela mesma dê conta do recado. E admiro isso. Muito. Quanto mais a observo, mais percebo que ela tem muitas outras qualidades além de um sorriso tímido e um rostinho lindo.

E, naturalmente, um corpo que mal posso esperar para possuir.

E vou.

E ela vai gostar de cada segundo. Isso eu garanto

## DEZESSETE

# Olivia

Parece que toda vez que levanto os olhos, vejo Cash. Às vezes, ele está conversando com clientes, fazendo seu trabalho como proprietário/gerente. Mas, outras vezes, aparentemente muitas, ele está me olhando. Isso me deixa nervosa, mas não é um nervosismo para mostrar meu desempenho. Eu confio na minha capacidade de preparar um bom drinque, mesmo com uma instrutora aos berros no meu ouvido. Eu *não* me sinto confiante é com a minha capacidade de resistir ao que ele sequer tenta esconder.

Cash está interessado em mim. E não só como funcionária. Talvez muito pouco como funcionária, na realidade. Toda vez que meus olhos encontram os dele, me sinto como se ele estivesse me despindo. E só Deus sabe como eu adoro isso. Aquele olhar sexy, aveludado, que parece me tocar. Posso quase senti-lo, como mãos no meu corpo e lábios na minha boca.

Admito que tenho uma atração por bad boys, mas Cash é... Não sei. Ele é diferente. Atrevo-me a dizer que ele é ainda *mais* perigoso do que minhas desastrosas experiências habituais.

Levanto os olhos e dou de cara com ele novamente. Ele pisca para mim e meu estômago dá um salto.

— Não é assim que fazemos margaritas aqui — fala Taryn, de maneira grosseira, no meu ouvido. — Quem usa suco de laranja?

Eu dou um suspiro tão alto que parece um rosnado. Poderia explicar como uma pequena quantidade de suco de laranja acrescenta um sabor extra ao da tequila, mas não me dou ao trabalho. Já estou de saco cheio do mau humor da Taryn.

— Certo — respondo, pousando a garrafa de tequila de forma um pouco mais brusca do que pretendia. — Então me mostre como vocês fazem margaritas por aqui.

Cruzo os braços por cima do peito e me afasto.

O olhar que ela lança na minha direção é, ao mesmo tempo, furioso e satisfeito. Obviamente, ela queria que eu perdesse a linha. Bem, ela não perde por esperar.

— Pode fazer, vá em frente. As pessoas estão esperando — digo no tom mais calmo que consigo, inclinando a cabeça para mostrar o grupo de pessoas à espera, do outro lado do balcão.

Seus olhos azul-claros brilham de raiva e seus lábios vermelhos se contraem. Ela está pronta para uma briga. E eu também.

— Melhor você deixar esse tipo de atitude lá fora, querida, ou esta pode ser a sua última noite por aqui.

Ouço as vozes abafadas subirem à nossa volta: várias demonstrações de espanto e sussurros de "vai ter briga de mulher". Eu os ignoro e me concentro em Taryn.

— Ah é? Acha que está com essa bola toda para se livrar de mim só porque é uma mandona compulsiva que precisa de atenção 24 horas por dia?

Seu riso é amargo, mas ela não se preocupa em disfarçá-lo. Acho que ela sabe que eu tenho razão.

Não demorei muito para sacar qual é a dela: não passa de uma garota insegura, que tem uma situação malresolvida com o pai. Depois do meu teste com o body shot, ela fez o possível e o impossível para desviar a atenção de mim e atrair todos os olhares para si. Primeiro, trocou a música para uma mais dançante, da Jessie James. Depois, começou a dançar no bar, fingindo dublar "Wanted" e sensualizando com qualquer homem que estivesse ao alcance de sua visão.

E, naturalmente, eles adoraram. Afinal, ela é bonita, mesmo com os dreads loiros e longos, e é sexy de um jeito malicioso. Que homem com um pênis que funciona normalmente não adoraria uma garota assim, se exibindo, provocando-o impiedosamente?

Mas acabei descobrindo que isso contribuiu a meu favor. Enquanto ela descia do balcão, me lançou um sorriso presunçoso. Estava tentando chamar mais atenção do que eu, mostrando que *podia* chamar mais atenção. O que ela não entende é que eu não quero toda a atenção. Ela que faça bom proveito.

Pensar nisso dessa forma me deixa bem menos irritada. Decido dar a ela o que ela quer: o amor de todos os homens.

— O que acha de uma competição? Quem perder tem que fazer um número de dança.

Fico um pouco surpresa diante da sua hesitação, mas, quando vejo seus olhos se desviarem para a minha direita, entendo qual é o problema. Cash está conversando com um grupo de garotas animadas, não muito longe de onde estamos.

Então entendo. Realmente entendo.

*Puta merda! Ela está a fim do Cash!*
Meu primeiro pensamento é que não a condeno. Acho que qualquer coisa com estrogênio gosta do Cash. Meu segundo pensamento é a surpresa com o fato de que eles ainda não tenham dormido juntos. Isso não é um comportamento típico de um bad boy.
*A menos que eles já tenham ficado e ela ainda não tenha dado o caso por encerrado. Isso seria muito mais típico de um bad boy.*
Por alguma razão, o ciúme corrói minhas entranhas.
— Fechado — diz ela com um aceno de cabeça.
— Vence quem fizer a melhor margarita. As duas doses são por minha conta — digo, antes de me virar para o bando de homens que nos olham e ouvem. — Quem vai querer julgar?
Naturalmente, todos começam a pedir para serem escolhidos. Mas o problema acaba quando Cash se aproxima.
— Eu vou ser o juiz. — Ele se oferece, os olhos desafiadores na luz fraca do bar. — Acho mais do que justo.
— Claro — aceito, um pouco sem fôlego, quando ele chega bem perto e ficamos cara a cara. Eu observo Taryn. Sua expressão mudou de hostil para completamente feroz. Então me ocorre que o tiro poderia sair pela culatra. O que começou como um plano inteligente poderia acabar tendo o efeito contrário. — Você concorda?
— Por mim tudo bem. — A resposta dela vem acompanhada de um enorme sorriso para o Cash. — Eu sei do que ele gosta.
Os homens em volta do bar começam a gritar e a assobiar, cutucando e provocando Cash. Ele apenas sorri para Taryn. E isso me irrita. Não dá para saber se há algo entre eles ou não. Ou se a reação dele é apenas um sorriso tolerante de patrão.

*Espero que, se algum dia houve algo entre eles, que tenha acabado.*

Fico revoltada ao considerar que ele possa estar saindo com a Taryn, enquanto flerta comigo, me olhando e me provocando. Eu não deveria me incomodar. Afinal, ele é um playboy e é isto o que os playboys fazem.

Mas me incomodo.

*Droga!*

— Vamos lá, pessoal. Vamos dar uma ajudinha a essas garotas — pede Cash.

As pessoas em volta começam a aplaudir entusiasticamente. Cash sorri e se vira para ficar de frente para mim, inclinando-se no balcão. Seus olhos encontram os meus e ele ergue a sobrancelha, daquele jeito *supersexy*, então murmura:

— Você tem uma chance de me deixar com água na boca.

Eu suspiro. E todos os pelos do meu braço ficam arrepiados.

*Cacete, ele é demais!*

Ainda bem que o salão está cheio de gente. Senão, eu poderia passar vergonha tirando toda a roupa e subindo no balcão para enrolar meu corpo em volta do dele.

A prudência desaparece da minha mente quando faço um comentário brincalhão, em resposta à provocação:

— Ah, posso fazer muito mais do que isso.

Seus lábios curvam-se em um sorriso que me deixa nervosa.

— Não duvido nem um pouco.

Então desvio o olhar e concentro toda a minha atenção no preparo de um drinque perfeito. Tenho muito mais dificuldade do que deveria. Meus olhos insistem em voltar a fitá-lo.

Enquanto estou esfregando a borda do copo com o sal, eu me distraio e levanto os olhos. Cash está cantando a música que está tocando, que inclui um assobio; e quando chega a parte do assobio, ele contrai sua boca perfeita e assobia exatamente no ritmo da música.

Não consigo deixar de fitá-lo. E, como se ele já não tivesse me deixado desorientada o bastante, quando para de assobiar, meu olhar volta a encontrar o dele, que pisca para mim.

É quando percebo que estou encrencada. Muito, muito encrencada.

Taryn me empurra para o lado, a fim de deslizar um copo sobre o balcão diante do Cash. Isso me tira do sério. Eu viro a minha margarita no copo, decoro-a com um pedaço de limão e outro de laranja, e a ofereço a ele.

Ele prova primeiro a da Taryn, em seguida a minha. Depois prova cada uma mais uma vez, estalando os lábios e degustando os sabores. Eu me pergunto se ele realmente escolherá o melhor drinque, ou se escolherá simplesmente o *oposto*, para ver a garota que quer dançando no bar.

Percebo que, seja lá qual for o resultado, eu não vou ficar satisfeita. Se ele escolher o meu drinque, vou achar que ele quer ver a dança da Taryn. Não que me importe o que ele quer ver a Taryn fazer.

Mas importa.

*Droga.*

Por outro lado, se ele escolher o drinque da minha rival, não só o dela será supostamente melhor, como terei de dançar, o que realmente não quero fazer.

Ele acena com a cabeça e apanha meu drinque para beber até o fim.

— Temos uma vencedora! — anuncia, apontando para mim.

Sinto-me aliviada e vitoriosa. Mas, ao mesmo tempo, meus sentimentos são contraditórios. Sem olhar para ele diretamente, retiro o copo vazio, assim que Cash o pousa no balcão. Meus olhos se dirigem para além da Taryn, que está sorrindo timidamente para alguém, que eu imagino que seja o Cash.

— Boas notícias, pessoal — grita ela, feliz. — Vou continuar fazendo margaritas do *meu* jeito, *e* vocês terão um pouco de entretenimento esta noite. Assim, todo mundo sai ganhando.

Com um grito entusiasmado de "É isso aí!" Taryn se vira para tocar uma música diferente, escolhendo uma canção bem sugestiva, da qual, não tenho nenhuma dúvida, ela fará bom uso. Quando a vejo subir no balcão, vou para a outra extremidade, para servir as bebidas ao grupo de pessoas que não está prestando atenção nela, nem estimulando-a.

Faço tudo que posso para não olhar na sua direção, *nem* para o Cash. Não quero ver a reação dele. Mas quando os aplausos acompanhados da gritaria animada ficam mais altos, os meus olhos são atraídos para o lado onde ela está, independente da minha vontade.

Taryn, ao que parece, pulou para o colo de Cash e está com os braços enrolados em volta do seu pescoço, aparentemente bem firmes. Ela está sorrindo como o gato que comeu o canário — ou talvez, como o gato que *quer* comer o canário —, e Cash está rindo.

No momento em que estou voltando a minha atenção para a cerveja que estou virando no copo, vejo Taryn puxar a cabeça de Cash e beijá-lo. E não é só um selinho. Parece que ela está tentando engolir o rosto dele. E Cash não está oferecendo resistência.

O líquido frio que jorra por cima dos meus dedos me traz de volta ao que eu estava fazendo. A cerveja está transbordando, escorrendo pelo meu pulso e caindo na bandeja em cima do balcão. Pulo para trás e pouso o copo, furiosa, sacudindo a mão para retirar o excesso do líquido. Fico extremamente irritada comigo mesma por deixar Taryn e Cash me tirarem do sério, e mais ainda por deixar que isso me afete de maneira tão visível.

Estou batendo o pano furiosa sobre o balcão molhado, limpando a sujeira que fiz, quando Cash se inclina e fala comigo:

— Preciso que fique por alguns minutos esta noite, depois que a boate fechar. Tem uma papelada para você preencher. Não deve levar muito tempo.

Levanto a cabeça e fito seus olhos. Quero arrancá-los. E depois cuspir no rosto dele. E em seguida xingá-lo por ele ser exatamente o que pensei que fosse.

Um bad boy.

Um playboy.

Um destruidor de corações.

Mas também quero beijá-lo. E deixá-lo me carregar até a sala privativa, no andar de cima, e pôr um fim na longa angústia do desejo que tem me atormentado desde a noite que o conheci, quando levantei a sua camisa.

*Droga!*

Ele sorri ao se inclinar para trás.

— A propósito, parabéns pelo drinque. — Então bate no balcão duas vezes, como um tapinha nas costas, e vai embora, em direção à porta misteriosa, nos fundos do salão.

É oficial: a partir deste momento minha noite começa literalmente a despencar.

Estranhamente, o que eu pensava que ajudaria o humor da Taryn parece que só fez deixá-la mais hostil. Azar o dela. Meu humor desmoronou de forma vertiginosa, levando junto minha paciência e tolerância, então, pelo resto da noite, revido todas as suas ofensas.

Apesar de estar apavorada por ter de falar com Cash, sinto-me realmente aliviada quando a boate fecha. Taryn e eu já tínhamos passado de comentários pouco disfarçados a esbarrões propositais. Ela esbarrava no meu ombro toda vez que passava por mim. Eu esbarrei nas costas dela enquanto ela estava virando uma rodada de coquetel de vodca com limão nos copos. A partir daí, a coisa evoluiu a ponto de ela empurrar um drinque sobre o balcão para ele cair no chão, espirrando licor Bailey's pelas minhas pernas, que ficaram pegajosas e me deram muito trabalho para limpar. Àquela altura, compreendi que o próximo passo seria puxão de cabelo e unhadas, enquanto rolássemos pelo chão, rosnando uma para a outra. E, por incrível que pareça, imagino que esse tipo de coisa poderia pegar mal em qualquer estabelecimento comercial onde *não exista* uma piscina de gelatina para briga de mulheres.

Foi aí que parei de implicar com ela. Agora, estou pronta para ir para casa.

Ao fechar minha parte do bar, fico agradecida por lembrar quase tudo o que Marco me ensinou. As coisas nas quais fico um pouco atrapalhada, consigo improvisar, observando discretamente o que Taryn está fazendo na outra ponta. Ela é bem mais rápida do que eu. Obviamente.

Quando ela termina de limpar a sua área, praticamente corre em volta do balcão e vai para a porta nos fundos do salão. Ela nem sequer lança os olhos na minha direção, muito menos me diz qualquer coisa. E não estou nem aí, realmente. Sua atitude não é a razão para o meu estômago estar em reviravolta. Meu estômago está assim porque acho que tenho uma ideia de quem vai transar com quem esta noite.

Por isso, não me apresso em limpar o bar. Eu preferia morrer a interrompê-los. Na realidade, eu realmente gostaria que ele se esquecesse da tal papelada e me deixasse ir para casa.

Estou repreendendo a mim mesma por ficar pensando em um cara como Cash, quando a Taryn sai de dentro da sala. Levanto os olhos. À primeira vista, ela parece... aborrecida. Mas quando percebe que estou olhando para ela, abre o seu sorriso mais brilhante, pega a bolsa atrás do balcão e segue em direção à saída, caminhando tranquilamente.

Minha vontade é passar a borda afiada de uma folha de papel em cada centímetro do seu corpo. E depois esfregá-lo em água com sal.

Esse pensamento me faz dar uma risadinha dissimulada. E é o que estou fazendo quando Cash aparece. Ele não está ajeitando a roupa ou nada tão óbvio, mas sei o que ele andou fazendo. E estou furiosa.

— Já terminou? — pergunta casualmente.

Bufo de raiva.

— E você? — Fico aborrecida comigo mesma por deixar transparecer minha irritação, mas a pergunta meio que escapa, antes que eu pudesse me conter.

Cash me olha confuso por alguns segundos.

— Estou pronto no momento que você quiser. Sei que você precisa ir para casa.

*Que conveniente se lembrar disso agora! Você provavelmente está pronto para uma cama. Uma cama de verdade.*

Trinco os dentes, lanço o pano de limpeza no alvejante e pego a minha bolsa embaixo do balcão. Eu me recuso a me apressar só porque ele está, finalmente, pronto. Eu me recuso! Sei que sou eu que vou pagar por isso quando estiver exausta amanhã de manhã, mas esta noite, evitar o confronto direto é tudo que me resta.

Ele caminha na frente, até a porta cuidadosamente oculta, nos fundos da boate. Como suspeitei, é um escritório. E um escritório muito bem-decorado. Principalmente levando-se em conta que é numa boate.

As cores predominantes são, ao mesmo tempo, delicadas e masculinas, com fortes tons de bege e a suavidade do cinza amarronzado. Há detalhes em preto por toda a sala, nas almofadas jogadas no sofá e nos abajures nas mesinhas de canto. O tom combina com a enorme escrivaninha preta e o belíssimo trabalho de entalhe na estante atrás.

Há uma porta parcialmente aberta na parede dos fundos. Parece dar para um apartamento muito bonito e espaçoso, pelo que posso ver.

Com uma sensação de desânimo, percebo que ele e Taryn provavelmente estavam lá. Em uma cama de verdade.

Sinto-me péssima.

Cash aponta para uma luxuosa cadeira listrada, preta e cinza amarronzada, em frente à escrivaninha, enquanto senta-se na cadeira de couro preta, atrás dela. Então digita algumas coisas no computador e imprime alguns formulários, depois coloca-os diante de mim. Pego uma das canetas do porta-canetas à minha esquerda.

Em absoluto silêncio, preencho os formulários empregatícios e fiscais necessários, enquanto Cash faz o que assumo ser um arquivo de funcionário. Quando termino de escrever e vejo que não há mais papéis para assinar, pouso a caneta e espero. Ele finalmente levanta os olhos para mim e sorri.

— Então, está gostando de trabalhar aqui? Tirando a Taryn, naturalmente.

Forço os lábios em um sorriso.

— Sim, obrigada.

Vejo uma expressão intrigada novamente.

— Há algo que você queira falar? Algo que eu possa fazer para tornar o seu trabalho mais fácil?

*Além de ficar longe de mim?*

Eu me seguro para não dizer o que quero e mantenho o sorriso, balançando a cabeça negativamente. Ele se conforma com a minha resposta e me olha atentamente.

— Certo. Bem, acho que devo deixá-la ir para casa, então.

Com um breve aceno de cabeça, eu levanto e saio o mais rápido possível, sem dar mancada. Depois de passar pela saída e entrar no estacionamento bem iluminado, me rendo ao impulso de gritar de raiva e frustração. Não chega a ser um grito. É mais algo como um grunhido.

Enfurecida, vou até o meu carro e jogo a bolsa sobre o capô para procurar as chaves. É quando ouço passos. Então me viro, assustada, e vejo Cash se aproximando, até parar ao meu lado.

— Está tudo bem?

Ele mantém aquela expressão intrigada. Está nitidamente preocupado. Provavelmente ouviu meu desabafo, já que também estava saindo.

*Que maravilha!*

— Está tudo bem — respondo com a voz sibilante. — Pode voltar para a boate. Já estou indo embora.

— Esqueci de dar a você a sua cópia do termo de isenção de responsabilidade — explica, entregando-me uma folha de papel dobrada.

Eu arranco o papel das mãos dele e o enfio na bolsa.

— Obrigada e boa noite — falo com desdém, voltando a procurar as chaves do carro.

Cash agarra os meus ombros e me vira de frente para ele.

— Qual é o seu problema?

Eu perco a cabeça.

— Tire suas mãos de mim — digo num tom exigente, esquivando-me dele de forma violenta. Ele parece assustado, o que só me deixa mais furiosa. — Você não tem o direito de me tocar. Eu não sou a Taryn.

— Como é que é? — Ele parece realmente confuso. Por fim, parece entender. E fico louca de raiva. — É por causa daquele beijo?

Então cerro os punhos. É tudo que posso fazer para não atacá-lo fisicamente.

— Não, não é só por causa do beijo. É por causa de beijos, body shots e uma transadinha casual depois do expediente, no seu escritório, além de um monte de coisas que não deveriam estar rolando aqui!

Estou começando a ficar descontrolada e sei disso. Também dei um passo à frente, o que me põe bem perto do peito dele, que é onde o meu dedo indicador está enfiado.

Então olho para a minha mão, como se não tivesse a mínima ideia de como ela foi parar ali, principalmente porque não tenho mesmo.

Levanto os olhos para Cash, mas ele também está olhando para a minha mão. Então, bem devagar e deliberadamente, ele a pega com seus dedos longos e estica o braço. Puxa com força, quase me fazendo cair em cima dele.

— É por causa disso? Você acha que estou dormindo com a Taryn?

— Claro! Tenho certeza de que não é nenhum segredo.

— Por que diz isso?

Ele está muito calmo. Quase curioso. Chega a ser desconcertante.

— Bem, em primeiro lugar, ela é linda e...

— Você é linda — diz ele, baixinho.

Meu estômago sacode, mas vou em frente:

— E ela te dá mole descaradamente.

— Queria que *você* me desse mole assim. — Seus olhos deslizam até meus lábios, que pulsam como se ele os tocasse.

— Pare com isso. Não finja que não está rolando nada.

— Não estou fingindo. Taryn e eu temos uma história, mas foi antes de ela começar a trabalhar para mim. Eu tenho poucas regras, mas uma delas é não me envolver com funcionárias. E agora ela trabalha para mim. É isso. Nada mais.

— Mas você a beijou. Eu vi.

— Não, o que você viu foi *ela me* beijar. E *me* viu evitar uma situação desagradável, no meio da boate.

— Bem, não parecia que você estava odiando.

— Mas estava. O tempo todo, só estava pensando em beijar você. — Então, ele inclina a cabeça lentamente e se aproxima.

O sangue está rugindo nas minhas orelhas.

— Mas você não se envolve com funcionárias — lembro a ele, baixinho.

— Faria uma exceção por você. — Seu rosto se aproxima do meu. Lentamente. Um centímetro de cada vez.

— Mas é a sua regra.

— Vou quebrá-la por você — sussurra ele.

— Não, não faça isso — digo sem fôlego.

— Tudo bem, então está despedida — diz, no instante em que seus lábios tocam os meus.

Eles são quentes e a pressão é suave. No início. Por mais que eu queira resistir, a minha resolução vai para o espaço quando sinto a sua língua deslizar sobre meus lábios. Sem pensar, abro a boca.

Aí, já era.

O sabor de Cash é como um uísque escocês envelhecido na dose certa: intenso e delicioso. Sua língua escorrega ao longo da minha, acariciando-a, provocando-a, enquanto ele aperta a minha mão para me puxar para junto de si. Faço a única coisa que posso: colo meu corpo no dele.

Os dedos da sua outra mão afagam meu cabelo e inclinam a minha cabeça para o lado, conforme ele aprofunda o beijo. Torna-se mais agressivo, como se quisesse me devorar. E eu quero isso. Ah, meu Deus, como quero isso.

Em seguida solta a minha mão, e sinto ele tocar a base da minha coluna. Cash estica os dedos e cola o meu corpo ao dele.

Já está ereto. E é imenso. Posso senti-lo pressionando a minha barriga. O calor explode por mim, formando uma camada úmida entre as minhas pernas. Faz muito tempo e, instintivamente, sei que qualquer momento sexual com Cash seria inesquecível, maravilhoso, arrebatador.

Um momento que eu provavelmente lamentaria pelo resto da vida, quando eu me envolvesse demais e ele se entediasse demais.

A realidade do que estou fazendo me atinge como um tapa na cara, e pulo para trás. Minhas mãos estão no seu cabelo, o meu corpo está colado ao dele, e estou tremendo de desejo, dos pés à cabeça. Mesmo assim, recuo.

— O que houve? — pergunta Cash, com os olhos cheios de tesão e, ao mesmo tempo, confusos.

— Não podemos fazer isso.

— Era brincadeira a história da demissão.

— Não é isso o que quero dizer.

— Então *o que* é?

Ele retrocede para me dar espaço, mas agarra as minhas mãos para evitar que eu me afaste completamente. Não sei por que permiti que as segurasse. Provavelmente porque, no fundo, não quero que ele me solte. Só sei que *devo*.

— Cash, toda a minha vida escolhi o cara errado. O bad boy, o criança, o rebelde sem causa. Aposto que você nem sequer completou o ensino médio, estou certa?

Cash não me corrige e não nega.

— Viu? Este é o tipo de cara que me atrai. *Você* é o tipo de cara por quem me atraio. Eu nem vou fingir que não sinto atração por você. Mas você é a pior coisa no mundo pra mim. Já sofri demais e estou cansada. Estou cansada de tentar domar homens como você.

Ele me olha atentamente, assentindo com a cabeça devagar.

— Entendo. Realmente entendo. Mas você me quer e eu **te** quero. Não podemos apenas ter isso?

Eu olho para ele perplexa.

— Você está brincando, não é?

— Não.

— Você está realmente propondo que a gente transe por transar, sem compromisso?

— Ah, não seria transar por transar — argumenta Cash com um sorriso. — Seria tudo que você quisesse que fosse, com a condição de que, no fim, cada um seguisse seu caminho.

— Este é o problema. Quem escolhe a hora do fim? Você?

— Não, pode ser você. Ou podemos decidir juntos. De maneira aberta e franca. Podemos parar quando você estiver pronta para parar. Ou antes que se torne algo que você não quer que se torne.

Sei que deveria estar ofendida, e não intrigada.

— Mas isso é tão... tão...

— É exatamente como a maioria dos outros relacionamentos, só que sem todas as mentiras e expectativas. Só isso. É prático e inteligente.

— Um relacionamento sexual prático e inteligente?

— Sei que a minha expressão é hesitante. Não há como evitar.

— Sim, mas também ardente, excitante, intensamente prazeroso — defende Cash, com uma voz que assume um ritmo mais lento, mais profundo. Então, ele se aproxima de mim novamente. — Prometo que você não vai se arrepender. Prometo fazê-la sentir coisas e curtir coisas que você nunca sequer pensou antes. Farei de cada noite a melhor noite da sua vida, até você dizer que é hora de parar. Então, vou embora. Sem ressentimentos. Apenas doces recordações — ronrona, enquanto esfrega as nossas mãos entrelaçadas, de cima para baixo, na sua coxa.

Sei que deveria dar-lhe um tapa, rir na cara dele, ou pelo menos fingir estar profundamente ofendida, o que deveria ser o caso. Entretanto, não estou. Em vez disso, estou analisando a proposta.

Cash é bastante inteligente para saber quando retroceder e deixar as coisas rolarem naturalmente. E é isso o que faz.

— Pense a respeito. A gente volta a falar sobre isso no fim de semana. Neste meio-tempo — sussurra, ao se curvar perto do meu ouvido —, pense na sensação de ter a minha língua dentro de você.

Então morde minha orelha, e sinto o reflexo percorrer até a boca do estômago. Mordo o lábio para não gemer.

— Enquanto isso — prossegue —, vou ficar imaginando qual deve ser o seu gosto.

E então, o cretino se vira e vai embora, me deixando molhada de desejo, ao lado do capô do meu carro.

DEZOITO

# Nash

Eu me afastei da Marissa de propósito, para não ter que dar de cara com a Olivia. Além da possibilidade de destruir os meus planos completamente, essa garota também não merece os problemas que fazem parte da minha vida. Ela não pareceu muito chocada quando falei sobre o meu pai, mas isso é somente a ponta do iceberg. Bem, talvez não a ponta, mas é apenas uma pequena porção do caos que compõe a minha vida.

Porém, como de hábito, Marissa começou a ficar aborrecida e a exigir atenção; portanto, aqui estou, tentando acalmá-la durante o café da manhã. Dou uma olhada no relógio. Espero não dar de cara com a Olivia, de jeito nenhum. Se não me engano, lembro de ter ouvido a Marissa dizer que ela tem aula na parte da manhã, às segundas e quartas. Então preciso ir embora antes que ela se levante. Vê-la só vai tornar mais difícil a decisão de me manter longe. Há um limite para um homem resistir à pressão antes de ceder, apesar das consequências.

— Se não fosse importante, com certeza ele não estaria pedindo que eu fosse — diz Marissa.

Tenho certeza de que se trata de algo que eu deveria estar prestando atenção, e não ignorando, enquanto penso em sua prima.

— Desculpe, ir aonde?

Ela faz uma careta.

— Qual é o seu problema? Eu quis que você viesse aqui para passarmos um tempo juntos antes de viajar, e não para ficar falando sozinha enquanto você fica olhando o café.

Suspiro.

— Desculpe, amor. É que não consigo parar de pensar naquele caso que o Carl deixou nas minhas mãos.

Eu pouso a caneca e pego as mãos dela. Mãos frias como gelo.

*Cacete, isso tem tudo a ver com ela.*

— Fale novamente. Sou todo seu — declaro com um sorriso.

— Papai quer que eu vá com dois funcionários mais antigos à Grand Cayman, para dar uma olhada naquelas contas. Espero que com isso ele me deixe participar do projeto inteiro.

Posso entender a sua empolgação. E invejo a oportunidade. Ela é três anos mais velha do que eu, portanto já é formada e exerce a advocacia, enquanto eu ainda estou empacado num estágio pelos próximos meses.

— Isso é ótimo! Estou muito orgulhoso de você. Sentirei saudades, claro, mas quando você vai?

— Amanhã. — Ela ainda está fazendo beicinho.

— E quanto tempo vai ficar fora?

— Pelo menos duas semanas. Mas pode ser um pouco mais.

— Bem, isso nos dá uma boa razão para comemorarmos quando você voltar, porque vou matar as saudades *e* você terá boas notícias. Tenho certeza.

Eu a puxo contra meu peito e ela senta no meu colo. Então passa os braços finos em volta do meu pescoço e me beija. Eu sei que só teria que carregá-la para o quarto e dar uma rapidinha matinal, mas não faço isso. Não sou tão cruel e insensível, porque embora ela esteja no meu colo, se contorcendo e me beijando, estou pensando naquele corpinho delicioso, de olhos verdes e cabelos pretos, que está dormindo num dos quartos. E isso não é legal.

Marissa inclina-se para trás e me olha intrigada.

— Você ainda parece distraído.

— Não, está tudo bem. Sério. Só tenho que ir embora. Eu tinha que redigir uns documentos há mais de uma hora.

Ela sorri.

— Está dizendo que matou o trabalho para passar a manhã comigo?

— Sim. É o que estou dizendo.

Ela assume uma expressão sugestiva, aperta o corpo contra o meu e se esfrega. Para não ser indelicado, e atendendo à solicitação, eu pego seus pequenos seios e acaricio seus mamilos enrijecidos com os meus polegares. Suas pálpebras se fecham um pouco e eu me dou conta de como isso vai acabar.

Nesse instante, ouvimos alguém pigarrear. Eu e Marissa levantamos os olhos e damos de cara com Olivia, na porta, parecendo sonolenta e, ao mesmo tempo, horrorizada.

— O que foi? — pergunta Marissa de forma brusca. — Pegue o seu café e suma. Estamos um pouco ocupados.

Então se vira para mim a fim de continuar do ponto onde paramos, mas eu a faço parar.

— Realmente preciso ir — justifico.

Sem dar-lhe uma chance de dizer alguma coisa, eu a tiro rapidamente do meu colo e me levanto. Pelo canto do olho, posso ver Olivia me fitando. Evito seu olhar a todo custo. Entretanto, posso sentir que está fuzilando meu coração. E meu pau. Não tenho a menor dúvida de que ela está pronta para vomitar veneno e ódio por todo o chão da cozinha. O que ela não sabe, no entanto, é que me odeio dez vezes mais do que ela poderia me odiar pelo que fiz, pelo que quase aconteceu.

— Mas espere — diz Marissa. — Eu queria saber se você pode buscar o meu carro na oficina, segunda-feira. Vou deixar as chaves com você.

— Tudo bem — respondo apressadamente, agarrando a sua mão e arrastando-a para fora da cozinha.

*Se Olivia quis que eu me sentisse culpado, missão cumprida!*

— Te ligo mais tarde — digo, antes de dar-lhe uma beijo rápido. — Talvez possamos jantar esta noite. — Estou pensando em dizer qualquer coisa para sair dali.

— Não posso! Vou passar a noite com a mamãe, e de manhã vou para o aeroporto com o meu papai. Espere um pouco. Vou pegar as chaves do carro. Posso pedir a limusine depois.

Ela sai correndo, me deixando à sua espera na porta. Estou torcendo para que Olivia fique imóvel. Mas ela não fica, naturalmente.

Eu a vejo se aproximar da porta. Embora contra a minha vontade, eu me viro para olhar para ela. Nos seus olhos estão estampados constrangimento, decepção e vergonha.

Mas há também a faísca do que há entre nós, seja lá o que for. Não há como negar que rola uma atração mútua. Muito, muito forte.

Ouço a voz de Marissa. Ela está falando no telefone com alguém, então caminho em direção à Olivia.

Realmente não sei o que dizer, portanto me limito a ficar diante dela. Olivia é mesmo maravilhosa, até quando acorda de manhã.

Antes de me dar conta do que estou fazendo, deslizo a ponta do dedo pelo seu rosto macio. Seus olhos se fecham, o que me faz querer beijá-los.

— Desculpe — diz Marissa ao atravessar o corredor. Recuo e vou até a porta, parando no exato local onde ela havia me deixado. Em seguida, lanço os olhos rapidamente à Olivia. Há um misto de emoções em sua expressão. Emoções que não posso identificar facilmente. A menos que seja a mesma coisa que estou sentindo.

DEZENOVE

# Olivia

Talvez seja a TPM. Talvez seja somente o estresse de várias mudanças acontecendo muito rapidamente. Não tenho a menor ideia, mas sinto como se de repente minha vida estivesse se tornando um caos.

E a maior parte desse caos envolve dois homens. Dois homens que, por razões totalmente distintas, estão me despedaçando. Dois homens que desejo. Dois homens que não posso ter. Dois homens que não saem da minha cabeça.

Eu quero Cash – quero muito – em um nível puramente físico, embora ele seja lindo e encantador, o que só aumenta o nível de perigo. Mas quero Nash tanto quanto, embora de um jeito diferente. Há um componente físico com certeza. Ele me desperta algo intenso. Mas é exatamente o *tipo de homem* que quero, que *preciso* na minha vida.

Não creio que registrei na memória uma única palavra das três aulas de hoje. Ainda bem que eram matérias sem muita importância: estatística, sociologia e mecânica do corpo; é como se fosse a educação física da faculdade.

Quando chego em casa, estou exausta. Mais emocional do que fisicamente, mas acaba parecendo a mesma coisa. Na tranquilidade da casa, sabendo que a terei todinha só para mim durante duas semanas (um fato que descobri acidentalmente, já que a Marissa não fez nenhuma questão de me contar), decido deitar no sofá para tirar uma breve soneca.

Acordo às quatro e meia, sem me sentir melhor. Somente lerda. De um modo geral, ainda estou me sentindo péssima, então passo a mão no telefone e ligo para Shawna. Ouço sua mensagem de voz, que me informa que ela está com a mãe, escolhendo as flores para o casamento.

A única outra amiga realmente chegada que tenho é Ginger, a bartender com quem trabalhei no Tad's por alguns anos. Por sorte, ela está em casa.

Depois de falarmos durante vários minutos, ela assume o estilo sem papas na língua, típico dela.

— Muito bem, pode se abrir. Tem alguma coisa errada.

— Não, não tem nada errado.

— Você é uma péssima mentirosa, odeio quando você tenta me enganar.

Dou uma risadinha.

— Não odeia nada — replico.

Então ela faz uma pausa.

— Tudo bem, não odeio. Mas a única maneira de se retratar é me dizer o que está te deixando com tanto fogo nesse rabo.

Ginger também tem o dom das palavras.

Suspiro.

— Acho que estou sentindo falta da minha casa e das minha amigas... Não sei. A vida está meio... complicada.

— Hã-hã. Isto está me parecendo falta de um cacete.
— Minha nossa, Ginger! Não é nada disso. Você acha que tudo tem a ver com sexo.
— E não tem?
Eu rio.
— Não. Não tem.
— Vai me dizer que não tem nada a ver com homem?
Faço uma pausa.
— Ah-há! Eu sabia! Tem a ver com pênis, então.
— Bem, parece que *a causa* de alguns dos meus problemas, por acaso, *tem* um pênis. Bem, dois na verdade.
— Caramba, amiga! Você está saindo com um cara que tem dois pintos?
— Claro que não! Estou falando de dois homens.
— Ah, bom — diz, obviamente desapontada. — Droga. Isto até que seria interessante.
— Como assim?
— Não sei. Um para cada buraco?
— Você é doente, sabia?
— Sim, um pouco.
Eu rio novamente.
— Pelo menos tem coragem de admitir.
— Amiga, eu admito mesmo! Estou velha demais para fingir ser algo que não sou. Requer muito esforço, assim como fingir um orgasmo. Se você não der o melhor de si, não se dê ao trabalho de chamar atenção. Eu disponho de um número limitado de anos orgásticos. Planejo espremer até a última gota de prazer desses anos que eu puder. E *quero dizer espremer mesmo*.

Eu balanço a cabeça, achando graça daquele comentário. *Ah, Ginger...*

Após alguns minutos de um papo altamente impróprio e recheado de comentários chocantes, Ginger promete me levar para beber à noite, o que de fato soa como uma tábua de salvação. Combinamos de nos encontrar em um bar que ela conhece, que fica na parte central da cidade e, ao desligar o telefone, já me sinto mais alegre.

Estou terminando o segundo drinque quando ouço o telefone tocar. Fico desanimada quando vejo o número da Ginger.

— Cadê você? — pergunto, sem preâmbulos.

— Não vou poder sair esta noite, amiga. Tad precisa de mim. A Norma ligou avisando que estava doente e ele precisa de ajuda. Eu estava indo pra casa e acabei de fazer o retorno. Desculpe, Liv. A gente se vê outro dia. Prometo.

Trinco os dentes.

— Tudo bem, Ginger. A gente se vê outro dia.

— Nesse meio-tempo, tente resolver aquele problema com os seus pintos. Todo galinheiro precisa de um galo, mas só as galinhas especiais podem lidar com mais de um. Experimente os dois, depois escolha um e fique com ele. Você é nova demais para brincar com dois brinquedos ao mesmo tempo. Isto é coisa de mulher que gosta de garotão.

— Vou tentar me lembrar disso — digo em tom de brincadeira.

— Pode mandar o rejeitado para minha casa. Eu o farei esquecer completamente de você. Pelo menos durante algumas horas. — Ela ri na sua voz grave de fumante. — Conversamos depois, querida. Beijo. — Em seguida, desliga.

Guardo o telefone e olho em torno do bar. Embora eu realmente não queira voltar para uma casa vazia e ficar remoendo todos os meus problemas, também não quero ficar aqui sozinha. Com um suspiro desanimado, coloco alguns dólares sob meu copo vazio e levanto do banco, procurando as chaves na bolsa.

*Experimente os dois, depois escolha um e fique com ele.*

O conselho da Ginger se repete na minha cabeça. Parece absurdo, ridículo! E completamente vulgar. Mas ao mesmo tempo...

Por mais que eu queira que dê certo, um relacionamento com Nash é algo impossível. Ele está namorando a Marissa. Bem, eu os vi hoje de manhã. Mesmo agora, fico revoltada só de lembrar.

Mas então vem à minha memória a imagem dele acariciando meu rosto. E me pergunto se ele fica pensando em mim como eu fico pensando nele.

E o Cash? Pelo menos um relacionamento com ele seria menos complicado. Menos significativo e sem futuro, naturalmente, mas pelo menos eu teria a noção exata de onde estava me metendo.

Pensamentos insanos passam pela minha cabeça enquanto entro no carro e ligo o motor. Ou, melhor dizendo, *tento* ligar o motor.

*O que foi agora?*

Bato no volante e as luzes do painel piscam, fracas.

— Não, não, não!

Acendo a luz interna e ela mal forma um cone de iluminação tênue, em direção ao banco de trás. Estou familiarizada com esses sintomas de carro quebrado.

*A bateria.*

— Sua lata-velha de merda! — grito no silêncio do interior do carro, esbarrando na buzina, acidentalmente. Ela faz um som parecido com o de um pato ferido. — Não se atreva a me responder! Você está a um passo de ir parar no ferro-velho.

Sim, eu me sinto um pouquinho melhor ao extravasar minha frustração, mesmo que isso signifique ficar do lado de fora de um bar, gritando para um objeto inanimado. Por sinal, completamente inanimado no momento.

*E agora?*

Preciso que alguém me ajude a conectá-lo na bateria de outro carro. Detesto ligar para um reboque para algo tão simples. Custaria uma fortuna. E meus recursos estão assustadoramente escassos agora.

*Isto é o que acontece quando se passa os dois primeiros anos de faculdade atrás de um cara e o terceiro, completamente isolada.*

Fecho os olhos e tento pensar. Como sempre, dois rostos, rostos idênticos, flutuam pela minha mente.

Nash provavelmente tem planos. Segundo Marissa, ele está sempre muito ocupado. Eu odiaria lançar mão da estratégia de donzela em apuros e interrompê-lo, por mais que aprecie a ideia de vê-lo me salvar.

Então, penso em Cash. Ele administra o próprio negócio e desaparece por várias horas, regularmente, toda noite. Além disso, está apenas a poucas quadras daqui. Seria a escolha lógica. Mas só de pensar na nossa última conversa, meu estômago tremula e eu me pergunto o que ele poderia pedir como forma do pagamento.

Entretanto, não posso negar que a perspectiva me deixa excitada.

*Experimente os dois.*

Afastando a voz de Ginger da minha cabeça, pego o celular e procuro o número de Cash na lista de contatos. Ele atende no segundo toque.

— Cash, oi, é Olivia.

— O que houve? — pergunta ele, abruptamente. Seu tom direto me surpreende. Não sei bem o que esperava, mas com certeza não era isso. Imaginei que ele atenderia todo sexy e sedutor, e tentaria me convencer a transar com ele. O mais triste é que me sinto um pouco desapontada por ele não ter feito isso.

— Estou te incomodando? Porque, se quiser...

— Não, tudo bem, pode falar. O que houve? — repete

— Bem, desculpe ligar por causa de algo assim, mas a bateria do meu carro arriou, eu acho, e estou meio presa aqui. Será que você poderia vir me ajudar. Estou a poucas quadras da boate.

Há uma pausa. E parece uma pausa longa, sobretudo quando já estou ansiosa e apreensiva. Por um segundo, chego a pensar em desligar. Será que seria uma atitude infantil? Bem, depois de fazer algo tão constrangedor, eu seria forçada a sair da Dual, largar a faculdade, voltar a morar na casa do meu pai e deixar toda a minha humilhação recente para trás, na cidade grande. E por mais drástico que isso possa parecer, às vezes parece uma ideia incrivelmente tentadora.

Mas não faço nada. Apenas espero. Enquanto meu rosto queima de humilhação e vergonha.

— Me diga onde você está.

Dou o endereço a ele.

— Será que você poderia esperar uns 15 minutos? Preciso fazer uma coisa antes de sair, mas depois vou direto para aí.

— Tudo bem. O tempo que precisar.

— Que tal voltar para o bar e beber alguma coisa enquanto espera? Eu não gosto da ideia de você ficar do lado de fora, no carro, sozinha. Você *está* sozinha, não está?

— Sim, estou sozinha. Mas vou ficar numa boa. Eu só...

— Olivia, eu realmente não gosto disso. Você não pode voltar para o bar? Considere como um favor.

Quando ele coloca as coisas dessa forma...

— Certo. Vou voltar para o bar — respondo. — Ligue para mim quando chegar.

— Te vejo daqui a pouco — diz, antes de desligar.

Eu guardo o telefone na bolsa, abaixo o retrovisor e dou uma conferida na maquiagem. Sei que não devia me preocupar, mas fico contente de ter dado uma caprichada no visual para encontrar a Ginger. Após retocar o batom rosa, passo os dedos pelo meu cabelo liso e ajeito a blusa vermelha, de ombro recortado.

De volta ao bar, peço uma cerveja. É barata, portanto não me incomodo de ter que deixá-la quando Cash aparecer. Além do mais, alguns goles não vão me deixar embriagada.

Vinte minutos se passam e eu já verifiquei o meu telefone umas seis vezes. Estou começando a me perguntar se todo mundo resolveu me dar o bolo esta noite, quando a porta se abre e vejo Cash andando com passos largos, na minha direção.

Minha boca seca completamente quando os seus olhos encontram os meus, e ele abre um sorriso convencido, erguendo um canto da boca. Queria que as suas pernas longas não devorassem o espaço entre nós tão rapidamente. Eu poderia somente fitá-lo, passar o dia todo apenas observando-o se movimentar. Seu físico é tão perfeito e ele fica tremendamente irresistível no seu "uniforme de trabalho", com uma calça e uma camisa pretas que se ajustam perfeitamente ao seu corpo, e botas da mesma cor. A camisa realça seus ombros largos, os quadris estreitos, e a cor de mel da sua pele. E aqueles olhos. Olhos pretos maravilhosos. Eles brilham como gotas de ébano no seu rosto lindo.

Quando chega perto de mim, estou considerando a necessidade de uma troca de calcinha.

Começo a me levantar, mas ele interrompe meu gesto.

— Termine a sua cerveja — diz, antes de acenar ao bartender. — Um Jack Daniel's. Puro e sem gelo.

Quando o bartender serve a bebida, Cash toma um gole e se vira para mim, como se estivesse se acomodando.

— Afinal, por que você está aqui, bebendo sozinha?

Nervosa, fico esfregando o polegar no rótulo da garrafa de cerveja.

— Eu ia encontrar uma pessoa que precisou cancelar. Depois que eu já tinha chegado, obviamente — explico, com um toque de amargura gotejando na minha voz.

— Quer que eu dê uma surra nele? — pergunta ele. Quando levanto os olhos, ele está sorrindo e me fitando por cima do copo.

— Não. Você poderia ficar envergonhado quando *ela* levasse a melhor e desse uma surra em você.

— Ahhhh, está falando da sua namorada lésbica e fortona?

Seus olhos estão brilhando. Ele está me provocando. E aparentemente curtindo muito isso. Era mais ou menos uma reação assim que eu esperava quando telefonei. Bem, não tanto, realmente. Essa brincadeira é inesperada e muito... sedutora.

*Não caia na sedução dele.*

Mas então me lembro das palavras da Ginger. E fico um pouco mais ousada.

— Não, eu não curto garotas. Gosto demais de... homem.

Fico me perguntando se a imagem de *mulher fatal* na minha cabeça tenha saído *brega e vulgar*, em vez disso.

*Tarde demais.*

— Ontem à noite eu fiquei com a impressão de que isso fosse verdade. — Ele me olha intrigado, arqueando a sobrancelha, e seus lábios formam o sorriso que está tentando conter.

*Puta merda, ele é tão sexy!*

— O que isso significa?

— É meio difícil de explicar — responde, inclinando-se na minha direção e abaixando a voz. — Mas eu ficaria feliz de mostrar se você quiser.

Há um brilho de desafio em seus olhos. Mas não sei se estou pronta para tudo que ele está oferecendo. Será que posso me aventurar sem deixar meu coração se envolver?

Eu pigarreio e olho para a garrafa de cerveja, desistindo de beber simplesmente por instinto de autopreservação.

Inteligente como ele é, percebe a mudança no meu humor.

— Então — diz Cash da forma mais tranquila possível —, me fale tudo a respeito de Olivia.

Eu dou de ombros.

— Não há muita coisa a dizer. Sou de Salt Springs. Cresci na fazenda do meu pai e estou no último ano da faculdade.

— Nossa, uma vida reduzida a duas frases. Não sei se fico *impressionado* ou *deprimido*. Houve alguns namorados e algumas festas no meio dessa história? Ou...

Sorrio.

— Sim, houve um pouco de cada. Não fui uma criança rebelde, mas também não era introvertida. Apenas comum, eu acho.

— Não há nada de comum em relação a você — diz Cash, baixinho.

Meus olhos voam de encontro aos dele. Ele não está sorrindo e não parece estar me provocando, o que me faz ruborizar.

— Obrigada.

Fitamos um ao outro por alguns segundos, diretamente, até o clima começar a crepitar com a energia que há entre nós. Neste instante, eu desvio o olhar.

— O que você está estudando?

— Contabilidade.

— Contabilidade? Contabilidade é para solteironas que usam coque e têm um armário cheio de sapatos ortopédicos. Por que escolheu essa carreira?

Rio da sua visão a respeito da profissão.

— Sou boa com números. Além disso, com um diploma de contadora, vou poder ajudar meu pai com os negócios na fazenda. Faz todo o sentido.

— Quer dizer que está fazendo isso pelo seu pai?

— Em parte, sim.

Ele acena com a cabeça, lentamente. A expressão no seu rosto indica desconfiança, mas ele não diz nada. Apenas muda de assunto.

— E a sua mãe?
— Ela foi embora. Há muito tempo.
Ele me olha meio confuso, mas novamente não diz nada. É um cara muito perceptivo.
— E o namorado bad boy?
— Bad boy?
— Sim. O tipo que você evita a todo custo, pelo que parece.
— Ah, sim. — Eu rio. É um único riso amargurado.
— Huum, caiu num triturador de madeira? — pergunto, esperando que perceba a indireta de que realmente não quero falar sobre isso, também.

Então faz uma pausa, com o copo a caminho da boca, como se avaliasse se estou falando sério, e logo sorri e toma um gole da bebida.
— Coitado. E o anterior?
— Foi engolido por um tubarão?
— E o anterior?
— Raptado por um circo itinerante?
Cash dá uma risada.
— Nossa! Sua vida parece lenda urbana.
— Atenção futuros pretendentes, fiquem alertas.
— Estou disposto a correr o risco — diz com uma piscadela. Meu estômago reage e o meu coração dá uma acelerada que é, por si só, uma enorme bandeira vermelha.

*Mude de assunto! Mude de assunto!*

— E a sua família? — Minha pergunta esfria o seu tom de gozação, consideravelmente.
— Uma longa história, horrível, terrível demais para seus ouvidos delicados.

— Caramba, vai ser assim mesmo? Quer dizer que *você* pode fazer todos os tipos de pergunta, mas eu só recebo isto em troca?

Estou brincando, mas não totalmente. Quero mesmo que ele responda a algumas perguntas, principalmente enquanto estou de posse do meu bom senso. De alguma forma, pelo menos.

— A forma problemática como fui criado e meus contatos suspeitos poderiam fazê-la tremer na base. Você sairia correndo, com bota e tudo — diz Cash com um sorriso não exatamente discreto.

Eu me viro no banco e abaixo os olhos.

— Não estou usando bota.

— Isto eu posso ver — diz Cash, abaixando-se para passar a mão na minha perna. — Nem meia-calça.

Uma bolha de ar se forma na minha garganta, me impossibilitando de respirar. Um arrepio sobe pela minha perna diretamente para minha calcinha.

Ele levanta a cabeça, com um brilho no olhar. Sei o que quer. E sei que ele sabe que eu também quero. Está nos seus olhos. Não tenho motivo para tentar negá-lo. Mas o que fazer a respeito?

Na minha indecisão, viro as pernas em direção ao bar, longe da sua mão. Ele sorri. Demonstrando ter entendido meu gesto. Mas vai em frente.

Por enquanto.

Então termina a sua bebida em um só gole, e se vira para mim. Afasto minha cerveja.

— Está pronta?

*Isso é o que chamo de chegar junto!*

Aceno com a cabeça. Não sei muito bem com o que acabei de concordar, mas cada célula no meu corpo está cheia de expectativa.

— Vamos — diz Cash com um gesto de cabeça e um sorriso diabólico. — Vamos tirar você dessa agonia.

Não consigo deixar de sorrir.

# VINTE

# Cash

Não consigo tirar as mãos de Olivia quando saímos do bar. Pelo menos não completamente. Quando ela fica diante de mim, coloco a mão na base da sua coluna. Sinto a contração do seu corpo com o contato. Não é uma hesitação, mas uma verdadeira contração. Como se tivesse levado um choque com uma pequena corrente elétrica. Como se estivesse sentindo tudo que estou sentindo. E posso apostar qualquer coisa que ela também está.

É a percepção sexual. É atração. É expectativa. Ela fez a sua escolha. E não precisa me dizer nada, ou sequer admitir para si mesma, mas fez. Posso sentir.

Levo-a até o seu carro. A minha moto está estacionada lateralmente, na frente dele. Olivia para quando nos aproximamos.

— É isso que você está dirigindo? — pergunta, virando aqueles olhos grandes para mim.

— Sim — respondo. Então acrescento com um sorriso afetado: — Mas você não está surpresa, não é? Não é isto o que os bad boys fazem? Andar de moto e destruir corações?

Seu sorriso é fraco.

— Acho que sim.

Então ela se vira e dá a volta para abrir a porta do carro e levantar capô.

Eu não devia ter dito isso.

Estendo o cabo de ligação direta que trouxe atrás do banco da moto e prendo uma das pontas na minha bateria e a outra no carro de Olivia.

— Isso vai ser o suficiente para dar a partida? — pergunta.

— Deve ser. Vamos tentar.

Eu a observo enquanto se senta atrás do volante para dar a partida. O motor não vira: só dá um clique.

Ela balança a cabeça e sai do carro, desanimada.

— Não está funcionando.

— Sério mesmo? — pergunto, debochando.

Olivia inclina a cabeça para o lado e me lança um olhar fulminante.

*Caramba, essa garota é adorável.*

— Está parecendo algum problema de alternador, não de bateria.

Ela joga o corpo por cima da porta do carro, desapontada.

— Ah, meu Deus! Isso deve custar caro, não é? — resmunga.

— Não é barato. Mas eu conheço um pessoal... — falo imitando um gângster.

Ela levanta os olhos e sorri.

— Aqueles seus contatos suspeitos, não é? Será que vai me meter numa roubada se usá-los?

— Provavelmente — respondo, sério.

Vejo um sinal de desconfiança em sua expressão. Ela não sabe se estou brincando.

— Pegue suas coisas. Vou levá-la para casa. Pedirei a um amigo meu para vir buscar o seu carro, e amanhã a gente vê o que pode ser feito. — Ela parece indecisa, tamborilando os dedos na porta. — Não se preocupe em deixá-lo aqui por algum tempo. Não creio que alguém vá roubá-lo.

Ela bufa de raiva. E logo parece envergonhada por ter feito isso.

— De certo modo, seria quase um alívio.

— Bem, eu conheço um cara...

Ela ri sem reservas. Adoro sua risada. Isso me dá vontade de fazer cócegas nela. Na cama. Quando estiver nua. Em cima de mim.

Sem discutir, Olivia fecha o carro e se aproxima da minha moto. Então pergunta, intrigada:

— E agora?

— Você nunca andou de moto?

— Não.

— Que tipo de namorada de bad boy você é? — pergunto fingindo desânimo.

— Com certeza uma muito ruim.

Eu sento na moto e pego o único capacete que tenho.

— Que nada, você apenas não conheceu o bad boy certo.

Ela ruboriza. Quero beijá-la. Novamente. E vou. Só que não agora.

— Coloque isto e suba atrás de mim — digo, entregando-a o capacete. Obedientemente, ela o coloca na cabeça, lança uma perna por cima da moto e senta no banco. Ao ver suas pernas longas, nuas, em volta dos meus quadris, olho para ela. Seus olhos estão brilhando atrás do visor levantado do capacete, enquanto ela se ajeita atrás de mim.

— Ponha os braços em volta da minha cintura e segure firme.

Mantendo o contato visual, ela se inclina para mais perto e desliza as mãos em volta da minha barriga. Posso sentir seus seios fartos nas minhas costas e um movimento brusco na minha virilha.

Então ligo o motor. Espero alguns segundos enquanto recupero a calma. É difícil libertar a mente da imagem dela diante de mim, sem roupa, com as pernas enroladas no meu corpo. Eu lhe daria a melhor carona para casa que ela já teve na vida.

Com um grunhido, a moto pega, eu acelero e libero o descanso. Mudando rapidamente a marcha, arranco como um raio, rua abaixo.

Adoro a adrenalina da minha moto. Sempre gostei. Tento ao máximo afastar a sensação do corpo de Olivia nas minhas costas, mas acho que só uma semana trancado em um quarto com ela seria capaz de fazer isso. E seria uma semana incrível!

Não levamos muito tempo para chegar à casa dela. É uma espécie de doce tortura. Por um lado, eu gostaria que demorasse mais. Por outro, fico contente por termos chegado logo. Quanto mais tempo ela ficasse abraçada ao meu corpo, mais difícil seria me controlar. Principalmente agora que sei que ela me quer.

E está tão perto de ceder.

Quando paro ao lado do meio-fio, Olivia hesita por alguns segundos antes de saltar. Então para ao meu lado, entregando-me o capacete que já retirou da cabeça. Eu o coloco sobre a perna, e aguardo ela dizer alguma coisa. Parece que ela tem algo a comentar.

— Como você sabia onde eu moro?

Ela não parece preocupada, apenas curiosa.

— Ficha de funcionários. Lembra?

— Ahh — murmura com um aceno de cabeça. Ela está esperando. E acho que sei o que é. — Você quer entrar?

— Eu preciso voltar, mas obrigado, de qualquer maneira.

Ela sabe disfarçar a decepção. Mas não tão bem.

— Certo, bem, obrigada. Fico muito agradecida por ter ido me ajudar. E pela carona também, claro.

— Sem problemas.

— Bem, então nos vemos amanhã, certo?

— Certo. Entrarei em contato.

Ela acena com a cabeça mais uma vez, lentamente. Esperando.

— Bem, boa noite.

Gosto de olhar para Olivia, observar sua incerteza e hesitação. E as tentativas em negar o que ambos sabemos que ela está sentindo. Provocá-la vai ser uma curtição. Uma curtição apimentada, doce, sexy e deliciosa.

Estendo a mão e afasto uma mecha de cabelo do seu rosto.

— Bons sonhos, Olivia.

Apresso-me a colocar o capacete para esconder o meu sorriso. Quero que ela esteja pronta para implorar.

## VINTE E UM

# Olivia

Eu me afasto rapidamente de Cash, antes de fazer algo estúpido, como uma proposta para ele.
*O que está acontecendo com você?*
Após alguns passos, lembro do meu carro. Então me viro para chamá-lo, antes que ele vá embora. Pego as chaves e as entrego a ele.
Vejo sua expressão intrigada através do visor embaçado do capacete.
— Você não precisa delas para entrar?
— Tenho uma reserva — explico.
Ele acena com a cabeça uma vez, pega as chaves e as guarda no bolso dianteiro.
Dou um breve sorriso e me afasto apressadamente. Recuso-me a olhar para trás, embora saiba que ele ainda está parado ao lado do meio-fio. Posso ouvir o ruído gutural de sua moto em descanso. Porém, mais do que isso, posso sentir que ele está me fitando. Só lamento que não sejam as suas mãos, em vez disso. E a sua boca.

Fico de olhos fechados enquanto pego a chave reserva debaixo do vaso de plantas, no pequeno pórtico coberto. E quando os abro para enfiar a chave na fechadura e destrancar a porta, ouço a moto acelerar. Acho que Cash estava se certificando de que eu poderia entrar sem as chaves.

Ai, meu Deus do céu! Não me mostre seu lado gentil e atencioso! Assim não tenho a menor chance, não vou conseguir resistir.

Depois de entrar, me apoio contra a porta e permaneço assim, de olhos fechados, até não poder mais ouvir o menor ruído da motocicleta.

Minhas pernas e minha bunda estão formigando por causa da vibração da moto. O resto do corpo está formigando por ter ficado abraçada a ele. Formigamento ou ansiedade. Ou ambos.

Frustrada — tanto sexualmente quanto comigo mesma, pela falta completa de controle dos meus hormônios —, acendo a luz e me afasto da porta. A primeira coisa que vejo é o vaso de flores na mesinha de centro, na sala. Formam um foco luminoso de cores, em um cômodo sombrio. Eu caminho na direção dos lírios e me abaixo para sentir o aroma. O cheiro é maravilhoso, mas algo espeta o canto da minha boca. É o cartão que anuncia quem as enviou.

Pego o pequeno retângulo de papel. Sinto-me culpada por ler uma "correspondência" endereçada à Marissa. Por outro lado, ela não deveria deixá-la jogada por aí. Ou na borda de um vaso de flores.

Ao puxar o cartão do envelope, fico com raiva de mim mesma por me infligir uma tortura ainda maior. Tenho certeza de que o cartão é do Nash. E tenho certeza de que é algum recadinho carinhoso, que me fará querer pular de um edifício bem alto. Mas nem isso me convence a desistir. Sou muito curiosa, portanto vou em frente.

E tenho uma enorme surpresa.

*Olivia, se precisar de alguma coisa, é só me ligar. Estou sempre por perto. N.*

Um pequeno arrepio percorre meu corpo até minha coluna. Ele devia ter usado as chaves da Marissa para entrar e deixar isto para mim. Não sei se Nash somente as deixou e foi embora, ou se ficou por alguns minutos. Ou andou pela casa. Ou entrou no meu quarto.

Duvido que ele fizesse algo assim. Essa possibilidade deveria me deixar apavorada. Mas não deixa. A ideia de Nash entrando no meu quarto, por alguma razão, me deixa excitada. E já estou excitada o suficiente, por causa do seu irmão perigoso.

Sentindo cada vez mais que é hora de usar o vibrador, eu me preparo para dormir. Lavar bem o rosto e escovar os dentes de forma vigorosa não ajudam. Os irmãos perseguem um ao outro na minha cabeça, zombando de mim com suas palavras, seus olhares e seus toques. Quando deito sobre os lençóis, sei muito bem com o que vou sonhar. Ou melhor, com quem vou sonhar.

O clique da porta da frente se fechando me faz despertar. Eu tinha acabado de adormecer, portanto preciso de alguns segundos para ter certeza de que estou acordada.

Estranhamente, não sinto medo quando vejo aquela sombra alta e indistinta parar bem na porta do meu quarto. Reconheço-a imediatamente. Reconheceria aquele corpo e aquele jeito natural de andar em qualquer lugar.

É o Cash.
Ou o Nash.

Começo a falar, mas as palavras empacam nos meus lábios, enquanto ele caminha lentamente na minha direção e para ao pé da cama. Sempre gostei da escuridão do meu quarto, mas agora eu daria qualquer coisa para vê-lo mais nitidamente, para ter alguma pista de qual dos dois está ali.

Ele se curva e agarra as cobertas, arrastando-as para longe de mim. Um arrepio percorre meus braços e pernas, em parte devido à mudança de temperatura, em parte devido ao homem parado ao pé da minha cama.

Ele não diz nada. Eu também não. Instintivamente, sei que as palavras destruiriam a perfeição do momento. E isto é a última coisa que quero fazer.

Com movimentos bastante intencionais, ele se aproxima e enrola os dedos longos em volta dos meus tornozelos. Em seguida, me puxa lentamente para junto de si, em direção ao pé da cama. Estou ofegante. E excitada. Mesmo assim, permaneço em silêncio.

Ele suaviza seu toque, mas mantém as mãos em cima de mim. Então, ele as desliza pela parte externa da minha perna até os meus joelhos, onde para. Eu o vejo se curvar para a frente, e logo sinto os seus lábios na minha coxa esquerda. Eles são como um ferro incandescente. Sua língua prova a minha pele, transmitindo ondas de desejo por todo o corpo.

— Não consigo parar de pensar em fazer isto com você — sussurra ele, tão baixinho que quase não consigo ouvi-lo.
— Me peça para parar agora se não quiser que eu continue. Se você não me quiser.

Mesmo enquanto fala, suas mãos estão roçando a parte externa da minha coxa, escorregando até a fita da minha calcinha. Nesse momento, ele faz uma pausa. Talvez esteja esperando que eu o mande embora. Talvez esteja reavaliando o que está prestes a fazer. Não tenho nenhuma ideia, porque não sei quem está na minha cama. E, no momento, não quero saber. Quero tanto Cash quanto Nash. Cada um deles tem um tipo específico de problema. Talvez o fato de não saber a qual dos dois estou cedendo seja melhor.

Esta noite, não me incomodo. Não penso. Apenas quero.

Sinto suas mãos se virarem e seus dedos agarrarem o elástico da minha calcinha. Ele faz uma pausa, uma segunda vez. Eu me pergunto, novamente, o que ele está pensando e o que posso fazer para que continue. A minha resposta se resume em erguer o quadril. Ouço o som sibilante, quando ele suga o ar por entre os dentes, antes de abaixar a minha calcinha pelas pernas. Aquela deve ter sido a resposta que estava esperando.

Meu peito está arfando de desejo, quando sinto as suas mãos novamente, deslizando pela parte interna da minha coxa, abrindo as minhas pernas. Ele põe um dos joelhos na cama entre os meus, inclina-se e pressiona os lábios na minha barriga.

— Não paro de pensar no sabor que você deve ter — murmura, antes de mergulhar a língua no meu umbigo, fazendo meus músculos se contraírem de expectativa. — E em como você reage.

Nesse instante, sinto uma de suas mãos entre as minhas pernas. Eu as abro um pouco mais e sou recompensada com o mais puro êxtase, quando ele desliza um dedo para dentro do meu corpo. Ele geme.

— Ah, você está tão molhadinha! — Então enfia outro dedo. — Tudo isso pra mim — sussurra, movendo-os para dentro e para fora, enquanto eu levanto o quadril para ajudá-lo.

Seus lábios roçam a minha barriga, e sinto os seus ombros se encaixarem entre as minhas pernas. Seu hálito quente me faz cócegas pouco antes de eu sentir o primeiro toque de sua língua quente. Minhas costas se arqueiam.

— Huumm, mais doce do que eu imaginava — murmura, os dedos ainda em movimento dentro de mim.

Com lábios e língua, ele me lambe e me chupa até eu sentir a tensão familiar de um orgasmo crescendo dentro de mim. Meu quadril se move, roçando a sua boca, enquanto seus dedos me penetram mais intensamente, cada vez mais rápido.

Agarro seu cabelo, mantendo-o junto a mim, no momento em que tudo se divide em mil pedaços ao meu redor. Luz e calor explodem atrás dos meus olhos e eu solto um grito. Sinto suas mãos segurarem meus quadris para me manter parada, e ele completa enfiando a língua quente e molhada dentro de mim, me lambendo.

Cada parte do meu corpo está latejando, quando sinto que ele se move para tirar a minha blusa. Estou sem energia sob suas mãos, e elas seguram meus peitos, acariciando meus mamilos.

Ele envolve um seio com a boca, mordiscando-o delicadamente, intensificando as ondas de prazer que percorrem meu corpo. Coloco as mãos nos seus ombros e sinto a pele macia. Ele está sem camisa.

Então acaricio seu cabelo e ele gira a cabeça para beijar o outro peito, tocando-o da mesma forma.

Ele se movimenta mais uma vez, com os lábios nos meus.

Sua língua penetra a minha boca, provocando-a enquanto a lambe. Eu a envolvo na minha boca e fecho os lábios em volta dela, chupando suavemente. Quando a solto, ouço seu sussurro rouco:

— Viu como seu gosto é bom? — Então seguro seu rosto e começo a lamber a umidade de toda a sua boca, abaixo do seu queixo. Ele dá um gemido alto, trazendo o corpo para junto de mim. — É isso aí gata. Você gosta assim, não é?

Ouço o zíper da sua calça se abrir, antes de ele se afastar para tirá-la. Uso meus calcanhares para ajudá-lo, deleitando-me com a sensação da sua pele nua roçando a parte interna das minhas coxas.

Ele flexiona o quadril e sinto a ponta da sua rigidez deslizar entre as minhas dobras. Então, seu corpo faz movimentos muito pequenos, escorregando para a frente e para trás, acariciando-me.

— Só para tranquilizá-la — diz, ofegante —, eu sou saudável. Diga que você também é, e que toma anticoncepcional.

— Sim — respondo sem fôlego, a única palavra que falei desde que ele apareceu.

Em seguida, ele se apoia sobre os cotovelos, onde fica equilibrado em cima de mim. Posso sentir que olha para o meu rosto, embora eu saiba que ele não pode me ver melhor do que eu posso vê-lo. Há um sorriso em sua voz quando fala:

— Ótimo!

E então me penetra.

Tenho vontade de me queixar quando ele interrompe antes da penetração total, e sai de mim. Quero reclamar pela pausa, mas não tenho tempo. Ele me penetra novamente, mais profundamente desta vez, permitindo que eu me acostume ao seu tamanho, antes de retirá-lo de novo. Ele continua me provocando, me preenchendo sempre com mais intensidade e me trazendo cada vez mais perto do limite, até que me deixa a ponto de gritar.

— Diga — sussurra, tocando-me com a ponta do pênis, enquanto se move para dentro e para fora, com movimentos rápidos e curtos.

Eu seguro seu cabelo e aproximo sua boca da minha. Uso meus lábios e a língua para suplicar-lhe, mostrar-lhe cada pedacinho do meu desejo. Então afundo os dentes no seu lábio inferior e levanto os quadris, na esperança de trazer-lhe totalmente para dentro de mim, mas ele recua mais uma vez, dando-me apenas parte de si.

— Diga — exige.

Estou arquejando de desejo, a ameaça de outro orgasmo pressionando meus músculos, enquanto aperto seus quadris com as pernas, implorando com o meu corpo. Entretanto, ele resiste, não permitindo que seu corpo se mova mais do que alguns centímetros dentro do meu, antes de retirar.

— Diga — repete uma terceira vez.

Percorro um caminho com a língua, desde a base da sua garganta até a orelha, onde murmuro o que ele quer ouvir:

— Por favor.

Ele inclina a cabeça, cobre a minha boca com a sua e introduz o seu corpo profundamente no meu, roubando meu fôlego. Então me oferece cada centímetro do comprimento e da circunferência da sua ereção, enquanto se move violentamente dentro de mim, levando-me ao limite repetidas vezes, cada uma delas mais perto do êxtase.

Seus lábios roçam a pele do meu rosto e pescoço até o vale entre os meus seios. O sangue bombeia os meus mamilos excitados, quando sua boca escorrega em direção a eles. Arqueio as costas, apertando o peito contra seu rosto, pedindo a sensação de sua boca quente e de sua língua molhada.

— Goze para mim — diz ele, baixinho, envolvendo um mamilo com a boca e roçando-o com a língua. Como se acentuasse o pedido, ele pressiona o quadril no meu e mordisca o mamilo. — Goze para mim, goze.

É toda a motivação de que preciso. Aperto-o com meu corpo, e cedo ao meu segundo orgasmo, deleitando-me na fricção do seu quadril contra o meu, enquanto ele me proporciona uma onda do mais puro prazer.

Estou sem fôlego quando ele me penetra mais intensamente. Sinto meu corpo agarrar o dele, molhá-lo. O seu ritmo acelera conforme sua respiração até, repentinamente, ele se enrijecer.

— Olivia — geme ele de forma pesada, gozando e derramando calor e paixão profundamente dentro de mim.

Seus movimentos tornam-se mais lentos, mas ele permanece dentro de mim, fazendo os espasmos do meu corpo apertarem o dele, de maneira ainda mais intensa. Permanecemos assim durante alguns minutos perfeitos.

Quando nenhum de nós tem mais nada para oferecer, ele cai em cima de mim e ficamos em um emaranhado de membros úmidos e peitos ofegantes. Com o peso apoiado nos antebraços, ele aninha o rosto na curva do meu pescoço e me dá um beijo suave e molhado sob a orelha. Não diz nada, mas sua respiração quente e profunda seca minha pele.

Meu coração está tomado de emoção, minha cabeça está girando com perguntas, e meu corpo está pulsando na sequência do clímax. Há muita coisa para pensar, refletir, considerar. Ainda assim, tudo parece tão... sem importância. O conflito cresce dentro de mim. Nem em um milhão de anos eu imaginaria que um dia adormeceria assim.

Mas adormeço.

O dia está raiando quando abro os olhos. Os beijos ardentes e o sexo maravilhoso são as primeiras coisas que vêm a minha mente.

Olho em torno do meu quarto vazio. Não há nenhuma evidência de qualquer visitante noturno safadinho. Aliás, eu poderia ter convencido a mim mesma de que tudo não passou de um sonho, não fosse a sensibilidade que sinto entre as pernas quando me mexo.

Sorrio. É uma sensação agradável, que me lembra do instrumento avantajado que causou tudo isso.

*Puta merda, você acabou de chamar aquilo de instrumento?*

Dou risadinhas. Não consigo evitar. Estou feliz. Muito feliz. Pelo menos por enquanto.

Eu deveria estar cansada, mas não estou. Sinto-me rejuvenescida e pronta para enfrentar o dia.

— Talvez Ginger esteja certa. Talvez sexo me faça bem — murmuro no silêncio do quarto. As paredes absorvem o som e me lembram que tenho a casa toda para mim. Marissa só irá voltar daqui a algumas semanas. Isso por si só já é razão para comemorar.

A lembrança dela me traz a lembrança de Nash. E se foi ele que me visitou ontem à noite? Na escuridão, não consegui ver muito bem para identificar se o peito delicioso acima de mim tinha uma tatuagem. Como vou saber?

Por um momento, fico perdida nas lembranças da sensação daquela pele macia e firme sob minhas mãos, dos músculos torneados dos braços longos e ombros largos, dos quadris estreitos entre as minhas coxas. Só de pensar nisso já fico úmida de desejo.

Saio das cobertas e vou para o chuveiro. Enquanto esfrego o corpo, procuro na mente por pistas que possam me ajudar a descobrir qual dos dois irmãos me proporcionou uma noite tão incrível. Acho que ambos seriam perfeitamente capazes de me fazer sentir daquele jeito, e nada do que aconteceu me parece algo que só um deles faria ou diria. Principalmente diria, já que poucas palavras foram usadas.

Sorrio diante do pensamento.

*Não foram necessárias muitas palavras.*

Entrar na casa não foi um problema. Cash tem as minhas chaves, Nash tem as de Marissa. Atração não é um ponto diferencial. Ambos deixaram bem claro que temos uma conexão física intensa. A vontade poderia ser a única área onde há uma discrepância. Cash deixou bem claro que está interessado em uma relação física comigo. Nash, por outro lado, é comprometido e está tentando fazer a coisa certa.

Mas então me lembro de que não foi Nash quem pôs um fim nas nossas carícias no terraço. Se eu não tivesse interrompido o amasso, será que teríamos transado lá em cima mesmo, na *chaise longue* onde Nash provavelmente se sentava com Marissa?

Quanto mais penso, mais confusas as coisas se tornam, mais perguntas surgem e mais ansiosa fico. Portanto, afasto essa preocupação da cabeça. Com certeza, quando vir o Cash, vou ser capaz de perceber se transamos ou não.

Com certeza.

Depois de me vestir, vou até a cozinha para fazer um café. Fico surpresa quando ouço meu telefone tocar no quarto. Corro para pegá-lo.

O meu estômago se contorce quando vejo o nome de Nash na tela do aparelho. O que quer dizer uma ligação tão cedo? Que estava comigo até há pouco tempo? Ou que teve uma noite de sono tranquila, o que significa que não esteve aqui?

Deslizo o dedo na tela para atender.

— Alô?

Há uma pausa.

— Acordei você?

— Não, eu estava fazendo café.

— Ah, bom. Não gostaria de incomodá-la. Imaginei que tivesse desligado o telefone e eu pudesse deixar um recado na caixa postal. Só queria me certificar de que você viu as flores que deixei.

Sinto-me desanimada. Não parece algo que o cara que acabou de explorar todo o meu corpo com a língua diria.

— Sim, eu as vi quando cheguei ontem à noite.

— Ótimo. Quero que fique à vontade para ligar para mim se precisar de alguma coisa, enquanto Marissa estiver viajando.

— Ah, tudo bem. É... obrigada.

— Vou deixar você tomar seu café, então. Tenho que trabalhar. Reuniões logo cedo.

— Certo. Obrigada pelas flores, Nash.

— Foi um prazer, Olivia.

Ouço um sorriso na sua voz. Será?

Meus braços permanecem arrepiados, mesmo depois de desligar. Só de ouvi-lo pronunciar o meu nome, me lembro da noite passada, daquela voz murmurando "Olivia", no momento do orgasmo.

Só que, obviamente, não era a voz do Nash. Era a voz do seu irmão.

Não estou inteiramente surpresa por descobrir que era o Cash. O cenário inteiro combina mais com seu perfil do que com o de Nash. Só um bad boy entraria, sem ser convidado, na casa de uma garota e a acordaria para seduzi-la no próprio quarto.

E só um bad boy poderia imaginar que eu não me incomodaria. Tenho que sorrir diante dessa conclusão.

*Ele é corajoso, admito.*

Mas ele tinha razão. Não me incomodei. Aliás, não me incomodei duas vezes. E provavelmente não teria me incomodado na terceira ou na quarta, se eu não tivesse caído no sono, completamente vencida. Após tanto tempo, eu já havia até esquecido o quanto uma boa transa é relaxante.

Tinha acabado de sentar à mesa da sala de jantar para ler um pouco antes da aula, quando o meu telefone toca novamente. Desta vez, a tela mostra o nome de Cash, mas a minha reação é a mesma. Sinto o estômago tremer de excitação.

— Alô?

— Bom dia, gata. Já está de pé?

— Já — respondo, sem conseguir esconder o sorriso na voz.

— Bem, seu carro está na oficina do meu amigo. Era mesmo o alternador.

— Merda — resmungo, e meu entusiasmo matutino sucumbe à dura realidade de possuir um carro que só me dá problemas. — Tem ideia de quanto algo assim vai custar?

— Para você? Nada. Ele me deve um favor.

— Não posso deixá-lo fazer isso, Cash.

— Suponho que vá tentar me impedir? — fala com ironia.

— Estou falando sério. Isso é demais. Não posso aceitar um favor desses.

— Pode e vai. Além do mais, não vejo isso como um favor. Você vai me pagar.

Meu sorriso volta e meu ânimo canta de alegria. Estou louca para ouvir o que ele tem em mente.

— Ah, é?

— Sim. Começando com um turno extra na semana que vem, se puder.

Estou desapontada novamente. Isso não é tão sexy quanto eu esperava. Depois da noite passada, seguramente Cash sabe que eu ficaria mais do que feliz em pagar-lhe de todas as formas e posições. A menos que ele não seja o meu visitante noturno, afinal de contas.

*Que tipo de mulher da vida não sabe com quem dormiu na noite anterior?*

Reviro os olhos.

*E quem fala "mulher da vida"?*

Um nome vem à mente. Tracey, minha mãe. Isto é típico dela.

Balanço a cabeça e volto a me concentrar em coisas importantes. Como por exemplo, em quem passou parte da noite passada fazendo cócegas nos meus ovários.

Ao pensar nisso, a coisa que mais me incomoda é que nenhum dos dois se mostrou amoroso o bastante esta manhã para que eu pudesse determinar exatamente o culpado. Que coisa mais patética!

*Ah, meu Deus! Será que perdi o jeito? Será que sou ruim de cama?*

Quando ouço Cash pigarrear, percebo que ele está esperando a minha resposta.

— Ah, é... Bem, farei o que puder para retribuir o favor, mas depende também do dia. Não posso ficar até muito...

— Ah, você não vai ficar até muito tarde. É apenas um projeto contábil que eu gostaria que você visse. Só vou pedir para que não venha de coque nem de sapatos ortopédicos.

Rio das piadinhas dele sobre as contadoras.

— Certo. Acho que posso fazer funcionar a minha magia numérica sem as ferramentas do meu ofício.

— Tenho certeza que sim — diz Cash, distraidamente. — De qualquer maneira, enquanto seu carro não fica pronto, você vai precisar de carona para a faculdade, certo?

— Huum, certo. — Eu nem tinha pensado nisso. Esses caras realmente mexeram com a minha cabeça. — Acho que sim.

— Em dez minutos estou passando aí para buscar você.

Minha cabeça finalmente começa a funcionar e a pensar de forma racional. Se Cash me levar à faculdade, não terei como voltar para casa, a menos que eu chame um táxi, o que vai sair caro, já que terei de pegar um para ir ao trabalho e outro para voltar, durante todo o final de semana, até o meu carro sair do conserto.

— Sabe de uma coisa, posso matar a faculdade hoje. Não tenho mesmo aulas muito importantes, no momento. Assim não terei que dar trabalho a você mais do que já dei.

— Você não está me dando trabalho. Não é problema nenhum.

— Eu realmente prefiro não incomodá-lo. Sério. A gente se vê à noite.

— Vista-se. Espere por mim. Chego aí em dez minutos.

Com isto ele desliga, deixando-me sem escolha.

Quase exatamente dez minutos depois, ouço o forte ruído da sua moto. Posso senti-lo na barriga, como se enviasse excitação para o meu corpo de um modo físico. Por mais que eu tente manter distância de Cash, está claro que estou entrando num terreno perigoso.

E a pior parte disso é achar que não quero parar.

Não espero que ele venha até mim. Em vez disso, saio para encontrá-lo, trancando cuidadosamente a porta antes de sair.

Cash está sentado na sua reluzente moto preta e cromada. Sua calça, jeans para variar, é apertada nas pernas e sua camiseta, branca e simples, se ajusta ao peito. O cabelo loiro escuro está desgrenhado, como sempre, deixando-me louca para passar os dedos por seus fios. Mas é o seu rosto que me faz perder o fôlego. Ele é mais bonito do que qualquer homem que já vi na vida real, e seus olhos e seu sorriso, hoje, têm algo que parece incendiar o ar entre nós.

Embora conheça o risco, quero pular de ponta-cabeça no meio das chamas.

## VINTE E DOIS

# Cash

Algo em sua expressão faz com que eu me sinta uma refeição. E, se fosse, eu seria uma refeição feliz, com certeza. Embora ainda esteja impaciente, sinto-me aliviado. Deduzi que ela acabaria mudando de opinião. Eu sabia que Olivia não conseguiria lutar por muito tempo contra o que há entre nós. É forte demais.

E muito tentador.

— Se continuar me olhando desse jeito, você vai ter uma grande surpresa quando subir nesta moto — digo.

— Uma grande surpresa? — pergunta ela, um sorriso malicioso surgindo no canto da boca. — Ah, sei. Você está falando de algo pequenininho como um Tic Tac?

Adoro o seu senso de humor. É um pouco tímido, como ela, e surge nos momentos mais insólitos.

Eu sorrio e estendo a mão.

— Então venha aqui e me deixe refrescar o seu hálito.

Ela ri. E, como sempre, imediatamente quero fazê-la rir de novo. Ela pensa demais, preocupa-se demais. Não sei com quê, mas ainda assim consigo perceber sua inquietação. Isso me faz querer melhorar o seu estado de espírito e proporcionar a ela tantos momentos de descontração quanto eu puder.

Momentos de descontração recheados de prazer.

Sufoco um gemido.

Ela põe a mão sobre a minha e segura firme, enquanto pula sobre o assento, atrás de mim. Sem me virar, passo o capacete para ela. No espelho lateral, eu a vejo colocá-lo na cabeça. Ela fica muito sexy de capacete. Deve ter a ver com o modo como eu a imagino vestida de couro preto, justo, inclinando-se para a frente na minha moto, enquanto estou atrás dela, com as mãos nos seus quadris...

Trinco os dentes. Maldita garota e seu corpo maravilhoso!

Em seguida, estico os braços, seguro a parte de trás dos seus joelhos e puxo-a para a frente. Posso *sentir* mais do que *ouvir* sua respiração ofegante, no momento em que sua virilha se aconchega nos meus quadris e seu peito se aplaina nas minhas costas.

Fico satisfeito com o fato de que provavelmente agora ela esteja se sentindo do mesmo modo que eu, na mesma sintonia. Mas então Olivia resolve apostar alto. Ela coloca os braços em volta da minha cintura, desliza as mãos perigosamente para baixo do meu estômago e as deixa descansando bem acima da fivela do cinto. Exatamente acima de onde, muito em breve, ela vai sentir meu pau duro, se não tiver cuidado. Respiro fundo, antes de dar a engrenagem na moto e acelerar, para sair do meio-fio.

Não posso deixá-la na faculdade muito rápido.

Ao nos aproximarmos do campus, ela aponta adiante, mostrando qual o caminho a seguir para deixá-la perto de onde ela tem de ficar. Quando chegamos, paro ao lado da calçada e pouso os pés no chão para estabilizar a moto, enquanto ela desce. Olivia para diante de mim e, após tirar o capacete, sacode o cabelo escuro para soltá-lo. Parece o gestual de uma garota em um comercial de xampu. Posso apostar que não faz ideia do quanto é sexy. Mas é. Cacete, ela é muito sexy!

Então me entrega o capacete, mantendo o contato visual. Como não o tomo das suas mãos, ela lança os olhos para baixo e de volta para mim, com uma expressão confusa. Ainda sobre a moto, afasto o capacete em vez de pegá-lo, passo as mãos pelo seu cabelo longo e a puxo para junto de mim, colando sua boca na minha.

Embora obviamente surpresa, ela não recua e me beija com vontade. Como se quisesse mais. Bastaria um pedido, e eu a levaria direto para casa, e passaríamos o dia na cama. Mas quando afasto o rosto e investigo os seus olhos grandes, percebo que ainda é um pouco cedo demais para isso. Ela está quase, mas não totalmente pronta.

Mas eu posso esperar. Não tenho escolha.

— Quando você vai dizer "sim"?

Ela não responde nada, enquanto me fita com aqueles olhos verdes como esmeraldas. Seus lábios estão vermelhos e inchados, e sua boca, ligeiramente aberta com a respiração ofegante.

Sorrio. Certo, não vai demorar.

— Ligue para mim quando quiser que eu venha buscá-la — digo, dando um rápido beijo em seus lábios, antes de recolocar o capacete. Ela parece atordoada, o que me faz querer sorrir. — Não se preocupe. Você não precisa dizer "sim" hoje. Eu espero. Vai ser compensador para mim. —

Antes de abaixar a viseira, dou um sorriso e uma e piscadela. — E para você também.

Em seguida, arranco e desço a rua. Quando olho o espelho lateral, vejo que ela ainda está exatamente onde a deixei, me fitando.

## VINTE E TRÊS

# Olivia

Agora é oficial. Cash não sai da na minha cabeça. Posso estar presente *fisicamente* em todas as aulas, mas isso não me ajuda em nada. A única coisa que aprendi é que ele beija como um tornado e que isso irá arruinar a minha vida.

Ainda não sei quem esteve no meu quarto na noite passada, mas estou começando a desejar, do fundo do coração, que tenha sido Cash. Sei que Nash é tudo que eu *deveria* querer em um homem, tudo que minha mãe tentou enfiar na minha cabeça. Sem falar que ele é muito gostoso e, provavelmente, me faria esquecer as minhas convicções quando me beijasse.

Mas Cash... está começando a ofuscá-lo.

Não sei se é a minha atração latente por bad boys lindos ou se é porque Cash está provando ser *mais* do que eu imaginei a princípio. De qualquer maneira, ele está na minha cabeça. Sob a minha pele. E duvido que eu seja capaz de resistir a ele por muito tempo.

Não me entenda mal. Ele ainda é perigoso e provavelmente vai me magoar. E vou tentar resistir o máximo que puder. Mas no meu coração, seguindo os meus instintos, eu sei que existe algo entre nós que só vai se dissipar quando aliviarmos a tensão um do outro.

De forma divertida.

Porém, da forma que vai me deixar arrasada, quando ele partir.

Pelo menos desta vez, é uma *escolha*. *Minha* escolha. Estou entrando nessa sabendo muito bem que isto pode acontecer. Talvez não consiga evitar que eu acabe magoada, mas estou no controle da situação, o suficiente para fazer a escolha por mim mesma.

E, no final, vou escolher o Cash. Por mais que eu tente lutar contra isso, é inevitável. Se ele pudesse ser ao menos um pouco, um pouquinho, um tiquinho só como Nash...

O toque do meu telefone afasta bruscamente os meus pensamentos. Esqueci de colocá-lo no silencioso. Tenho um sobressalto e começo a remexer na bolsa, com dificuldade, para achar o aparelho e atender a ligação, antes que eu seja crucificada pelo professor.

Quando encontro o celular, aperto o botão lateral para fazê-lo parar de tocar. E, quando estou prestes a guardá-lo de volta na bolsa, vejo o nome da Ginger na tela. Intrigada, apanho o meu livro e a minha bolsa e dirijo-me à porta. Já interrompi a aula e não estou aprendendo nada mesmo. Não vai fazer diferença se eu for embora.

Quando aperto o botão para atender, sou cumprimentada pela voz alterada, revoltada da Ginger, seguida de uma longa série de insultos:

— Fica na sua, seu babaca, pau pequeno, filho da pu...

— Ginger? — interrompo.

Ela se acalma imediatamente.

— Ah, Liv. Oi, querida. Não ouvi você atender.
— É mesmo? Não acredito — retruco de forma irônica. — O que aconteceu?
— Bem, pra falar a verdade, estou indo buscar você.
— Buscar? Por quê? — O cabelo na minha nuca se arrepia de preocupação. Se a Ginger está vindo me buscar, alguma coisa está errada.
— Porque o seu carro quebrou de novo, certo?
— Huum, sim, mas como você ficou sabendo?
— Você precisou de alguém para levá-la até Salt Springs no seu último turno, lembra?
Nash.
— Ah, sim — respondo. — Mas ele foi consertado.
— Merda — diz em tom de frustração. — Mas espere, você acabou de dizer que ele está quebrado.
— Eu sei. E está. É que agora ele está com outro problema.
— Liv, falando sério, eu temo por sua vida naquela lata-velha. Não é normal um carro dar defeito com a frequência que o seu dá. Você sofre de Síndrome de Munchausen por procuração?
— Munchausen por procuração?
— É, sabe, quando alguém, tipo, envenena um membro da família para obter atenção.
— Eu sei o que é. Só estou surpresa que você saiba.
Posso ouvir o sorriso orgulhoso na sua voz:
— Vi um documentário no Discovery Channel.
— *Você* assistindo ao Discovery Channel?
— Sim.
— Por quê?
— Perdi o controle remoto.

— Perdeu o controle remoto?

— Sim! Você vai ficar repetindo tudo que eu falo?

— Se você continuar falando coisas absurdas e inacreditáveis, então sim, provavelmente.

— O que eu falei de tão absurdo?

— Que eu poderia sofrer de Síndrome de Munchausen com o meu carro. Que você aprendeu algo no Discovery. Que você até mesmo sabe que existe esse canal. E que você ficou sentada na sua sala assistindo a um programa sobre Síndrome de Munchausen porque perdeu o controle remoto. Como você pode perder o controle remoto naquela casa minúscula?

— Ele estava no freezer. Acho que quando fui pegar a vodca acabei deixando o controle lá.

— Faz sentido — digo sarcasticamente.

— A bateria daquela merda provavelmente nunca mais vai morrer — diz ela, aos risos.

— Ginger, posso fazer uma pergunta? — indago suavemente.

— Claro, amiga. O que é?

— Por que você está vindo me buscar?

Às vezes, Ginger precisa de certo redirecionamento para manter o foco. Às vezes, quando estou *com* ela, eu também preciso.

— Ai, cacete! É o seu pai. Ele caiu e quebrou a perna. E me fez prometer que eu não contaria nada a você, mas... Bem, você sabe. Eu vou contar. Claro que vou contar.

— Ele quebrou a perna? Quando?

— Há dois dias.

— E só agora que eu fico sabendo?

Tenho de me concentrar para manter a voz baixa. Estou profundamente aborrecida por descobrir isso tanto tempo depois.

— Eu não ia falar nada. Você sabe, ele me fez prometer. Como expliquei. Mas, quando o Tad disse que iria visitá-lo no hospital e que ele está esperando o nascimento de alguns cordeiros, bem, achei que você ia querer saber. Alguém que saiba fazer o que eles fazem terá que vir cuidar das coisas por um dia ou outro, até você achar os filhotes e tudo o mais que precise ser feito.

— Quer dizer então que se não fossem esses cordeiros que estão para nascer, ninguém teria me contado?

Minha raiva está aumentando.

— Hã... — diz Ginger baixinho, sabendo que está pisando em terreno perigoso. — Aquele bobo do seu pai fez todo mundo prometer. Ele não quer que você tenha que se deslocar até lá, nem que fique preocupada com ele.

Pressiono dois dedos contra a ponte do nariz, na esperança de poder interromper a pontada de irritação que está crescendo na parte frontal da minha cabeça. Também reprimo a enorme quantidade de comentários ríspidos que estão vibrando na ponta da minha língua.

— Você está muito longe daqui?

— Aproximadamente dez minutos.

— Ainda estou na faculdade. Você vai ter que me buscar aqui.

— Tudo bem. Só preciso que você me diga como chego aí.

Suspiro. Em voz alta. Tentar explicar à Ginger como chegar a algum lugar e esperar que ela chegue, de fato, nesse local é como dar um tiro no escuro. É algo perigoso e estúpido, e alguém pode terminar se machucando. Por algumas vezes, já fomos parar em lugares bem perigosos. Lugares onde eu nunca sonharia em sair do carro. A menos que, naturalmente, eu estivesse acompanhada de dois ninjas e um lutador de sumô.

Mas, neste caso, que escolha eu tenho? Não me sentiria bem incomodando Cash ou Nash. Não seria tão difícil, se eu pudesse usar os meus poderes da vagina mágica, mas isso só funciona com os caras com quem já se transou. E como ainda não tenho nenhuma pista de qual dos irmãos mergulhou de cabeça na minha calcinha ontem à noite, não tenho condições de realizar esse feitiço.

Ensino o caminho do centro estudantil à Ginger. Pelo menos posso beber alguma coisa enquanto espero por ela.

Depois que desligo o telefone, ligo para o Cash para dizer-lhe que não poderei trabalhar no fim de semana.

— Desculpe, mas é uma emergência de família.

— Entendo. Quer que eu vá buscar você agora?

— Não, minha amiga Ginger está a caminho.

Há uma longa pausa. Então ele fala:

— Eu poderia levá-la a qualquer lugar que você precisasse.

— Agradeço, mas ela já estava vindo para cá quando me ligou.

— Huuum. — É a sua única resposta.

— Bem, muito obrigada por... tudo. Prometo que vou ficar mais atenta aos problemas do meu carro quando voltar. E vou fazer todos os turnos extras que você precisar, para compensar este contratempo. — Detesto a ideia de perder meu novo emprego e ter de voltar, rastejando, para o meu trabalho anterior, mas como se trata do meu pai...

— Não se preocupe. Nós vamos pensar em algo. Você não vai ficar desempregada quando voltar, se é isto com que se preocupa.

Fecho os olhos, aliviada. O pensamento realmente passou pela minha cabeça.

— Agradeço muito a sua compreensão — digo, injetando na voz toda a sinceridade que consigo reunir.

— Tenho certeza de que posso pensar em alguma coisa pra você me recompensar. — O comentário é altamente impróprio, claro, mas posso ouvir o sorriso na voz de Cash. Ele está me provocando.

— Não tenho a menor dúvida. A pergunta é: pode pensar em algo que *não* tenha nada a ver comigo tirando toda a roupa?

Estou brincando com fogo e sei disso.

— Claro! Use apenas uma saia e só um item precisará ser retirado. Eu simplesmente odiaria que você deixasse de curtir... todo o resto.

Um leve arrepio percorre meu corpo até a minha barriga, como um raio. Rio de constrangimento. Não consigo ser tão irônica quanto ele.

Ele deve saber que estou sem palavras. E dá uma riso breve.

— Resolva tudo o que tiver que resolver. Não se apresse. Ligue para mim se precisar de alguma coisa.

— Tudo bem. E obrigada, Cash.

Após desligar, pego uma bebida no restaurante mexicano, dentro do centro estudantil, e volto para o lado de fora. Sento em um dos bancos enquanto espero pela Ginger. Fico na dúvida se devo ligar para o Nash. Só para avisá-lo que não estarei na cidade durante o fim de semana. Ele poderia querer se certificar de que está tudo bem.

Ou pelo menos é o que digo a mim mesma. A desculpa que uso para ligar para ele.

— Nash, é Olivia — falo quando ele atende.

Ouço o seu riso suave.

— Sei que é você, Olivia.

Sinto o rubor queimar as minhas bochechas. Ainda bem que ele não está me vendo.

— Ah, claro. Desculpe. — Pigarreio nervosa. — Bem, vou ficar fora da cidade no fim de semana. Só queria que soubesse no caso de... Bem, no caso de alguém precisar de alguma coisa.

*Ah, meu Deus! Que desculpa esfarrapada!*

— Certo. Obrigado por me avisar. Quer dizer que já está sentindo necessidade de um tempo longe do meu irmão arrogante?

Sei que ele esta brincando, mas não gosto que ele critique Cash dessa forma.

— Ele não é arrogante. E não, não tem nada a ver com ele. Eu tenho que ir para casa este fim de semana. Só isso.

A descontração desaparece do seu tom de voz, dando lugar à preocupação:

— Aconteceu alguma coisa?

— Sim. Meu pai quebrou a perna. Ele está bem, mas estava esperando o nascimento de alguns cordeiros e não pode sair com a perna quebrada para encontrá-los e verificar se estão bem, então...

— E isso é algo que você pode fazer sozinha? Precisa de ajuda?

— Ah, não. Cresci naquela fazenda, sempre o ajudei até ter idade suficiente para fazer as coisas por conta própria. Vou ficar bem. Mas obrigada por perguntar.

*Como ele é fofo! Droga!*

— Bem, se precisar de ajuda, sabe onde me encontrar.

— Obrigada, mas eu jamais pediria uma coisa dessas a você.

— Olivia, por favor — retruca ele. A forma como diz o meu nome faz meu estômago se contrair. Parece muito com o que ouvi ontem à noite. Será que foram os seus lábios que eu beijei? O seu toque que senti? — Não deixe de pedir. Se precisar de ajuda, quero saber.

— Tudo bem — respondo, já me sentindo meio sem fôlego. Na realidade, me sentindo muito sem fôlego para poder contrariá-lo. — Pode deixar.

— Certo. Vou tomar conta da casa até você voltar. Ligue pra mim quando chegar.

— Pode deixar. Obrigada, Nash.

— Imagina.

Enquanto espero pela Ginger, os dois irmãos se alternam ocupando espaço na minha cabeça, como fazem frequentemente. Só não sei quando as coisas vão ficar um pouco mais fáceis em relação a eles. Se é que vão.

Ainda estou perdida nos meus pensamentos, quando ouço uma buzina e alguém gritando o meu nome, a plenos pulmões.

É a Ginger.

— Não acredito — digo num sussurro, enquanto caminho até o seu carro. Ela está de pé, no banco do motorista, abrindo o teto solar. Quando chego ao seu lado, ela está sorrindo como um paciente que acabou de fugir de um hospital psiquiátrico.

— Aposto que você pensou que eu iria me perder, não é?

Não respondo. Eu *realmente* achava que ela iria se perder. Para falar a verdade, eu seria capaz de garantir isso.

Naturalmente, eu teria me enganado. Talvez esta seja a minha nova característica: me enganar. Talvez eu esteja enganada sobre muitas coisas. Coisas sobre as quais eu *adoraria* estar enganada.

*Se eu pudesse ser tão sortuda...*

Ginger não espera muito para começar uma conversa interessante.

— Afinal, você aceitou aquele desafio dos pintos?

— Ginger!

— Olivia! Acho bom você ter novidades para me contar. E com detalhes. Estou na seca há um tempo.

— Ah, sei. Qual é esse "tempo"? Uma semana?

Ela me lança um olhar aterrorizado.

— Deus me livre, claro que não! Só quatro dias. Mas tenho minhas necessidades.

— Ginger, tenho certeza de que você é um fenômeno da natureza.

— E bota fenômeno nisso, querida — acrescenta ela em tom audacioso.

Eu dou risada. Essa é uma característica da Ginger. Ela não tenta esconder quem é ou do que gosta. Simplesmente assume cada verruga e espinha com orgulho. E ostenta tudo, de forma impecável.

— Você morreria de tédio no meu corpo.

— Não, eu levaria esse pedaço de carne para dar uma volta e animaria um pouco as coisas.

Reviro os olhos.

— Não tenho dúvida. E me faria atravessar toda Atlanta transando com todo mundo que aparecesse.

— Destruindo corações e sugando almas! Ou sugando alguma outra coisa — diz, com uma piscadela diabólica.

— Ai, Senhor! — Balanço a cabeça, sem esperança. Ginger é mesmo incorrigível. E também praticamente impossível de se ofender com alguma coisa. Obviamente.

— Agora, pare de mudar de assunto. Afinal, transou ou não transou?

Não posso esconder o sorriso que repuxa meus lábios. Ela é muito observadora.

Nesse instante, ela aponta animadamente para mim.

— Transou! Você transou! Como foi? Qual deles foi melhor? E quando é que o outro vai me fazer uma visitinha?

— Bem, este é o problema. Não sei exatamente com qual dos dois eu transei.

Encolho-me envergonhada quando a vejo se virar completamente para mim, de olhos arregalados e com uma expressão chocada. Pensei que conseguir causar algum choque em Ginger fosse algo praticamente impossível. O fato de tê-la deixado assim não deve ser um bom sinal.

— Como isso é possível?

Eu conto a história. A versão curta, menos detalhada, naturalmente. Quando termino, ela começa a rir. Muito.

— Bem, sabe o que tem que fazer agora, não sabe?

— Eu *não* vou perguntar a eles, se é isto o que você vai sugerir.

— Claro que não! Eu só ia dizer que, agora, você vai *ter que* dormir com ambos. É o único jeito de descobrir quem é o dono da língua mágica — provoca, antes de me lançar um sorriso malicioso. — Ah, coitadinha. Forçada a colocar a vagina para trabalhar com os gêmeos gostosos. Ah, por favor, não! Tudo menos isso!

— Se fosse só isso, não seria problema, mas você sabe que não posso... Eu não...

Estou cutucando as unhas, mas, pelo canto do olho, vejo Ginger me fitar.

— Isso não tem nada a ver com aquele babaca do Gabe, tem? — pergunta ela.

— Você sabe que não é por causa do Gabe...

— Nem vem, Liv! Você tem que se libertar disso. Só porque um cara é parecido, se veste, ou age de certo modo, não significa que ele seja como Gabe. Por outro lado, só porque um cara *não* é parecido, *não* se veste, *nem* age como ele, não quer dizer que seja diferente. Você não pode julgar todos os livros pela capa daquele idiota, cretino de pau pequeno e de cérebro atrofiado! Não deixe de correr riscos e aproveitar as oportunidades na vida só porque foi sacaneada.

Penso na minha decisão anterior de correr riscos com o Cash. Mas também penso na maneira extremamente prestativa e gentil que Nash demonstrou ao me atender no telefone. Se a Ginger estiver certa, apesar das aparências, qualquer um dos dois pode ser uma nova versão do Gabe na minha vida, mais uma vez. Mas como vou saber qual dos dois não é?

Talvez ambos sejam.

*Confie no seu instinto. Avalie o que sabe sobre os dois. Nash é o bom moço. Cash é o bad boy. Bad boys nunca tomam jeito.*

Mas Nash é comprometido.

Cash não.

Nash não me oferece nada.

Cash é franco e quer me dar o que pode me oferecer.

Será que vale a pena ter qualquer um dos dois na minha vida? Ou seria melhor esquecer ambos e fugir?

Percebendo a minha preocupação, Ginger muda de assunto para um muito menos perturbador: brinquedinhos sexuais.

*Ah, Ginger!*


Levo um enorme susto quando entro pela porta da frente e vejo uma cama de hospital, no meio da sala. Meu coração leva um baque, fazendo um ruído surdo que só eu posso ouvir.

Quando vejo o meu pai sentado em sua velha poltrona verde favorita, com a perna engessada, apoiada em um travesseiro, me sinto um pouquinho aliviada, embora ainda confusa. O gesso não cobre a metade inferior da sua perna, como eu esperava. Ele vai até o quadril.

Meu pai quebrou o fêmur. E ninguém me disse nada.

*Puta que pariu!*

Solto as malas no chão e vou diretamente ao encontro dele, com as mãos nos quadris, armada de uma indignação totalmente justificável.

— Quer dizer que você não podia ter me ligado pra contar? Só foi me deixar descobrir *dias* depois, e pela *Ginger*? Logo por ela, entre todas as pessoas?

Pela expressão em seus olhos castanhos, posso ver que ele está começando a assumir aquele jeito característico de acalmar os ânimos. Fora esse desejo de evitar confrontos que acabou levando minha mãe a ir embora, em busca de pastos mais verdes e fortes. E mais ricos. E mais bem-sucedidos. Basicamente, qualquer outro pasto diferente do seu próprio roçado. Aquela vaca!

Às vezes, isso é tudo que posso fazer para não odiá-la.

— Bem, punk — começa ele, usando o meu apelido carinhoso de infância, aquele que sempre me transforma numa pessoa dócil, fácil de manipular. — Você sabe que eu nunca esconderia algo de você, a menos que eu soubesse que seria para o seu bem. Já basta estar ocupada com este novo emprego e com o seu último ano de faculdade, além de morar com sua prima. Eu não queria te dar mais problemas. Tente ver as coisas do meu ponto de vista — conclui, de maneira suave.

É impossível ficar zangada quando ele faz isso. Entretanto, tenho que admitir que esse tipo de atitude pode ser muito frustrante.

Eu me ajoelho aos seus pés.

— Pai, você devia ter me avisado.

— Liv, não há nada que você pudesse ter feito. Exceto ficar preocupada. E agora está faltando ao trabalho. Por minha causa.

— Isso não é problema. Ginger falou sobre os cordeiros. Vou acomodá-los e logo estarei de volta ao trabalho.

Ele fecha os olhos e reclina a cabeça para trás, rolando-a de um lado para o outro no apoio da poltrona, irritado. Por alguns segundos, não diz nada, pondo um fim, de vez, nesta parte da conversa.

Esse é outro hábito frustrante do meu pai. Ele simplesmente para. Para de falar, para de discutir. Simplesmente... para.

Percebo mais fios de cabelos brancos nas suas têmporas em comparação com a última vez que o vi. E acho que os vincos que emolduram sua boca estão mais profundos. Hoje, ele parece ter bem mais do que os seus 46 anos. A vida difícil, carregada de desilusões, causou-lhe grandes danos. E agora as consequências estão visíveis.

— O que posso fazer para ajudar, pai? Você podia aproveitar que estou aqui e me pôr pra trabalhar. Como vão os livros de contabilidade?

Mesmo sem olhar para mim, ele responde:

— Os livros estão ótimos. Jolene me ajuda com eles quando você não está.

Eu trinco os dentes. Jolene acha que é contadora. Só que não é. Nem em sonho. Posso apostar que há muita coisa para ser colocada em ordem. Sinto que um suspiro se aproxima, então mudo de assunto.

— E quanto à casa? Há algo que precise ser feito por aqui?

Finalmente, ele ergue a cabeça e olha para mim. Há um toque de humor na sua expressão.

— Sou um homem adulto, Liv. Sei como me virar sem minha filha por perto para cuidar de mim.

Reviro os olhos, impaciente.

— Eu sei, pai. Não é disso que estou falando e você sabe muito bem.

Então ele se inclina para a frente e segura uma mecha de cabelo, junto da minha orelha, puxando os fios, do mesmo modo como costumava puxar meu rabo de cavalo quando eu era pequena.

— Eu sei o que você quis dizer. Mas também sei que você acha que tem obrigação de cuidar de mim, principalmente depois que sua mãe se foi. Mas você não tem que fazer isso, filha. Eu ficaria arrasado se a visse sacrificar a própria vida para voltar para cá. Vá viver uma vida melhor, em outro lugar. Isso é o que me faria feliz.

— Mas, pai, eu não...

— Eu a conheço, Olivia Renee. Eu a criei. Sei o que você está planejando e o que pensa. E estou pedindo que não faça isso. Somente me deixe viver assim. Existem coisas diferentes no mundo para você. Coisas melhores.

— Pai, eu adoro estas ovelhas e esta fazenda. Sabe disso.

— Não estou dizendo que não gosta. E tudo vai continuar do jeito que está para você visitar quando quiser. E um dia, quando eu não estiver mais aqui, isto será tudo seu, para fazer o que bem entender. Mas por enquanto, é meu. Meu problema, minha vida, minha preocupação. Não sua. Você tem que se preocupar em se formar e arranjar um bom emprego para ter dez vezes mais o que seu pai conseguiu. Depois disso, talvez eu considere a hipótese de deixá-la voltar para cá. Que tal?

Eu sei o que ele está fazendo, o que está insinuando. E entendo. Entendo a culpa. Mas quando aceno com a cabeça e sorrio concordando, é apenas pelo interesse dele. O que ele não sabe é que eu nunca o deixarei, como ela fez. Nunca. Nunca vou escolher uma vida confortável, de riqueza, em detrimento das pessoas que amo. Nunca.

— Agora, já que você está aqui, queria pedir um favor. Bem, dois, na verdade.

— Pode falar.

— Tenho todo os ingredientes para um feijão *chuckwagon*. Você pode preparar o jantar?

— É o seu feijão favorito. Claro.

— Boa menina.

Então ele sorri para mim por alguns segundos e volta a atenção para o programa que estava assistindo na televisão.

— Pai?

— Sim? — pergunta, novamente me olhando, com as sobrancelhas arqueadas.

— Qual era o segundo favor?

Ele franze o cenho por um segundo, e logo seu rosto se ilumina.

— Ah! É mesmo. A Ginger e o Tad querem que você apareça por lá esta noite, para a sua festa de despedida atrasada.

Começo a balançar a cabeça negativamente.

— Não vou deixá-lo sozinho para ir a uma...

— Vai sim. Vai ter jogo esta noite. Eu gostaria de assisti-lo em paz, enquanto você dá umas boas risadas com seus amigos. É muito para um velho lesionado pedir à sua filha?

Solto uma bufada de raiva.

— Como se eu fosse dizer não depois de você falar dessa maneira.

Novamente, sei o que ele está fazendo. E por quê. Mas vou aceitar, apenas porque sei o quanto ele adora futebol americano e deve mesmo estar querendo assistir ao jogo sozinho, e não comigo por perto. Eu ficaria preocupada, conferindo sua pressão sanguínea a todo momento, enquanto estaria tenso e gritando diante da televisão.

Seu sorriso é satisfeito, quando ele volta a se concentrar na TV, pela segunda vez. Então o deixo sozinho e vou preparar o jantar.

*

Quando passo pela porta do Tad's, sou recebida por um monte de assobios, o que me deixa inibida e me leva a puxar a saia, tentando deixá-la mais comprida. Esta é a parte chata de não se ter tempo para fazer uma mala. Eu fico limitada a usar as roupas que estão no meu armário, na casa do meu pai; roupas que há alguns anos ficaram pequenas.

Minha saia preta está mais curta do que eu gostaria, e a camiseta que estou usando está um pouco mais... justa do que o necessário. Sem falar que não me lembro de alguma vez ela ter mostrado tanto minha barriga. Se não fosse adulta, meu pai provavelmente não teria deixado eu sair enquanto não mudasse de roupa. Infelizmente, as únicas opções restantes eram uma calça de ioga ou um short feito de calça jeans, sujo de tinta. Então, tive que ficar com a saia curta e a blusa apertada mesmo.

Não levo muito tempo para me sentir à vontade e confortável no ambiente familiar. O vaivém das bebidas é constante e há um clima de animação mais intenso do que o normal. Não demora muito e minha cabeça está girando, descontraída, avisando-me que é hora de pegar leve com o álcool.

Estou rindo com a Ginger, que trocou seu turno esta noite para participar da comemoração, quando vejo a porta se abrir, atrás dela. Sinto um aperto doloroso no coração, quando vejo o meu ex, Gabe, entrar abraçado à namorada, Tina.

Ele está com a mesma aparência de sempre — perigosamente bonito, com seu cabelo preto sedoso, olhos azul-claros e um sorriso convencido e sedutor. E continua do mesmo jeito: com uma garota ao seu lado, enquanto olha para outras mulheres. Ele nem tenta disfarçar. E Tina, por incrível que pareça, simplesmente finge não notar. Alguém falou em disfunção emocional?

Ginger, percebendo minha expressão boquiaberta e meu olhar fixo, se vira para olhar.

— Ah, meu Deus, quem deixou aquele cretino entrar?

Então se vira e começa a levantar da cadeira, como se fosse dar um jeito na situação. Eu a seguro pelo braço, impedindo-a de levantar.

— Não faça isso. Não vale a pena.

No fundo, eu bem que gostaria de vê-la colocar aquele safado para fora, mas isso só me faria parecer mais patética, portanto me limito a beber o bastante para afugentá-lo da mente.

Faço um sinal para Tad, que excepcionalmente está atendendo atrás do balcão esta noite para substituir Ginger. Peço outra rodada de bebida. Até onde eu sei, este é o caminho mais rápido para abstrair. E abstração está parecendo algo muito tentador no momento.

Ginger e eu fazemos um brinde e tomamos nossas bebidas. Sinto o calor do álcool descer até meu estômago, acendendo um fogo agradável. Ela grita animada e eu rio, mas não consigo desviar o olhar do salão lotado, à procura de Gabe.

Quando finalmente o vejo, ele está sentado em um banco alto. Apesar da garota ao seu lado, os olhos dele me encontram. Percebo neles um sinal de reconhecimento. E de um forte desejo, exatamente como sempre houve. Reajo na mesma hora, como sempre também. Só que agora a reação se desvanece quase imediatamente, com as chamas sendo extintas pelo balde de água fria da realidade, e por ele estar com Tina esta noite, em vez de estar comigo.

Durante meses eu ouvi suas mentiras, me permitindo ficar cada vez mais apaixonada, enquanto ele mantinha uma namorada que nunca teve intenção de deixar. A pior parte é que eles têm um filho. Basicamente, Gabe tinha uma família. E embora nunca tivesse se separado de fato, ele me fez sentir como uma destruidora de lares. Ele fez eu me sentir como a minha mãe. E, por causa disso, não merece o meu perdão.

Tento curtir o resto da noite, curtir uma reunião de despedida com meus velhos amigos e colegas de trabalho, mas meu estado de espírito insiste em permanecer sombrio. Cada bebida e cada risada parecem contaminadas pela presença do centésimo bad boy por quem um dia fui apaixonada.

Ginger pede outra rodada de bebidas, que aceito agradecida, embora saiba que estou passando dos limites, e nós entornamos os copos de um gole só, entre os gritos de incentivo dos nossos amigos. O álcool está começando a afogar as minhas mágoas, quando alguém na porta chama a minha atenção novamente.

Desta vez, é Cash quem entra no bar, descontraidamente.

## VINTE E QUATRO

# Cash

Nada que vejo me surpreende quando entro no bar frequentado por pessoas que vão assistir a jogos pela televisão. O lugar é bem típico, com várias TVs enfileiradas nas paredes e um conjunto de mesas no centro do salão, em frente aos aparelhos. O bar fica à minha direita, seguido por quatro mesas de sinuca, acanhadas sob as imensas luminárias Budweiser. Logo atrás, há uma pequena pista de dança.

Em poucos segundos, meus olhos encontram Olivia. É como se eles fossem atraídos por ela, como um ímã. Quando a vejo no bar com seus amigos, sei que duas coisas são verdade. A primeira é que ela vai ficar bêbada se não parar de beber logo. E a segunda é que vou levantar aquela saia até a sua cintura, antes do fim da noite.

Quando os seus olhos encontram meus, vejo resistência estampada neles. Já vi isso antes, mas pensei que tivéssemos superado este estágio. Não consigo deixar de me perguntar o que aconteceu desde a manhã de hoje para que ela regredisse.

Estou com um palavrão na ponta da língua, mas eu o contenho e mantenho uma expressão indiferente, enquanto caminho em sua direção. Quando paro ao seu lado, observo-a endireitar a coluna e erguer o queixo. Sim, resistência. E ela está decidida.

Embora isso me frustre, acho o gesto bem sensual. Ele me instiga a *fazer* com que ela me queira, apesar de todas as razões que a fazem pensar que não deveria.

E lá vou eu.

Novamente.

— Eu poderia te oferecer uma bebida, mas pelo visto você já bebeu bastante.

— Já tenho um pai para me dar bronca. E ele está em casa se restabelecendo de uma perna quebrada, muito obrigada — diz de forma mal-articulada

— Não queria ofender. É apenas uma observação. — Então chamo o bartender, que está me olhando com ar completamente hostil. — Jack. Puro e sem gelo. — Estou no território dela agora. Olivia está entre amigos e eles são, obviamente, muito protetores. O mais estranho é a necessidade que eles têm de protegê-la de mim, embora nunca tenham me visto.

*É, acho que ela realmente tem uma atração por um tipo específico de homem. E esse pessoal deve saber disso.*

Fico profundamente aborrecido com o fato de ter sido rotulado por ela, como fizeram todos os seus amigos. Não há nada que eu deteste mais do que ser julgado injustamente. Nenhuma dessas pessoas sabe nada a meu respeito, inclusive Olivia.

Seria interessante ver como ela reagiria se soubesse tudo, se tomasse conhecimento da verdade. Em poucas frases curtas, eu poderia dar a ela todas as razões para fugir de mim, o mais rápido e para o mais distante que pudesse. Mas não vou fazer isso. Porque sou egoísta. Não quero que fuja, por enquanto. Antes disso preciso tê-la mais.

Muito mais.

Quando o bartender pousa o copo diante de mim, deslizo uma nota de 10 dólares e bebo o drinque de um gole só. Em seguida, aceno com a cabeça para pedir outro, e arrasto o copo vazio sobre o balcão.

Decido ignorar Olivia, enquanto espero pela bebida. Finalmente, ela fala. Contenho um sorriso. Eu queria que ela desse o primeiro passo. E consegui.

— O que está fazendo aqui? — pergunta, levantando-se do banco para ficar ao meu lado. Eu me pergunto se isso a faz sentir-se mais no controle, no comando da situação.

Ou talvez a deixe mais segura, como se pudesse escapar rapidamente. Fugir.

— Achei que você poderia precisar de ajuda — respondo. — Então vim para ajudá-la.

Vejo seus olhos oscilarem para sua direita, em uma fração de segundos, antes de se voltarem para mim.

— Como você me encontrou?

— Meu irmão.

— Não, quero dizer como sabia que eu estava aqui?

— O seu pai.

— Você foi à *minha casa?*

Ela está obviamente perturbada com isso.

— Sim. Algum problema? Visitantes não são bem-vindos na sua toca secreta?

Fascinado, observo a raiva lhe enrijecer os músculos. Ela põe as mãos nos quadris. Cacete, ela é mesmo feroz.

— Alguma vez ocorreu a você que talvez devesse esperar ser convidado?

— Se eu fosse convidado, não estaria me oferecendo espontaneamente para ajudar, não é?

Mesmo em meio à sua agitação, percebo que ela olha, pela segunda vez, para uma mesa à direita. Então sigo o seu olhar e vejo que ela observa um cara sentado diante de uma garota, totalmente sem graça. A maneira como ele olha para Olivia me faz ter certeza de que eles se conhecem. E, pelo jeito, muito bem.

Dou um passo na direção de Olivia e me curvo para perguntar baixinho:

— É aquele cara?

Ela vira a cabeça para mim, envergonhada. Furiosa.

— Que cara? Do que você está falando?

— Ah, qual é! Admita. Aquele foi o último bad boy, não foi? — Olho de novo para o babaca que, mesmo involuntariamente, está dificultando a minha vida. — Parece que ele se recuperou bem do acidente com o trator. Quer que eu dê umas porradas nele?

Olho de volta para Olivia. Um misto de emoções atravessa rapidamente seu rosto, começando com perplexidade e terminando com algo próximo do humor, de um sorriso.

— Não, não quero que você dê porrada nele.

— Tem certeza? Porque sou especialista em descafajestização.

Desta vez ela sorri.

— Descafajestização?

— Sim. Imagine que eu sou um dedetizador de pragas, só que dos cafajestes, cuja missão é colocá-los no seu devido lugar.

— Bem, eu agradeço a oferta, mas ele não vale o esforço.

Então me inclino para a frente, a fim de prender uma mecha desgarrada de cabelo preto atrás de sua orelha.

— Se ele a magoou, então vale.

Acho que Olivia não faz ideia do quanto seu rosto é expressivo. Posso ver claramente que não me é indiferente, que gosta de mim e provavelmente não discutiria se eu a despisse e a lambesse dos pés à cabeça, embora permitir que eu faça isso vá contra o que ela julga ser mais sensato. Mas também posso ver que ela *não quer* sentir essas coisas. Ela quer ser contraditória, impassível. E insensível a mim. Só que não é. E, se depender de mim, *não será*.

Reconheço a canção animada que começa a tocar. "Ho Hey" jamais tocaria na minha boate, principalmente porque *é* uma boate, mas gosto da música mesmo assim. A letra me faz sentir um pouco sentimental em relação à confusa e apreensiva Olivia.

— Vamos — digo, tomando-a pela mão. — Vamos pagar mico.

Em seguida, pego também a mão da sua amiga, que não tira os olhos de mim desde que cheguei, como se eu fosse uma refeição.

— Sou o Cash, chefe da Olivia. Vamos dançar.

— Ginger — apresenta-se ela, com um largo sorriso, e entrelaça seus dedos nos meus, sem oferecer resistência

Enquanto levo as garotas pelo bar, em direção à pista de dança, Ginger chama outras pessoas, o que é perfeito para o que tenho em mente.

— Vamos lá pessoal. Vamos dar à Liv uma dança de despedida que ela nunca esquecerá.

Em poucos segundos, há duas dúzias de admiradores de Olivia à nossa volta, na pista de dança, cantando e cobrindo-a com sorrisos, abraços e atenção. Posso ver seu rosto se iluminar e sua atitude ficar mais relaxada.

Então ela volta a olhar para o cara uma vez, e até mesmo isso é um gesto praticamente distraído. Na maior parte do tempo, seu foco é nas pessoas à sua volta. E em mim.

Posso ver o gelo se derreter cada vez que seus olhos encontram os meus. Quando sorrio, ela sorri também. Quando pego a sua mão, Olivia entrelaça seus dedos nos meus. E quando se vira para mim, parece, pelo menos no momento, que parou de me ver como aquele canalha que ela desejaria que tivesse caído embaixo de um trator.

Sua expressão está brilhante e feliz, e ela parece estar realmente satisfeita.

— Obrigada. Você é um ótimo agente de descafajestização.

— Ah, este não é o meu método favorito. Acredite. Mas se a faz feliz, por mim tudo bem.

Ela desvia o olhar timidamente, mas volta a me fitar, incapaz de resistir ao magnetismo que há entre nós.

— Bem, isso me faz muito feliz.

— Então vamos considerá-lo exterminado, certo?

Ela ergue as sobrancelhas e sorri. Vejo a garota atrevida voltar à tona. Ela se sente como se pudesse enfrentar o mundo, capaz de derrotar qualquer coisa, inclusive um ex-namorado.

Está pronta para pular de cabeça. E eu estou pronto para agarrá-la.

— O que você tinha em mente? — pergunta Olivia de forma recatada, passando a língua nos lábios.

Olho ao redor do salão e localizo a sinalização dos banheiros. Então lanço um sorriso para ela, seguro mãos dela e me afasto da multidão, indo em direção aos toaletes. Sem perder o contato visual.

Seu rosto está vermelho e seus olhos, arregalados de excitação. Ela não sabe o que tenho em mente, mas acho que *pensa* que é algo malicioso. E parece tranquila em relação a isso, o que me deixa ainda mais confiante.

Enquanto nos dirigimos aos banheiros, ela não volta a olhar, nem mais uma vez, para a mesa daquele cara, mas de rabo de olho, consigo vê-lo. Ele diz algo à garota que está ao seu lado e se levanta para ir embora. Parece zangado, o que me faz sorrir de modo pretensioso.

Quando chegamos ao pequeno corredor do lado de fora dos banheiros, puxo Olivia para junto de mim e a beijo. Ela é receptiva e flexível e, em poucos segundos, está acariciando meu cabelo e apertando seu peito contra o meu.

Eu só planejava beijá-la para que aquele babaca pudesse nos ver, mas Olivia não está pensando mais nele.

E, agora, nem eu.

A música começa a diminuir à nossa volta, e ela dobra os joelhos e esfrega a perna na minha. Eu me abaixo e passo os dedos na pele macia da sua panturrilha. Então ela segura a minha mão, guiando-a até seu quadril. Atendendo ao seu sinal, com a mão em forma de concha, aperto sua bunda perfeita.

Seu gemido faz cócegas na minha língua, provocando vibrações na minha parte inferior. Tudo enrijece da cintura para baixo. Quando o beijo, que era para ser apenas uma provocação, se torna ardente, deixo de pensar em tudo, exceto na garota nos meus braços.

Consigo tatear a maçaneta da porta atrás de mim e abri-la, para podermos entrar no banheiro. Faço uma pausa durante um segundo para recuperar o fôlego e olhar ao redor. Estamos no banheiro feminino.

Tranco a porta e puxo Olivia, abaixando-me para passar as mãos na parte de trás das suas pernas, enquanto levanto a sua saia.

Sua calcinha deixa a bunda quase toda descoberta. Então acaricio a pele macia, deslizando os dedos ao longo da fenda entre as nádegas, e aconchego seu quadril contra o meu. Quero que ela sinta o que provoca em mim.

Ela está arquejando na minha boca, e seus dedos começam a se atrapalhar com a fivela do meu cinto.

*Merda, pra que eu que fui botar cinto?*

Eu a ajudo a abrir minha calça. Estou enfiando a mão dentro do meu jeans, quando ela a afasta, envolve seus dedos em mim e aperta. Quase explodo quando ela me acaricia até à ponta e volta novamente, sua língua lambendo a minha, no mesmo movimento lento.

Então agarro seu pulso e a faço parar. Ela levanta os olhos para mim, com uma expressão carregada de desejo e o rosto vermelho. Os lábios estão vermelhos e intumescidos, e o meu único pensamento é imaginá-los no meu corpo, me chupando.

Mas não esta noite. Esta noite é toda de Olivia. A bela, sexy, corajosa e impetuosa Olivia. Esta noite, quero que ela veja o que eu vejo.

Eu a viro para a pia, de frente para o único espelho no banheiro. Ela parece confusa quando encontra os meus olhos no reflexo.

— Olhe pra você — digo. Em seguida, afasto o seu cabelo longo do ombro e dou um beijo na curva do seu pescoço. Ela inclina a cabeça para me facilitar. — Você é a garota mais bonita aqui.

Passo a mão na parte exposta da sua barriga e sob a blusa. Seus mamilos estão duros sob meus dedos. Eu os belisco através do tecido fino do sutiã, insistindo no contato visual. Seus lábios se abrem e ela geme.

— Que sensual — digo, apertando seus seios, esfregando meu quadril na sua bunda.

Então afasto uma das mãos e lhe acaricio a barriga. Sua saia ainda está levantada e consigo ver o tecido branco da calcinha. Deslizo os dedos entre as suas pernas. Solto um gemido quando percebo que o algodão macio está molhado.

— Qualquer homem morreria para ter isto, ainda que fosse por uma noite — continuo, agora empurrando a calcinha para o lado e escorregando o dedo para dentro dela. Ela fecha os olhos e reclina a cabeça sobre o meu ombro.

— Não, quero que você olhe. Quero que veja o que eu vejo. Quero que nós dois vejamos você gozar.

Obediente, ela abre os olhos, seus quadris movendo-se contra a minha mão, a boca deliciosamente aberta. Eu me afasto um pouco e coloco a mão no meio de suas nádegas.

Então pressiono com delicadeza, até ela se curvar para a frente, apoiando, de maneira instintiva, na borda da pia.

Ainda observando-a, envolvo os dedos no elástico da sua calcinha e a puxo até os joelhos. Enquanto acaricio sua bunda macia, enfio um dedo da outra mão na minha boca e o coloco entre as pernas dela, empurrando-o profundamente. Ela geme e sinto seu corpo quente me apertar.

Tomando-a pelos quadris, eu a mantenho parada enquanto direciono a cabeça do meu pau para dentro dela. Contenho um gemido ao perceber o quanto ela é quente e molhada, o quanto seu corpo me suga, puxando-me cada vez mais para dentro de si.

Seus olhos se deslocam para baixo, como se ela quisesse ver enquanto a penetro. Então eu paro, e ela volta a me fitar no espelho, intrigada. Aceno com a cabeça lembrando-a do que quero que ela faça, e vejo seus olhos se deslocarem ao próprio reflexo. Finalmente a penetro, com força e profundamente.

Sua boca se abre e seus olhos se fecham de prazer. Descanso dentro dela, deleitando-me com sua pressão firme, fazendo uma pausa para não gozar rápido demais.

Ela abre os olhos e inclina-se para a frente, fazendo-me escorregar, quase completamente, para fora do seu corpo. Então, lentamente, inclina-se para trás, envolvendo-me totalmente.

Segurando firmemente seus quadris, eu a estimulo num ritmo lento, que posso manter sem gozar rápido demais. Quando ela ajusta o próprio movimento, deslizo os dedos entre as suas dobras macias, a ponta do dedo movendo suavemente ao redor do clitóris. Ela começa a dar pequenos gemidos sensuais, enquanto faço pequenos círculos. E praticamente ronrona quando encontro o ponto que mais gosta.

Após alguns minutos, sinto seu corpo me comprimir. Sei que ela se está quase gozando. Então aumento o ritmo e as carícias com o dedo. Quando sua respiração fica mais irregular e seu prazer torna-se mais evidente, inclino-me para a frente e agarro seu cabelo, puxando, suavemente, a cabeça de Olivia pra trás.

Em seguida, sussurro no seu ouvido:

— Quero que você se olhe gozando em mim, Olivia. Veja o quanto é linda e sexy. Veja porque eu quero tanto você.

De maneira implacável, eu a estimulo a ponto de soltar um grito, e morder o lábio para contê-lo, seu corpo macio, exaurido com as sucessivas ondas do orgasmo.

Nesse momento, enfio tudo nela, até não conseguir mais me conter. Sinto meu próprio clímax se aproximando e encontro os seus olhos mais uma vez, no espelho. Eu mal posso respirar com o coração acelerado.

— Viu o que você provoca em mim? Quero seus olhos nos meus quando a minha porra estiver escorrendo pelas suas pernas.

Minhas palavras a acendem. Sinto o seu espasmo em volta de mim, apertando-me com força, deixando-me descontrolado. Com um gemido, cada músculo do meu corpo se enrijece, enquanto gozo profundamente dentro dela.

Embora meu instinto seja o de fechar os olhos, eu me obrigo a mantê-los abertos, a permanecerem focados nos dela. Olivia não desvia o olhar. Nem por um segundo.

Quando me mexo lentamente para dentro e para fora, depois do clímax, sinto o líquido quente saindo de mim, encharcando minha coxa. Sei que ela pode senti-lo, também.

Esfrego os quadris no seu corpo e ela sorri.

*É, você consegue sentir mesmo, não é, gata? E, mais que isso, você curte.*

Minha melhor descoberta da noite? Olivia esconde uma garota bem sacana, sob aquela aparência tímida e discretamente sexy.

E eu vou libertá-la.

## VINTE E CINCO

# Olivia

Cash não tira as mãos de cima de mim, enquanto tento me recompor e sair do banheiro. Sei que eu deveria estar preocupada ou envergonhada, e amanhã provavelmente estarei. Mas agora estou em êxtase. Eu nunca tive um experiência sexual tão incrível e avassaladora em toda a minha vida.

Por um lado, acho que deve ter sido Nash quem esteve no meu quarto. Levando em consideração este momento com Cash... Puta merda! Mas, ao mesmo tempo, esta noite Cash não perguntou se estou tomando anticoncepcional, o que me faz pensar que ele já sabia. E isso significa que foi ele no meu quarto.

Mas não posso me esquecer de que algo impulsivo, como o que aconteceu esta noite, provavelmente tem muito a ver com a personalidade de Cash. Um cara como ele deve imaginar que eu me previna em relação à gravidez, por mais que eu não tenha falado nada.

Outra vez, minha constatação só faz aumentar as minhas dúvidas. Mas, no momento, não quero saber. Estou consumida por Cash. Ainda sinto o seu toque. Ainda sinto seu cheiro. Ainda sinto... seu corpo, e é uma sensação que espero nunca desaparecer. Não consigo tirá-lo da cabeça e, por enquanto, me sinto bem com isso.

Estou ajeitando o cabelo pela segunda vez, enquanto ele está atrás de mim, acariciando a minha barriga. Minha calcinha ainda está úmida e, deste jeito, não vai secar nunca.

Ele segura o meu cabelo para afastá-lo do pescoço e começa a me morder, delicadamente.

— Temos mesmo que voltar lá para fora?

Não consigo evitar uma risadinha.

— Tenho certeza de que vai ter gente precisando usar o banheiro antes do fim da noite.

— Eles que se danem. Tem outro banheiro no bar.

Então rio de forma escancarada.

— Onde você vai ficar hospedado?

Ele encontra os meus olhos no espelho.

— Vou encontrar um hotel em algum lugar. Por quê? Está pensando em me fazer uma visitinha?

*Hum, pode apostar!*

Penso isso, mas não digo nada. Então, me viro de frente para ele.

— Olha, você veio até aqui para me ajudar. O mínimo que posso fazer é te oferecer um lugar para ficar. Mas meu pai vai estar lá, portanto...

— Portanto teremos que ser discretos — sussurra Cash, balançando as sobrancelhas, de um jeito cômico.

Eu apenas sorrio. Nem confirmo nem nego que vai rolar mais sexo. Mas vai. Se ele tentar muito, com certeza vai.

Lentamente, nos dirigimos até a porta. Respiro fundo e abro a fechadura.

— Vá na frente. Vou esperar alguns minutos. Assim não será *tão* óbvio — diz ele, num gesto ponderado.

Eu sorrio.

— Hum, com certeza não vai haver muita dúvida, mas é uma atitude bacana da sua parte, de qualquer maneira.

Em seguida me viro para abrir a porta, mas Cash põe a mão sobre a minha, para me impedir. Quando me volto para ele, seus lábios pressionam os meus, num beijo ardente, que me faz reconsiderar sua sugestão de permanecermos no banheiro.

Mas, infelizmente, não podemos.

O restante da noite acaba se tornando uma das melhores que passei em muito, muito tempo. Cash não sai de perto de mim, sempre me tocando de algum modo breve, deixando a minha pele em brasa. Compartilhamos muitos sorrisos significativos e olhares de relance, que mantêm vivos os momentos do banheiro na minha mente. Não que dependessem disso para permanecerem nos meus pensamentos. Não tenho a menor dúvida de que ainda estarão presentes quando eu tiver 109 anos e não conseguir me lembrar de onde coloquei a dentadura. Mas sempre haverá Cash... no banheiro... no espelho...

Tanto ele quanto eu evitamos exagerar nas bebidas. Acho que ambos estamos dispostos a manter certo grau de sobriedade e não estragar a magia da noite. Quando todo o mundo vai embora, Cash me acompanha até o carro da Ginger, para que eu a leve para casa. Estou completamente sóbria agora. E feliz assim.

— Vou segui-la para levá-la de volta.

— Tudo bem — concordo com um largo sorriso. Parece que não consigo parar de sorrir.

Ele me dá um beijinho rápido nos lábios e nos separamos. Durante todo o percurso até a casa da Ginger, eu me pego olhando no espelho retrovisor para o farol atrás de mim.

E sorrindo. Claro, sorrindo.

— Bem, acho que já sabemos quem você escolheu, Liv — diz Ginger, de maneira arrastada, no banco do carona. Tenho um sobressalto. Estamos quase na casa dela e esta é a primeira vez que ela fala alguma coisa. Pensei que estivesse desmaiada.

— Por que diz isso?

— Porque ele é um bad boy. E nós duas sabemos que você sempre escolhe o bad boy.

Então ela pende a cabeça para o lado, depois de me atingir com este comentário.

Eu *realmente* sempre escolho o bad boy. E *realmente* sempre me arrependo. Será que estou cometendo um grande erro com Cash?

As palavras dela me atormentam, do momento em que a deixo em casa até o instante em que levo Cash ao seu quarto, depois do trajeto na sua moto. Após um beijo bem singelo, eu o deixo para dormir, e começo a me afastar para ir para o meu quarto.

Ele me faz parar, colocando a mão no meu ombro.

— O que houve? — sussurra. Sei que ele está intrigado por eu estar indo para a cama sem... ele. Afinal, Cash viu meu pai profundamente adormecido no andar de baixo.

Tento demonstrar alguma sinceridade no meu sorriso, mas acho que não consigo, de jeito nenhum.

— Nada. A gente se vê de manhã. Durma bem.

Em seguida, vou para o meu quarto, fecho a porta em segurança, e me preparo para dormir. Já se passou mais de uma hora e ainda não peguei no sono. Então decido tomar um banho, na esperança de me sentir mais fresca e relaxada. Talvez os vestígios do bar estejam me impedindo de dormir.

Estou de pé, debaixo da água quente e tentando não pensar muito, quando ouço os aros metálicos da cortina deslizarem. Enxugo os olhos e dou de cara com Cash, entrando no chuveiro.

Não consigo evitar uma expressão abobalhada diante do seu corpo nu. Ele é ainda mais perfeito do que eu imaginava. Seu tórax é largo, bronzeado e sem marcas, exceto pela tatuagem no lado esquerdo. Seu abdome é definido, em forma de tanquinho. Suas pernas são longas e fortes. Nem um centímetro dele deixa a desejar, inclusive o seu dito-cujo, rígido, imponente e avantajado, que faz minhas entranhas palpitarem.

Sei que estou fitando essa parte do seu corpo, mas não consigo evitar. Só de olhar já fico toda molhada e no ponto.

Um dedo sob meu queixo levanta meu rosto. A expressão de Cash é séria e doce, e seu rosto, incrivelmente lindo.

— Você se preocupa demais. Será que não pode apenas confiar em mim?

Seus olhos penetram os meus. Eu o quero tanto, mas simplesmente não sei se ceder a esse desejo é a coisa certa a fazer.

Se ele fosse um pouquinho como Nash...

— Não sei — respondo honestamente.

Ele acena com a cabeça, em sinal de aceitação.

— Você vai aprender a confiar. Prometo.

Então, Cash me beija. É um beijo lento, intenso, que transmite emoção e significado, nenhum dos quais sei como interpretar.

Recuo para falar, mas ele põe o dedo nos meus lábios, me silenciando.

— Shhh, me deixe apenas amar você, está bem? Não pense. Apenas sinta.

Seus olhos escuros e pecaminosos são insondáveis, mas sérios. Após vários segundos, concordo com um gesto de cabeça. Então ele sorri e me beija de novo. Ternamente.

Com os lábios e a língua, ele lambe a água da minha pele: do pescoço, dos mamilos, da barriga. Em seguida, ajoelha-se entre as minhas pernas e me traz à beira do êxtase por duas vezes, parando em ambas, como se esperasse por algo.

Quando estou prestes a explodir uma terceira vez, ele para e me beija novamente, agarrando a parte de cima das minhas coxas e me erguendo para me posicionar na parede do boxe. Depois me abaixa, encaixando-me em seu pênis, enfiando a língua na minha boca e imitando os movimentos do seu corpo.

Gozamos juntos. Ele engole os meus gemidos, sem dúvida por respeito ao meu pai adormecido. Quando terminamos, ainda dentro de mim, ele se vira e me mantém debaixo do chuveiro. O jato quente da água me massageia e relaxa. Quase adormeço com a cabeça no seu ombro.

Então ele fecha a torneira e pega a toalha que eu tinha separado para usar. Em seguida, me seca da cabeça aos pés, me leva para o quarto ao lado e me deita na cama, nua.

— Apenas durma — diz Cash, baixinho. — Não pense mais. Vejo você de manhã.

E então ele vai.

E eu adormeço.

VINTE E SEIS

# Cash

Acordo de pau duro e com uma garota na cabeça. Mal consigo ver a luz do dia que está nascendo atravessar as cortinas. Sei que não deveria acordá-la, mas chego quase a temer não fazê-lo. Quanto mais ela se envolve com as próprias dúvidas, mais difícil adivinhar qual será seu estado de espírito ao acordar.

Portanto, decido ir em frente.

Abro a porta só um pouquinho e presto atenção. Posso ouvir o pai dela roncando no andar de baixo, então saio do meu quarto e atravesso o corredor. Sem fazer barulho, entro no quarto de Olivia.

Eu me movimento no mais absoluto silêncio. Sinto-me aliviado ao ver que sua respiração permanece profunda e regular. Ela está deitada de lado, de costas para mim. Eu tiro a calça e afasto as cobertas, apenas o bastante para escorregar sob elas. Então me deito e me aconchego às suas costas.

No seu sono, ela roça a bunda no meu corpo, chegando mais perto. Mordo o lábio para impedir qualquer barulho.

Ela ainda está nua e o contato com as suas nádegas está me provocando.

Estico o braço e, com a mão em forma de concha, pego um dos seus seios lindos. Mesmo dormindo, seu corpo reage, o mamilo se contrai. Eu o belisco levemente com as pontas do dedo e ela dá um breve gemido, empurrando a bunda para mim novamente. Desta vez, empurro também, roçando meu quadril no dela.

Então me inclino para a frente e beijo-lhe o pescoço, enquanto deslizo a mão por sua barriga reta, até o pequeno triângulo de pelos, asseadamente depilado, que cobre o meu maior desejo. Num gesto solícito, ela se desloca, abrindo as pernas o bastante para me permitir enfiar um dedo entre as suas dobras. Eu a acaricio lenta e suavemente, até sentir os quadris se mexerem no ritmo da minha mão.

Quando enfio o dedo, percebo que ela já está molhadinha. Meu corpo tem espasmos com a expectativa, curvando-se contra suas costas.

Então estico o braço, pego sua coxa e levanto sua perna sobre a minha. Isso a deixa aberta o bastante para que eu possa penetrá-la por trás. É tudo que posso fazer para não gemer em voz alta, quando me sinto entrar em sua vagina apertada. Inspiro profundamente para não fazer barulho. Ela inclina o quadril para trás, na minha direção, permitindo-me uma penetração ainda mais profunda. Não sei se é um gesto intencional ou instintivo. Ainda não sei ao certo se ela está acordada.

Utilizo os dedos mais uma vez no seu centro úmido, eu me movimento para levá-la ao orgasmo, entrando e saindo dela, num vaivém lento no seu calor molhado. Quando sinto seus músculos começarem a se contrair firmemente em volta de mim, sua mão sobe até o meu quadril, me agarrando e puxando com mais força para junto de si.

Ela está acordada.

Ouço sua respiração acelerar e arfar. Depois sinto os espasmos do seu orgasmo e percebo que ela fica levemente ofegante. Então a seguro firme, enquanto a penetro com mais força.

Logo há uma explosão de sensações e eu gozo dentro dela. Antes que me dê conta, meus dentes estão cravados no seu ombro. Isso parece excitá-la. Ela levanta a mão e segura meu cabelo, puxando-o um pouco, fazendo-me mexer dentro dela.

Caramba, mal posso esperar para ver sua expressão quando ela se afastar.

## VINTE E SETE

# Olivia

Não consigo parar de sorrir. Novamente. Embora a dúvida permaneça incomodando a minha mente, é impossível ter pensamentos inteiramente ruins deitada sobre o peito de Cash, acariciando sua tatuagem.

— O que ela significa? — pergunto, num sussurro.

— É o símbolo chinês que representa *maravilhoso* — responde em tom de gozação.

Dou uma risadinha.

— Se não for, o que aliás não creio que seja, deveria ser.

— Isso é um elogio? Só quero ter certeza, para não deixá-lo passar despercebido.

Dou um tapinha nas suas costelas.

— Você fala como se eu fosse egoísta e mesquinha, só porque não me atiro aos seus pés.

— Você não tem que se atirar aos meus pés. Mas, se quiser fazer isso, posso pensar em algo para mantê-la ocupada, enquanto estiver ajoelhada.

Quando olho para ele, Cash está erguendo as sobrancelhas novamente.

— Não tenho a menor dúvida — respondo. Então balanço a cabeça, me aconchego de volta ao seu peito e continuo a traçar o contorno da tatuagem com os dedos. — Sério, o que ela significa?

Cash permanece em silêncio por tanto tempo que começo a achar que ele não vai responder. Até que finalmente fala:

— É uma colagem de coisas que lembram a minha família.

Então observo cada imagem, mas não consigo decifrá-las. Em seguida, passo os dedos na parte que se assemelha a um grupo de faixas onduladas e escuras.

— E isto?

— Simboliza o incêndio que tomou minha família de mim.

Eu me apoio sobre o cotovelo e olho diretamente para seu rosto.

— Como assim?

Por alguns segundos, ele parece desconfortável antes de responder:

— Bem, minha mãe morreu em uma explosão de barco, cuja intenção era matar a minha família inteira. Meu pai está na prisão pelo assassinato dela. Meu irmão e eu somos muito... afastados. De todos as formas possíveis, aquele incêndio acabou com a minha família. Com o lar que eu tinha. Agora, estou sozinho.

Nesse instante, me lembro de Nash contando sobre a prisão do seu pai por assassinato. Como não voltamos a falar no assunto, eu não sabia que sua mãe tinha morrido e que o pai fora considerado o culpado.

Naturalmente, fico interessada em saber mais detalhes. Tenho mil perguntas na cabeça, mas não quero forçar a barra.

— Você... gostaria de falar sobre isso?

Seu sorriso é ao mesmo tempo educado e triste.

— Não exatamente. Se você não se incomoda. Não quero arruinar um dia que começou tão perfeito. — O sorriso dele se alarga quando ele desce a mão para segurar minha bunda. Sinto sua ereção pressionar a minha barriga parcialmente sobre seu corpo.

Sorrio também.

— Bem, você vai ter que segurar a onda — replico. — Meu pai irá acordar logo e acho que esqueci de mencionar que ele é invencível com uma pistola na mão.

— Neste caso, que tal tomarmos café da manhã?

Dou uma risadinha.

— Sábia decisão, coração valente.

— Pare de me provocar. Que vantagem eu teria para você se deixasse seu pai explodir o meu pau?

Não digo nada, apenas sorrio. Mas, por dentro, me sinto desolada. Já estou pensando que há muitas outras coisas em relação a Cash, além do fato de ele ser muito bom de cama. Ele é encantador e perspicaz, atencioso e impetuoso. Também é inteligente e criativo. Ele possui todos os tipos de características maravilhosas que não têm nada a ver com sua habilidade na cama.

*E num banheiro público. E debaixo do chuveiro.*

Num instante, essas lembranças trazem de volta a minha descontração.

Quando Cash volta furtivamente ao seu quarto, vou para o chuveiro. Novamente. Desta vez, preciso tomar um banho de verdade.

Sorrio o tempo inteiro. Ao passar o sabonete pela pele, sinto todo meu corpo marcado por Cash. E definitivamente é uma sensação deliciosa. Por enquanto, pelo menos.

A realidade da situação ameaça se intrometer novamente. E, mais uma vez, eu a afasto da mente. Sem dó. De maneira implacável. Vou lidar com isso na segunda-feira. Este fim de semana vou curtir e dar um tempo. Dar um tempo para o bom senso, para a responsabilidade e para todas as vozes que atormentam a minha cabeça. Este fim de semana é só para o Cash, para mim e para toda a atração louca que existe entre nós.

Depois de vestir o short jeans e a camiseta na qual se lê *"Gosto mais de rapazes do que de livros"*, vou para o andar de baixo. E me surpreendo com o que vejo.

Meu pai está sentado à mesa da cozinha. Sua perna engessada está apoiada num banco, suas muletas, encostadas na parede atrás dele, e a barba por fazer. Porém, o mais inesperado é que ele está num papo bem animado com Cash, que parece preparar o café da manhã.

Mil sensações diferentes borbulham no meu peito, enquanto observo a cena. Nenhuma delas é bem-vinda, no entanto, pois cada uma significa um problema para mim. E para o meu coração.

*Se você fosse mais como o Nash,* penso enquanto o vejo acrescentar temperos aos ovos batidos e seguir as instruções dadas pelo meu pai.

— Bom dia — digo animada, tentando esconder o desconforto que está arrastando meu coração para uma situação de desespero.

Ambos se viram para me cumprimentar com sorrisos felizes e descontraídos. Cash pisca para mim de onde está, em frente ao fogão, e um desejo repuxa a parte inferior da minha barriga. Não há como negar a chama que este homem desperta. Bem quente. Provavelmente mais quente do que o fogão no qual ele está preparando o café da manhã.

Eu me apresso para ajudar e deixo-me inserir num cenário tão surreal quanto uma ilustração de Rockwell, pelo seu encanto e magia. Quando me sento para devorar ovos, bacon, panquecas e café, sei que vou comparar todas as outras manhãs da minha vida com esta. E provavelmente todas deixarão a desejar. E muito.

*Droga.*

Depois de lavar a louça, Cash ajuda meu pai a voltar para a cadeira e nos dirigimos ao celeiro. No caminho, ele me criva de perguntas sobre a criação de ovelhas e todas as suas implicações. Tento respondê-las da forma mais rápida e sucinta, embora seja difícil resumir uma vida de conhecimento e experiência em alguns minutos.

— Afinal, o que vamos fazer hoje?

— Vamos sair para procurar os cordeiros que nasceram. As ovelhas se separam para ter os filhotes na floresta ou no campo. Mas temos de nos certificar que os cordeiros são saudáveis e não estejam com nenhum problema que precise ser tratado. Vou fazer uma ficha de controle para identificação da cria e da mãe. Dessa forma, também podemos ter uma ideia, por alto, de quanto tempo precisamos esperar para marcá-los, cortando o rabo das fêmeas e colocando um anel nos testículos dos machos.

— Cortando o rabo? Colocando anel nos testículos? Por quê? — pergunta Cash, parecendo um pouco horrorizado diante de uma ideia tão cruel.

— Nós cortamos o rabo das fêmeas porque é muito mais fácil e higiênico para as ovelhas quando têm os filhotes. É para a segurança tanto da mãe como da cria. Além disso, também é uma maneira de distingui-las dos machos jovens. Quanto aos machos, nós os castramos por que... Bem, você sabe o que fariam se não fizéssemos isso.

Quando o choque inicial em relação ao procedimento é superado, Cash sorri e ergue as sobrancelhas.

— Eu sei muito bem!

Eu dou um sorriso, passo a perna por cima do assento largo e almofadado do quadriciclo e aponto para o assento atrás de mim.

— Agora é minha vez de dirigir — digo, fingindo um tom arrogante.

Cash ergue as sobrancelhas daquele jeito que adoro e, bem lentamente, senta atrás de mim. Então chega mais perto, agarra meu quadril e puxa meu corpo para o meio das suas pernas, pressionando o peito nas minhas costas. Posso senti-lo ao longo de cada centímetro da parte de trás do meu corpo. Em seguida, ele põe os braços em volta da minha cintura, suas mãos instaladas de maneira torturante, abaixo da minha barriga, fazendo meu corpo pulsar de desejo.

Sinto seus lábios no meu ouvido no instante em que ele sussurra:

— Quando você quiser.

Com os dedos trêmulos, viro a chave e aciono a ignição. Ao acelerar, percebo que a rotação do motor é menor do que a minha libido, neste exato momento. Se Cash não esfriar o clima, vou ficar sentada numa poça rapidinho.

Logo depois de sair do celeiro, paro e abro o primeiro portão. Um dos vários cães de pastoreio corre para nos receber. Eu me abaixo para acariciar sua enorme cabeça branca.

— Solomon! Como está você, rapaz? — pergunto ao enorme cão de montanha.

Quando me abaixo, ele lambe meu rosto várias vezes e recua para que eu possa empurrar o imenso portão e passar com o quadriciclo. Cash desce para fechar o portão atrás de nós, e repetimos esse processo em cada campo da imensa fazenda de quase 70 hectares, onde cresci.

Nós percorremos todos os cantos dos locais onde vivi a minha infância e, ao longo do trajeto, indico os lugares e coisas que imagino que Cash possa achar interessante. Ele faz várias perguntas relevantes e pertinentes, me deixando convicta de que sua aptidão intelectual é, no mínimo, igual a de Nash.

*Inteligente* e *gostoso. Droga.*

Cash me ajuda a procurar as ovelhas com filhotes. Ele aponta para vários que nasceram na primavera. Diferente de mim, que passei a vida inteira com esses animais, ele não consegue distinguir as sutis diferenças que indicam quando são mais velhos. Mas eu percebo isso, imediatamente.

Por fim, encontramos sete cordeiros da última estação, resultados da travessura de Rambo, um dos nossos carneiros, que fugiu do cercado novamente e deu um jeito de chegar até as ovelhas. Normalmente, meu pai tenta manter o acasalamento restrito a certos meses, para que as ovelhas tenham os cordeiros na primavera. Mas, de vez em quando, algo assim acontece e o deixa em dificuldade para dar conta dos filhotes que chegam de surpresa.

Faço anotação de cada cordeiro que encontramos. Segundo meu pai, ele esperava encontrar entre sete e nove. Isto me diz que, ou encontraremos mais dois amanhã quando sairmos, ou acharemos dois mortos em algum lugar.

Mesmo depois de todos esses anos, meu coração se entristece só de pensar nisso. Não há nada pior do que perder um cordeiro.

No caminho de volta, em direção ao campo da frente, vemos dois outros cães e Pedro, a lhama. Naturalmente Cash faz um comentário sobre cada um. Não posso conter o riso diante das suas observações engraçadas.

Entretanto, minha alegria em relação ao dia me deixa preocupada. Apesar do perigo da situação, me sinto atraída por Cash, *para* Cash. É como olhar para o horizonte e ver um mundo completamente novo de sentimentos, logo adiante, junto com as nuvens escuras de uma tempestade. Seria muito fácil imaginar nós dois, um dia, assumindo a fazenda. Juntos.

E pensar assim seria um desastre.

Em vez de fazer o caminho de volta para a casa, vou até o celeiro da parte norte. Brincar com Solomon em cada parada nos deixou sujos, porque ele estava imundo. Além disso, o mato alto jogou sobre nós todos os tipos de insetos e detritos, acrescentando uma camada de sujeira sobre a já existente.

Portanto vou ao celeiro para que possamos nos limpar. É o lugar mais próximo a dispor de água corrente.

Deixo Cash se limpar antes de mim. Então, depois de lavar as mãos e os braços, molho uma toalha de papel para passar sobre o pescoço e peito suados, e sobre os braços também.

Quando termino, me afasto para jogá-la no lixo e dou de cara com Cash me observando. Ele está apoiado na parede, de braços cruzados sobre o peito. Não está sorrindo, mas há uma intenção no seu rosto com a qual já estou ficando acostumada. Há calor nos olhos. Sua expressão é coberta de mistério e perigo, e tem a capacidade de me incendiar, se eu não tiver cuidado.

Paro imediatamente. Não de propósito, mas porque sinto o mundo girar sob meus pés, quando ele descruza os braços e caminha, bem devagar, na minha direção. Sinto-me como se tivesse sido escolhida como parceira sexual por um leão, que agora vagueia à espreita.

Cash para à minha frente. Não diz uma palavra. Apenas se curva, me toma nos braços e me carrega para o quadriciclo.

Eu o estacionei sob o sol, no topo de uma colina. O veículo está cercado pela mata. A única coisa que existe no campo abaixo é mato. Absolutamente nenhuma pessoa, nenhum olhar curioso. Apenas mato. Mato bem alto, balançando calmamente na brisa morna.

Cash sobe no quadriciclo e me põe no colo. Então, seus olhos penetram os meus durante vários segundos intensos, fitando-me como se não pudesse ver nada além de mim. E eu não pudesse ver nada além dele. Neste momento, parece que estamos completamente sozinhos no mundo, consumidos inteiramente um pelo outro. Nada mais existe.

Assusta-me o fato de gostar das coisas dessa maneira. Somente eu e ele. E mais ninguém.

Ele segura meu rosto e me beija. Não é um beijo explicitamente voraz, mas há algo logo abaixo da superfície que incendeia o meu corpo por dentro. É como se ele estivesse tentando absorver algo da minha alma, como se estivesse arrebatando mais do que apenas a parte física.

Com habilidade, Cash desabotoa meu short e esfrega uma das mãos na minha barriga nua. Um arrepio sobe pelas minhas pernas e aquece meu íntimo. Um vulcão de lava quente parece entrar em ebulição sob a minha pele sempre que ele está por perto.

Passando o braço em volta do meu corpo, ele me levanta e tira meu short e minha calcinha. Em seguida, os coloca atrás do banco e continua em total silêncio. Ainda assim, há o perigo implícito em estar com ele, em permitir que me leve aonde quiser.

Mas eu vou. Tenho que ir. Não tenho forças para lutar contra isso. Pelo menos, não hoje. Talvez amanhã seja diferente. Mas hoje, eu vou.

Mantendo o contato visual, ele recua um pouco e abre o zíper da calça. Não consigo deixar de olhar para baixo e deleitar-me com sua absoluta perfeição.

Com dedos confiantes, estendo o braço e agarro sua vara grossa, acariciando todo o pau sedoso e enrijecido. Quando o ouço gemer, olho para baixo e vejo brotar uma gota brilhante. Então deslizo o corpo no banco, me curvo para a frente e encosto a língua na pontinha, para lamber a gota de líquido. Depois continuo a lamber.

Fecho os lábios em volta dele e sinto os dedos de Cash no meu cabelo. Não consigo enfiar muito na boca, portanto fico lambendo e sugando, de cima para baixo e dos lados, segurando suas bolas e tocando-as com os lábios e com a língua.

Então Cash me puxa e me beija, enfiando a língua na minha boca, sentindo seu próprio gosto na minha saliva. Em seguida, agarra meu quadril e me ergue, até me colocar sentada, de pernas abertas, em cima dele. Depois, em um movimento impetuoso, flexiona os quadris, me força para baixo e me penetra.

Não consigo conter o grito de prazer que sai da minha boca. É como se ele brotasse de algum lugar profundo. Independente da minha vontade.

Cavalgo Cash sob a luz do sol, ambos ofegantes em meio ao ar fresco. Solto um gemido quando ele mordisca a minha orelha. Volto a gemer quando ele levanta a minha camiseta e morde um mamilo, por cima do sutiã. Ele fala sobre a sensação de estar dentro de mim. Sussurra coisas com as quais sonha em fazer comigo.

Ele não precisa me dizer que está pensando só em mim, que sou tudo o que ele tem na mente. Posso ver isso no seu rosto, sentir isso no seu beijo. No momento, Cash é todo meu. E eu, toda dele.

Absorvida pela sua paixão, pelo seu olhar, pelo seu toque, perco a noção da realidade quando o meu corpo sucumbe às convulsões do orgasmo. A única coisa de que tenho ciência é a respiração de Cash na minha orelha e a sensação dele gozando junto comigo. A cada movimento, sinto o calor jorrando em mim, intensificando o meu prazer.

Estou sem fôlego, meus braços e pernas enroscados firmemente em volta do corpo dele. Ele está arquejando no meu pescoço, as suas mãos espalmadas nas minhas costas, apertando-me junto ao peito.

Eu poderia ficar assim para sempre.

Se Cash fosse do tipo "para sempre".

Seus braços se firmam ao meu redor, como se ele soubesse o que estou pensando. Suspiro no seu pescoço e torço para que ele não saiba.

## VINTE E OITO

# Cash

A volta de Salt Springs para Atlanta, no domingo à noite, não é exatamente uma viagem luxuosa. Afinal, estamos de moto. Entretanto, Olivia parece confortável. Sinto sua bochecha pousada nas minhas costas. As pernas estão pressionadas contra as minhas e ela está aconchegada, como se estivesse satisfeita.

Mas algo me diz que não está. Ela está preocupada com alguma coisa novamente, e eu não sei o que fazer a respeito.

Fizemos sexo uma dúzia de vezes durante o fim de semana, e só consigo pensar na próxima vez e na próxima coisa que quero fazer com ela, para ela e por ela. Nunca acho que já seja o suficiente.

Mas o que me deixa revoltado é que cada vez parece a última. Como se ela estivesse omitindo alguma coisa. Posso sentir. Posso ver isso nos olhos dela, às vezes, quando está distraída. Quando ela não tem tempo para esconder o que sente atrás de um sorriso. Algo a está perturbando. E acho que sei o que é. Mas não tenho certeza se posso resolver, se sou *capaz* de resolver.

Quando paro em frente à sua casa, ponho a moto no descanso mas não desligo o motor. Tenho a impressão que ela não vai me convidar para entrar.

E não convida mesmo.

— Nem sei como agradecer o suficiente por tudo o que você fez este fim de semana.

Ela está *agradecendo* a mim?

Sorrio, o meu sorriso despreocupado de sempre.

— Ah, acredite, o prazer foi meu.

Ela sorri também, mas é um sorriso mesclado de tristeza. E talvez de uma sensação de fatalidade. Creio que, em sua mente, nós terminamos antes sequer de termos começado algo. A pergunta é se vou conseguir fazê-la mudar de opinião. E como.

Até *eu* noto o silêncio constrangedor, e olha que *nunca* noto esse tipo de coisa. Quase nada me incomoda. Mas esta é uma delas.

Preciso de tempo para pensar. Mas tenho que me certificar que ela *não* fará o mesmo. Porque é aí que me dou mal. Pelo menos em sua cabeça.

— Bem, você disse que poderia dar uma olhada em algumas coisas na boate esta semana, fora dos seus turnos regulares. Que tal amanhã à noite? Não precisa ficar até tarde.

Posso ver que a deixei contrariada. Ela provavelmente já estava pensando em algum jeito de me evitar. Mas isso não vai acontecer. Vou derrotar o que quer que a esteja incomodando. Não lhe darei uma escolha em relação a isso.

— Vou considerar seu silêncio como um "sim". E até lá você terá o seu carro de volta. Vou trazê-lo de manhã bem cedo.

Observar a sua expressão é como observar crianças brincando de pirâmide. E ela é a pessoa na base, prestes a ficar sem ar. Sei que eu deveria me sentir culpado por fazê-la sentir-se assim, mas não me culpo. Não mesmo. Estou ciente de que Olivia deve ter alguma ideia louca na cabeça que diz que não sou bom para ela. E isto simplesmente não é verdade. Aliás, quanto mais a conheço, quanto mais tempo passo com ela, mais acredito que sou exatamente o que ela precisa na vida. Ela apenas ainda não sabe disso. Mas vai saber. Vou acabar tendo que contar a ela a verdade. Mas vou esperar o máximo que puder. Caso contrário, o resultado pode ser desastroso.

Finalmente, ela acena com a cabeça.

— Tudo bem. Acho que vai dar. E obrigada. Mais uma vez. Cash, não sei...

— Ei, não se incomode com isso. Talvez agora veja que não sou tão mau assim.

Quando percebo que ela está se preparando para falar alguma coisa, beijo sua boca parcialmente aberta, coloco o capacete e arranco com a moto.

A melhor coisa que posso fazer é manter a mente dessa garota — e sua boca —, ocupadas.

*Isto deve ser divertido.*

## VINTE E NOVE

# Olivia

*O que é que eu vou fazer?*

Caio sobre a cama, com o rosto no travesseiro. Então me dou conta de que estou numa tremenda encrenca. Cash não é o tipo de homem por quem posso me deixar apaixonar.

Acho que não pensei que ficaria tão envolvida. Não exatamente. Quer dizer, ele é sexy e sedutor, divertido e encantador, mas nunca imaginei que se conseguíssemos realmente transar, as coisas chegariam a... esse ponto. O que quer que signifique *esse ponto*.

Foi um enorme erro passar tanto tempo com ele em casa. Com o meu pai. No único lugar no mundo que poderia considerar o meu santuário. Colocá-lo lá, naquele contexto, com ele se comportando de maneira tão gentil e se ajustando tão perfeitamente ao ambiente, só me fez cair em todos os tipos de armadilhas e estereótipos.

*Droga.*

Como se minha mãe tivesse assumido uma grande parte do meu cérebro, eu me vejo marcando com um X todos os pontos negativos de Cash e todos os pontos positivos de Nash, colocando um contra o outro numa competição mortal.

Gostaria de poder calar a voz dela na minha cabeça, me dizendo que Cash é um erro, que não é o que eu preciso. Posso praticamente ouvi-la falando com entusiasmo sobre como Nash é perfeito.

E ela tem razão.

O fato de ele me querer me enche de esperança. A questão de ser comprometido está sendo rapidamente superada por sua luta contra isso, pelo fato de estar tentando agir de forma correta em consideração à Marissa. Mesmo ela sendo uma cobra fria e sórdida.

Sei que não estou pensando claramente. Estou num estágio primário de alerta, provocado pelo completo pavor dos sentimentos em relação ao Cash. Mas por mais que eu tente, não consigo sair dessa confusão mental. A voz da minha mãe é forte demais; as suas garras, profundas demais. E ter visto o Gabe no fim de semana não está ajudando em nada.

É a perfeita tempestade contra Cash. E está causando estragos.

Antes mesmo de pensar duas vezes, me vejo discando o número de Nash. Talvez eu possa por de lado seu ponto de vista em relação aos fatos de uma vez por todas. De um jeito ou de outro. Ou existe uma chance ou não. O que não posso é continuar mantendo-o como uma segunda opção viável, se ele não é.

No início, me sinto um pouco aliviada por ele não atender. Porém, quando finalmente atende, o alívio é por ouvir a voz dele.

— Oi Nash, é Olivia. Desculpe incomodá-lo tão tarde. Você está ocupado?

— Hum... não. Estou chegando em casa. Tudo bem?

Por onde devo começar? Eu nem sei o que dizer, agora que estou falando com ele.

— Sim, tudo bem. — Faço uma pausa para reunir os pensamentos confusos. — Para falar a verdade, não. Será que poderia vir aqui?

— Ir aí? Hoje?

Algo em seu tom de voz, uma certa hesitação, quase me arranca do meu delírio. Quase, mas não exatamente. Eu ignoro isso e sigo em frente.

— Sim. Hoje. Assim que puder.

— O que houve, Olivia? Estou começando a ficar assustado. Aconteceu alguma coisa? Meu irmão fez algo?

Ouço uma intensidade em sua voz e fico confusa. Levo uns três ou quatro segundos para compreender o que ele está insinuando.

— O quê? Cash? Não. Ah, meu Deus, não! Não tem nada a ver, de jeito nenhum.

*Por que ele perguntaria uma coisa dessas? É assim que age em relação à própria família?*

Eu o ouço suspirar.

— Certo, tudo bem. Estarei aí dentro de uns vinte minutos.

— Ótimo. Obrigada. A gente se vê, então.

Eu espero. E enquanto espero, fico andando de um lado para o outro. E, devo acrescentar, não tão pacientemente. Estou oscilando entre duas alternativas terríveis: agir de forma ousada com Nash ou me mudar para a Sibéria.

No que ouço a campainha tocar, a opção Sibéria parece um bocado tentadora.

Abro a porta, completamente despreparada para dar de cara com Nash desta forma. Ele deve ter trabalhado até tarde. Está usando um terno preto que lhe cai perfeitamente bem. A gravata vermelha de seda está torta e seu cabelo está despenteado, deixando-o mais parecido ainda com o irmão. Ele parece o Cash dos sonhos. O Cash com um pouco mais do Nash.

*Por que os dois não podem ser um pouco mais parecidos?*

Eu mesma respondo à minha pergunta.

*Porque se assim fosse, você iria querer ambos. Exatamente como está acontecendo agora. Só que sem motivos para se manter distante de nenhum dos dois.*

Então balanço a cabeça e recuo para lhe dar passagem. Ele entra preguiçosamente e se deixa cair no sofá, demonstrando cansaço. Sento na outra ponta do sofá, de frente para ele.

— Dia ruim?

Ele balança a cabeça de um lado para o outro, em sinal de indiferença.

— Não, só alguns momentos — responde.

Engulo em seco.

— Desculpe ter ligado tão tarde.

— Não tem problema. Eu ainda estava acordado. Além disso, falei que você poderia ligar se precisasse de alguma coisa.

Fito o rosto que agora me é tão familiar. Entretanto, parece estranho que este sentimento esteja atrelado à personalidade de Nash. Parece estranho não sentir o calor intenso de Cash emanando daqueles olhos brilhantes e sensuais.

Ele ergue as sobrancelhas intrigado, diante do meu silêncio.

— Afinal, o que houve?

Acho que nunca vou descobrir o que deu em mim. Num minuto, me espanto diante do que estou fazendo e tento encontrar alguma lógica. No minuto seguinte, deixo escapar as coisas mais constrangedoras, sem refletir.

— Nash, você me quer?

Se eu não ficasse tão surpresa com o que acabou de sair da minha boca, provavelmente acharia que a sua expressão era cômica. No ponto em que as coisas estão, me sinto morrer um pouco, por dentro.

— O quê?

Chego mais perto dele e coloco a mão no seu braço para enfatizar a pergunta:

— Você me quer?

— Pensei que já tivéssemos estabelecido uma resposta em relação a isto. O que há, Olivia?

Estou em apuros. Admito. E o meu plano infalível sequer chegou ao nível de premeditação, que dirá de um plano propriamente dito. Então resolvo partir para o improviso, o que neste caso significa praticamente atacá-lo.

Inclinando-me para a frente, pressiono os lábios nos dele. Não sei quem está mais chocado, ele ou eu. No início, seus lábios estão frios. Se é que é possível, sinto minha humilhação aumentar. Mas ele dá um pulo para trás, como se tivesse sido queimado.

Em seguida, me agarra pelos braços, seus dedos apertando a pele sensível, e me encara. Durante alguns segundos, posso jurar que vejo sofrimento e raiva. Entretanto, isso não faz sentido. Eu pisco os olhos algumas vezes, e essa sensação desaparece, me deixando na dúvida se aquilo tinha sido fruto da minha imaginação.

Seus lábios se curvam de forma agressiva.

— Então é assim que tem que ser — diz, de forma enigmática. Tento fugir do seu aperto: seus dedos realmente estão começando a me machucar. Mas ele não me solta. Puxando-me para junto de si, ele segura meu rosto. — É isto o que você quer?

Antes que eu possa responder, seus lábios esmagam os meus. Eles não são suaves. Nem apaixonados. Não são sequer sensuais. São punitivos, zangados e... frios.

Estou tentando me afastar, quando ele força a língua nos meus lábios. Sua boca pressiona a minha com tanta força que, por um segundo, chego a sentir gosto de sangue. Então o sabor se mistura com algo salgado. É quando me dou conta de que estou chorando.

Nash se afasta de mim como se fosse me xingar, mas para de repente, absolutamente perplexo. Acho que vê que estou chorando, e o Nash que eu achava que conhecia, assume o controle da situação.

Sua expressão torna-se mais branda e, num gesto de ternura, ele ergue a mão e seca as lágrimas no lado esquerdo do meu rosto. Sinto o queixo tremer. Tento mantê-lo firme, mas o maldito me ignora completamente.

— Eu machuquei você? — sussurra Nash, espalhando beijinhos delicados por todo o meu rosto. — Desculpe, gata.

— Eu que me desculpo — sussurro. — Não devia ter feito isso. Sei que você está com a Marissa. Não sei o que deu em mim.

Nash recua para me olhar.

— Sou eu quem você quer?

Não sei o que responder. Será que eu deveria admitir a verdade? Será que ao menos tenho certeza que meus sentimentos não mudaram?

Cash flutua na minha mente.

Como se sentisse o rumo dos meus pensamentos, Nash pergunta:

— E quanto ao meu irmão? Eu pensei que... Quer dizer, sei que ele passou o final de semana em Salt Springs.

Eu havia esquecido que Cash pedira ao irmão que lhe ensinasse como chegar lá. Se é que é possível, eu me sinto ainda mais humilhada. Não há dúvida que agora ele acha que sou uma tremenda piranha.

Antes que eu possa responder, Nash prossegue:

— Ou eu também estava lá? — Ele roça os lábios nos meus. — Você pensou nos meus lábios quando ele a beijou? — Com a leveza de uma pluma, ele desliza a mão até a parte externa da minha coxa e recua novamente, apertando o meu quadril. — Você desejou que fosse eu? Como na noite que entrei no seu quarto?

Meu choque é tão grande que perco o fôlego.

*Ah, meu Deus! Era o Nash!*

Começo a me afastar e a falar, mas seus lábios tomam os meus, e ele consegue abri-los rapidamente. A sensação abafa os pensamentos quando ele respira na minha boca.

— Você ainda me quer? Porque se quiser, sou todo seu. — Com isto, ele intensifica o beijo, sua língua lambendo a minha, sua mão deslizando pela minha cintura e barriga. Um arrepio percorre meu corpo. O seu toque é tão parecido com o de Cash.

Cash...

Empurro seu peito. Ele recua facilmente, sem oferecer resistência.

Olha bem nos meus olhos. Nenhum de nós diz uma palavra.

Ele acena com a cabeça e seus lábios se curvam em um sorriso de aceitação, sem nenhuma disposição.

— Boa noite, Olivia.

Ele não se move imediatamente. Apenas me observa.

Por fim, aceno com a cabeça e me levanto do seu colo. Em seguida, o conduzo até a porta e ele a abre. Então se vira como se fosse dizer mais alguma coisa, mas muda de ideia. Fico olhando ele desaparecer na escuridão, sem olhar para trás.

Não é de admirar que praticamente não consegui dormir. Entre a descoberta de ter dormido com Nash, sentindo-me pior por fazer papel de boba com ele na noite passada, e a situação desagradável na qual me encontro agora, eu decido matar as aulas de segunda-feira e vou para a boate de Cash. Não sei ao certo porque sinto a necessidade de ir ao seu encontro; talvez seja a sensação que, de alguma forma, eu o traí. Não sei. Mas, por alguma razão, me sinto atraída por ele. E não questiono esse sentimento. Apenas vou em frente.

Sei que ele já está acordado, porque vi o meu carro estacionado no meio-fio, quando olhei pela janela esta manhã. As chaves estavam em um envelope, na caixa de correio.

A primeira vez que vim a Dual durante o dia, Cash estava à minha espera, portanto a porta da frente estava destrancada. Não sei se ela fica assim o tempo todo.

*Evidente que não*, concluo ao puxar ambas as portas e descobrir que as duas estão trancadas. E não recebi nenhuma chave quando consegui o emprego porque Cash sempre abre e fecha a boate. Bem, por que ele não o faria? Afinal de contas, ele mora atrás da boate.

Eu dou a volta pelo prédio. Estou praticamente certa de que há pelo menos uma porta nos fundos, algum meio que permita que o lixo seja levado para o lado de fora, e para que Cash possa entrar e sair de onde quer que ele estacione aquela moto.

Um dos lados não tem nenhuma porta, portanto continuo circundando o prédio. Como suspeitei, há uma porta nos fundos. Ela dá saída para um beco, onde há uma enorme caçamba de lixo na parede do lado oposto. Infelizmente, esta porta também está trancada.

Continuo andando, em direção ao outro lado do prédio, na esperança de que haja outra entrada. Finalmente a minha busca tem êxito. Há uma porta lateral. Enorme.

Pelo visto, Cash converteu um canto dos fundos da boate em um apartamento e uma garagem. Posso ver pelo estilo do portão de enrolar. Além do fato de que ele está aberto e sua moto está estacionada no interior. Isso diz tudo.

Entretanto, fico um pouco confusa quando vejo o carro de Nash estacionado também, no interior. Ou pelo menos aquele *parece* ser o carro de Nash.

Meu estômago se contrai de nervosismo. Sei que não são muito chegados, mas isto não significa que não falariam a meu respeito. Afinal, eles têm a mim em comum! Principalmente após os recentes acontecimentos.

Sinto certa repugnância. Estou considerando a hipótese de correr de volta para o meu carro, quando a porta de dentro se abre e Cash aparece. Ele não me vê porque se vira imediatamente para trancar a porta atrás de si. E também está falando ao telefone, que ele apoia no ombro enquanto trava a fechadura de segurança.

Mesmo de forma involuntária, ouço o fim da conversa ao celular.

— Marissa, eu já falei que tive reuniões o fim de semana inteiro. Eu simplesmente não tive como fazer isso. Não tive...

Ele fica paralisado quando se vira e me vê de pé, próximo à porta. Com certeza, estou de queixo caído e provavelmente deixo transparecer uma expressão confusa.

Uma pergunta fica dando voltas na minha mente. *Por que Cash está falando com Marissa desse jeito? Por que Cash está falando com Marissa desse jeito?*

Fitamos um ao outro durante o minuto mais longo de toda a minha vida. A garagem está tão silenciosa que dá até para ouvir Marissa dizer o nome de *Nash* repetidas vezes.

Finalmente, sem quebrar o contato visual, ele fala com ela:

— Preciso desligar. Ligo pra você depois. — E desliga o telefone.

Cash fica paralisado olhando para mim por tanto tempo que começo a achar que ele não vai dizer nada. Mas então ele diz:

— Por que você não entra? Precisamos conversar.

Meu coração está batendo nas costelas. Muito forte! Eu esperava um monte de explicações lógicas. Talvez ele estivesse pregando uma peça em Marissa. Talvez estivesse encobrindo alguma trapalhada do Nash. Talvez eu não tenha entendido direito. Mas o jeito como ele está me olhando me leva a pensar que há algo muito, muito errado. E que não vai me agradar, de jeito nenhum.

Penso em ir embora. Em apenas voltar para o meu carro. Esses dois só me causaram problemas desde o primeiro dia que os vi. Se eu fosse inteligente, iria embora sem olhar para trás.

Mas sei por que não posso fazer isso. Embora a ideia flutue na minha cabeça, a hipótese de nunca mais ver Cash corta o meu coração como a lâmina de uma faca. Sinto a dor do corte e seu efeito devastador. A mágoa que transformaria a minha vida. Sinto tudo, exceto o sangue, o sangue que deveria estar encharcando a minha roupa.

Aceno com a cabeça uma vez e caminho entorpecida, lentamente, sobre o chão polido até onde ele está, segurando a porta, agora aberta para mim.

É como se eu estivesse caminhando para uma execução.

*Do meu coração e da minha confiança, talvez.*

E é bem por aí mesmo.

TRINTA

# Cash

Meu pulso está acelerado. O simples fato de abrir o jogo, de contar a qualquer pessoa todos os meus segredos, me deixa simplesmente apavorado. Não sei por que vou contar à Olivia. Só sei que vou. Sei que preciso. Tenho de confiar nela se espero que algum dia ela confie em mim. O problema é que ainda não compreendi por que isso é tão importante para mim. Por que eu nem sequer me importo com isso.
Mas me importo. Pra cacete.
Ela sabe que alguma coisa está errada. E parece que está caminhando sobre uma prancha, num mar repleto de tubarões. Acho que, de certa forma, está. Se considerarmos a minha história e da minha família como tubarões.
Eu nem dou muita atenção à desordem que deixei na casa ontem à noite. Quando voltei da casa da Olivia, tirei o terno e o deixei jogado no chão, antes de me vestir como de costume e sair para fechar a boate. Depois, caí na cama, com o rosto no travesseiro, e dormi como uma pedra. Até o Jake começar a bater na porta de manhã, para entregar o carro da Olivia. Essa coisa de vida dupla é uma merda!

E agora aqui estou, preparando-me para contar a uma pessoa, uma garota que conheço há pouco tempo, meu segredo mais profundo, mais sombrio, mais sujo, mais perigoso. E a única coisa que me preocupa é se ela vai querer me ver novamente. Não é algo louco?

— Quer beber alguma coisa? Acabei de desligar a cafeteira; o café ainda está quente.

Ela está olhando ao redor, absolutamente perplexa, sem dúvida tentando juntar as peças do quebra-cabeça. Mas não vai conseguir. Nem em um milhão de anos ela conseguiria adivinhar. A menos que eu conte tudo.

— Olivia, pode sentar no sofá. Vou trazer café. Então conversaremos.

Acho que ela precisa mais do que eu, isso está bem claro. Sirvo o café para nós dois, e passo água quente no recipiente vazio, antes de recolocá-lo na chapa para lavá-lo depois. Tenho cuidado de mim mesmo há muito tempo. A esta altura, alguns afazeres domésticos parecem naturais.

Então lhe entrego uma xícara e sento na cadeira, diante dela. Não quero apressar as coisas e piorar o que estou prestes a dizer. Ela provavelmente irá precisar de espaço, de certa distância, depois de ouvir tudo que eu tenho para falar.

Fico surpreso quando ela se antecipa. Não sei por quê. Sua determinação obviamente é bem firme. Ela apenas nem sempre a explora. Mas quando precisa, essa força se faz presente.

Como neste momento.

— Eu não gosto de joguinhos. Odeio mentiras. Somente diga o que está acontecendo. A verdade.

Sua expressão é inflexível. Ela está preparada. Acho que se é possível haver algum momento apropriado para soltar uma bomba como esta, o momento é este.

— Só vou pedir que você me dê uma chance de explicar tudo. Não vá embora correndo sem ouvir a história inteira. Certo?

Ela não concorda imediatamente, o que me deixa um pouco nervoso. Mas quando o faz, sei que é pra valer, que está decidida.

— Certo.

Por um momento, eu me pergunto se devo dizer que seria desastroso passar adiante o que ela está prestes a ouvir, mas desisto da ideia. Seria como dar a entender, logo de cara, que não confio nela, o que não é verdade. Apenas nunca confidenciei essa história a ninguém — *ninguém* —, antes. Portanto, acho natural estar um pouco desconfiado.

— Eu sou o Cash.

Olivia limita-se a me olhar por alguns segundos. Só posso imaginar o quanto a sua mente deve estar girando.

— Isto eu sei — diz calmamente. — Mas quero saber por que estava se comportando como Nash?

— Porque sou Nash, também.

Sua expressão desorientada diz que eu a confundi completamente; que a atordoei completamente.

— Como assim?

Sei que ela nunca será capaz de compreender o que está acontecendo, a menos que eu explique tudo desde o começo.

*Lá vai.*

— Meu pai se envolveu com umas... pessoas suspeitas quando era mais jovem, na tentativa de ganhar um dinheiro extra para ajudar a sustentar a família dele. Eles eram muito pobres. Mas isso tudo foi antes de conhecer a minha mãe. — Dou uma risada amarga. — Acontece que, uma vez que você se associa com gente assim, nunca consegue escapar realmente. Acho que até certo ponto ele sabia disso. Mas foi em frente, de qualquer maneira. E quando tentou escapar, resolveram deixar bem claro que era uma péssima ideia. Essa gente expressa seus pontos de vista de maneira convincente, através de métodos bem... inesquecíveis. Dessa vez, decidiram mexer no barco do meu pai.

Olivia está me olhando atentamente, ouvindo tudo. Não faço a menor ideia se acredita em uma palavra do que estou dizendo, mas não vou parar. Vou lhe contar a história inteira. Agora. Chega de segredos.

— Estávamos saindo de férias durante o recesso de Natal. Era uma viagem curta, na verdade. Minha mãe e meu irmão desceram cedo para pegar alguns mantimentos. Ninguém imaginou que eles estariam no barco àquela hora. Houve uma explosão. Ambos morreram. Seus corpos foram consumidos pelo incêndio.

Durante pelo menos dois minutos, seu rosto não esboça nenhuma reação. Não digo uma palavra enquanto ela assimila o que eu contei até agora. Posso ver o instante em que tudo faz sentido. Ela fica completamente pálida.

— Seu irmão era gêmeo? Ele realmente se chamava Nash?

— Sim.

Ouço-a suspirar. A respiração é trêmula, assim como as suas mãos, enquanto ela cutuca as unhas.

— Então quer dizer que houve um Nash, mas eu nunca o conheci — conclui, calmamente. Talvez de maneira calma demais.

— Correto.

— Então, durante todo este tempo, você fingiu que era o seu irmão.

— Correto.

— Por quê?

— As pessoas com as quais meu pai se envolveu tinham armado tudo, de forma a lançar a suspeita sobre ele. Deram um aviso pouco antes de explodirem o barco. Disseram que, se algum dia ele tentasse dar com a língua nos dentes, eles matariam todo mundo que ele conhecia ou amava. Na hora, não sabiam que minha mãe e Nash estavam no barco.

"Tentamos entrar em contato com minha mãe, mas não conseguimos. Quando chegamos ao local, o barco já estava em pedaços, por toda a baía. Além de termos que lidar com o assassinato da minha mãe e do meu irmão, nós sabíamos que ele iria para a cadeia, no mínimo, por algo como homicídio culposo. E sua pena só aumentaria se duas mortes fossem atribuídas a ele. Foi quando decidi me passar por meu irmão. Se Nash tivesse sobrevivido, meu pai seria supostamente culpado de apenas um assassinato. Não havia muito mais que eu pudesse fazer, mas pensei que poderia executar o meu plano muito bem. E fui em frente. Acho que de algum modo tivemos sorte, já que poucos restos mortais apenas de minha mãe resistiram ao incêndio."

— E isso foi há quanto tempo?

— Há sete anos. Em dezembro do meu último ano no segundo grau.

Ela parece desconfiada. Incrédula, também, mas pela maior parte desconfiada.

— E ninguém notou nada? Como isso é possível?

Sei que o meu riso é amargo. Ela vai gostar desta parte.

— Você estava certa em relação a mim. Eu sempre fui o bad boy, o rebelde. Larguei a escola logo depois do primeiro ano do segundo grau. Eu queria administrar esta boate que o meu pai tinha acabado de comprar, e sabia que não precisava de um diploma para isso.

Ela ergue as sobrancelhas.

— Esta boate?

Respondo com um gesto afirmativo de cabeça.

— Nash sempre foi o certinho, o atleta, o aluno nota dez. Ele tinha futuro e todo mundo na família sabia disso. Porra, todo mundo que *o* conhecia sabia disso. Eles nunca teriam suspeitado, nem por um minuto, que era eu que ia à escola no lugar do meu irmão. Eu que cumpria as tarefas exigidas. Recebi o seu diploma. Entrei na faculdade. Ninguém esperava praticamente nada de mim. Bem, nada além de uma vida criminosa, como a do meu pai. Tudo que eu precisava fazer era aparecer em uma festa ocasionalmente e mostrar a bunda para que as pessoas não se esquecessem que eu estava vivo, também, e logo o foco voltava para o Nash. Foi fácil. As pessoas queriam me esquecer.

Não consigo evitar que toda a amargura enterrada por tanto tempo transpareça no meu tom de voz. É quase como se eu quisesse que ela visse, que sentisse essa angústia. Como se o fato de tomar conhecimento pudesse torná-la, de alguma forma, menos dolorosa. Não sei por que isto acontece, ou o que esta garota tem que faz uma diferença, mas, instintivamente, sei que faz. *Ela* faz.

— Então, durante todo este tempo, você tem vivido duas vidas distintas. Mentindo para todo o mundo. Inclusive para a polícia.

Sinto um frio na espinha diante das suas palavras.

— Sim.

De todo o sofrimento que passei, acho que o que mais dói é a repugnância que vejo estampada no seu rosto.

— Por quê? Como? Como você pôde fazer isso? Para as pessoas de um modo geral, mas também à memória dos mortos?

Sinto-me cansado. Muito cansado. De repente, o custo negativo desta vida e sua fraude parece um trem de carga sobre o meu peito.

— Perdi tudo naquela explosão. Todo mundo que eu amava foi tomado de mim. Tudo que eu chamava de lar foi pelos ares, num piscar de olhos. Pensei que o mínimo que eu podia fazer era trazer um tipo de honra à memória deles.

— É assim que você honra a memória deles?

Aperto a parte superior do nariz, na esperança de reduzir o latejar crescente que sinto na cabeça.

— É meio difícil de explicar. Tudo o que meus pais queriam é que eu e Nash tivéssemos uma carreira bem-sucedida. Qualquer coisa teria sido melhor do que seguir os passos do nosso pai. E Nash era brilhante. Ele tinha tanto futuro. Muito mais do que eu. Simplesmente não parecia certo ele acabar morto. Fiz o possível para deixar meus pais orgulhosos e dar a Nash o nome e a reputação que ele merecia. Que ele teria se estivesse vivo.

Olivia está em silêncio absoluto. Isso me deixaria preocupado, não fosse a expressão de empatia compreensiva que posso ver surgir em seus olhos, em seu rosto expressivo. Como é sensível e generosa, ela talvez consiga entender o meu raciocínio lógico. Só preciso me assegurar de explicar tudo a ela. A fundo.

— Para completar, eu sabia que se conseguisse me formar em direito, poderia haver uma possibilidade de fazer algo para ajudar o meu pai.

Posso ver que ela se anima um pouco. Não me surpreende o fato de Olivia ser o tipo de pessoa que torce pelo mais fraco, que sente necessidade de fazer justiça, esse tipo de coisa. Ela é somente uma boa pessoa. Muito melhor do que mereço. Nash seria digno dela. Mas eu não.

E, ainda assim, não consigo ficar longe dela.

— Você acha mesmo que poderia mudar o rumo das coisas? Fazer diferença?

Eu dou de ombros.

— Não sei, mas com certeza estou me empenhando. É uma das principais razões pelas quais quis entrar em uma empresa de advocacia importante, poderosa, como a do seu tio.

— Eles sabem? — pergunta Olivia. — Sobre o seu pai, quero dizer?

— Sim. Isso não é algo que eu achava que poderia manter em segredo, portanto abri o jogo com algumas pessoas. E elas sabem quais são meus objetivos, que quero ajudar meu pai a recorrer da sentença. Eu consegui adquirir um aprendizado incrível observando alguns sócios e participando ativamente de tudo.

Olivia acena com a cabeça, mas não diz nada pelo que parece uma eternidade. Quando fala, a espera se mostra recompensadora.

Ela está de cabeça baixa, olhando para as próprias mãos. Talvez para evitar que eu veja o quanto ela se importa, ou porque ainda não está muito certa em relação a isso. Mas sinto um alívio tão grande, que não preciso ver os seus olhos. Suas palavras dizem tudo.

— É perigoso?

Eu sorrio.

— Não, acho que não. Meu pai manteve silêncio todo este tempo. Espero que tenham esquecido dele.

— Manteve silêncio?

Não respondo imediatamente. Falta uma parte da história.

— É... sim. Quer dizer... Ele estava tão desesperado para escapar que escolheu um... meio pouco prudente de tentar recuperar a liberdade.

— E que meio pouco prudente foi esse?

Suspiro em voz alta.

— Chantagem

Ela fica literalmente boquiaberta.

— Seu pai tentou chantagear a máfia? Ele nunca viu *O poderoso chefão*?

Não consigo evitar a risada.

— Não creio que o filme mostre exatamente a realidade, mas sim, a atitude que ele teve foi bem estúpida. — Sinto a velha angústia familiar se espalhar pelo peito. — Ele pagou caro pelo seu erro. Todos nós pagamos.

— Qual foi a extorsão? Ou não devo perguntar essas coisas?

Ela é curiosa, com certeza, mas posso ver pela sua expressão que sua curiosidade é *cautelosa*.

— Ele pegou alguns livros. Livros contábeis. Livros fiscais.

Olivia suspira e leva as duas mãos à boca.

— Puta que pariu — diz ela em tom abafado. Seus olhos verdes estão arregalados em sinal de perplexidade.

— Ah, meu Deus, é igualzinho aos filmes! Ele os entregou a alguém?

Balanço a cabeça com veemência.

— Não! Isso era parte da ameaça. Se ele os entregasse à polícia, estaríamos todos mortos.

— Afinal, o que você está tentando fazer para ajudá-lo?

— Bem, eu finalmente consegui que o pai da Marissa assumisse o caso, portanto posso dar uma olhada em todos os arquivos. Infelizmente, a prova é bastante condenatória.

Ela desliza o corpo até a beira do sofá.

— Bem, você tem outro plano? — pergunta. — Não há nada mais que você possa fazer, algum outro rumo a seguir?

Eu pigarreio.

— Para falar a verdade, creio que deve haver. Mas é perigoso. Provavelmente muito perigoso.

Olivia aperta os olhos, intrigada.

— O que é?

Eu paro e penso um momento, antes de prosseguir. Esta é a única parte que realmente poderia representar uma ameaça para ela, embora o simples fato de *tomar conhecimento* não deva ser perigoso. Mesmo assim...

— Os livros que ele pegou estão comigo.

Suas sobrancelhas se erguem vertiginosamente e seus olhos se arregalam.

— Você está brincando? Você tem os livros que eram tão importantes, tão perigosos a ponto de alguém explodir o barco do seu pai para mantê-lo em silêncio?

Embora estejamos sozinhos, estou na maior paranoia. Luto contra o impulso de dar uma olhada por cima do ombro.

— Sim — respondo baixinho. — Eu insisti para que ele os entregasse a mim antes de ser preso. Prometi que os manteria escondidos. E bem-guardados. Embora sejam o que meteu meu pai em encrenca, esses livros também são o que o mantém vivo. Enquanto essa gente souber que esses documentos estão em algum lugar, estaremos seguros.

— E acha que pode usá-los... para quê?

— Eu não ia explicar a importância desses papéis, mas ia pedir para que você desse uma olhada neles. Eu os examinei bastante durante os últimos meses e acho que há algumas provas que poderiam colocar alguns chefões na cadeia, pelo resto da vida. Se o que eu desconfio for verdade, esse material comprovaria a evasão fiscal. Isto, somado a vários outros crimes dos quais meu pai sabe que são culpados, sendo um dos mais graves o assassinato de meu irmão e da minha mãe, poderia contribuir como provas de extorsão e eles poderiam ser processados segundo a lei de combate ao crime organizado.

Ela se mantém em absoluto silêncio por tanto tempo que fico na dúvida se entendeu o que eu disse.

Mas quando finalmente diz algo, sei qual parte da história mais a impressionou.

É a parte que me faz parecer o cretino que muita gente sempre achou que eu era.

## TRINTA E UM

# Olivia

É a coisa mais grotesca e surreal estar diante do homem que eu conhecia como Cash e, de repente, ver Nash aparecer. O cabelo despenteado ainda tem tudo a ver com Cash. A roupa informal ainda tem tudo a ver com Cash. Alguns dos gestos presunçosos têm tudo a ver com Cash. Mas o discurso e a súbita transformação para o estilo futuro advogado, inteligente e bem-sucedido pertencem ao Nash. E isso é desconcertante.

Mas não tão desconcertante quanto a sua confissão involuntária.

Falo baixinho, tentando permanecer calma:

— Então o que você está dizendo é que ia me envolver numa encrenca que poderia até me levar a ser assassinada, sem ao menos me contar nada? Sem sequer me alertar para que eu tomasse cuidado?

Eu me levanto. Não posso me conter. A raiva está pulsando pelo meu corpo como o jato de uma mangueira de incêndio, e não consigo ficar sentada. Se ficar, sou capaz de explodir.

— Sem nem me dar uma opção?

Pelo menos Cash tem a decência de parecer constrangido. Envergonhado. Arrependido.

— Eu sei que é isso o que parece, mas posso garantir que eu jamais a colocaria em perigo. Só queria que você verificasse os cálculos, desse uma olhada no código tributário. Desse o seu parecer. Eu ia dizer que eles eram para outro negócio que eu estava pensando em abrir. Eu sabia que poderia contar com você para manter segredo se eu estivesse certo e existissem sérias violações. Se eu os levasse a um contador público, ele poderia se sentir compelido a tentar descobrir o nome da empresa e denunciá-la. Algo louco assim.

Embora isto faça tudo parecer bem menos terrível, ainda estou enfrentando dificuldade para superar a minha raiva. No fundo, entretanto, sei que é mais por causa da mentira do que por qualquer outra coisa. Estranhamente, todo o resto parece algo com o qual posso lidar, ainda que com um pouco de licor, um sedativo e algum tempo para pensar. Mesmo assim, eu poderia administrar.

Mas essa coisa de mentira... Eu sempre odiei homem mentiroso. Detesto ser enganada, mais do que qualquer coisa. Para mim, esse sempre foi o único pecado realmente imperdoável.

Será que Cash pode ser a primeira exceção? Ou isto abalou para sempre o que há entre nós?

— Olivia, por favor, entenda que eu nunca, *nunca*...

Levanto a mão para impedir que ele prossiga.

— Pare. Por favor, não diga mais nada. Acho que já ouvi o bastante por um dia. Talvez pelo resto da minha vida. Só vou saber quando tiver tempo para pensar.

Ele parece derrotado. Não realmente preocupado, como se sentisse medo de eu contar a alguém, mas somente derrotado. Como se tivesse jogado os dados e perdido tudo. Sufoco a ponta de culpa que sinto por desprezar seu esforço em contar a verdade. Não posso me permitir sentir qualquer gesto de ternura em relação a ele neste momento. Tenho de ser prática e racional. Fria. Sem emoções.

Finjo procurar algo na bolsa. Não consigo encará-lo. Vou desmoronar. Sei que vou.

— Obrigada por consertar o meu carro e trazê-lo até aqui. Eu vou pagar o conserto. — Então começo a caminhar em direção à porta. Correr só me fará parecer uma covarde, embora seja isto o que eu realmente *gostaria* de fazer: correr. Bem rápido e para bem longe.

Cash permanece em silêncio. Eu caminho de cabeça baixa até chegar diante da porta e ele ficar à minha esquerda. Então paro, achando que deveria dizer mais alguma coisa, mas não tenho a menor ideia do que falar.

Abro a porta e saio. Não olho para trás, mas posso sentir os olhos de Cash me seguindo até eu desaparecer na esquina.

Nunca fui do tipo de faltar muitas aulas. Uma aula aqui outra ali, talvez, mas nada muito considerável. Até agora.

A manhã de terça-feira não traz a paz que pensei que traria. Na realidade, entre dormir muito pouco — novamente — e a magnitude dos meus pensamentos turbulentos, sinto-me quase doente fisicamente. Meu estômago revira quando vejo as flores que Nash me deixou.

— Cash — digo em voz alta, corrigindo-me pela milésima vez.

Como fiz a maior parte do dia de ontem e quase a noite inteira, revivo a humilhação que passei com Cash quando pensava que fosse Nash. As coisas que eu disse, o modo como agi, tudo o que fizemos. Ou quase fizemos. A forma como me torturei tentando descobrir quem tinha entrado no meu quarto naquela noite.

Eu fico balançada entre a raiva e a vergonha.

*Como pôde fazer isso comigo? Como pôde fazer isso com todo mundo?*

Vou até a cozinha fazer um café. Ao passar pelo telefone, vejo a tela acesa. Eu tinha colocado o aparelho no silencioso e o deixara ali ontem à noite, porque não queria me ver tentada a atendê-lo. O nome que aparece na tela é o de Cash.

*Será que algum dia ele usará o telefone de Nash quando me ligar novamente?*

O rancor percorre minha mente. É tão denso que quase posso sentir seu gosto. Ignoro a chamada, exatamente como fiz com as outras que ele fez, e continuo meu caminho em direção à cozinha.

Enquanto bebo o café na sala, tento pensar em outras coisas, mas todas levam de volta à questão mais importante na minha vida: Cash.

Como ele se tornou um tema tão central? Em que momento fiquei tão profundamente envolvida? Como isso aconteceu sem o meu conhecimento?

A resposta? Não foi sem o meu conhecimento. Eu sabia que iria me apaixonar por ele. Menti para mim mesma, tentei me enganar apenas o bastante para atenuar o baque no momento, mas eu sabia que as coisas terminariam deste jeito. É a história da minha vida.

Outra onda de raiva. E de rancor.

Em seguida, saudade. E solidão.

Raiva novamente. De Cash, por me deixar ficar tão envolvida. Por me atrair para si, como uma aranha para sua teia.

*Sua teia de mentiras!*

Pelo menos não há lágrimas. Estou agradecida por isso. Lágrimas deixam a pessoa exaurida. A raiva é algo mais explosivo, como combustível de foguete. Talvez eu não chore porque estou com a faca e o queijo na mão. Porque sei que basta eu pegar o telefone, retornar uma das muitas mensagens que ele deixou, para estar com ele novamente. Pelo menos por algum tempo.

Em uma teia de mentiras diferente. Em um relacionamento sem futuro.

TRINTA E DOIS

# Cash

Eu aperto a tecla vermelha de encerrar a ligação do telefone. A própria palavra "encerrar" zomba de mim. Será que eu realmente destruí qualquer chance de ficar com a Olivia? Será que eu realmente me importo com isso?

As respostas são: *não sei* e *sim*. Nessa ordem.

Só posso esperar que o fato de ter contado a verdade tenha sido a decisão certa. Eu teria pensado que alguém como Olivia apreciaria o gesto, a importância da minha atitude no final. Mas talvez eu tenha me enganado. Nunca realmente senti nada por uma garota como ela. Cacete, eu nunca senti nada por garota nenhuma, essa é a verdade. Pelo menos desta forma.

Resisto ao impulso de jogar o telefone do outro lado da sala. O próximo passo é dela. A escolha é dela. Eu apenas vou ter que aceitar e me conformar com a sua decisão. Porque não vou implorar. Eu jamais vou implorar qualquer coisa a uma mulher.

De jeito nenhum.

TRINTA E TRÊS

# Olivia

A terça-feira se dissolve na quarta-feira. A raiva e o rancor se transformam em depressão e profunda desolação. De certo modo, Cash realmente era o cara perfeito. Eu queria que ele fosse como Nash quando, na verdade, ele *era* o Nash. Ele mudou o rumo da própria vida e se transformou em outra pessoa por seu irmão, por seu pai. Por sua família. Ele é a mistura perfeita de bad boy e homem bem-sucedido e focado. Ele é tudo que eu sempre quis e tudo que sempre precisei. Tudo num pacote sexy e magnífico, que vem embrulhado em outro pacote de mentiras, estratagemas e perigo.

Se isto não é um belo balde de água fria, então não sei o que é.

TRINTA E QUATRO

# Cash

Acho que as pessoas têm razão quando aconselham: "Nunca diga nunca." Falei que nunca imploraria. É de se morrer de rir. Ainda é quarta-feira e já perdi a conta de quantas vezes liguei para Olivia. Eu deveria estar envergonhado.
Mas não estou.
Estou desesperado. Cada vez mais, a cada dia. Estou desesperado e com medo de perdê-la. Mas não sei mais o que fazer. Odeio a ideia de ir à casa dela e forçá-la a falar comigo. Mas vou. A esta altura, não consigo pensar em nada que não faria por ela. Para vê-la. Para falar com ela. Para tocá-la e senti-la novamente.
*Merda, isso não é nada bom!*

TRINTA E CINCO

# Olivia

A quarta-feira se dissolve na quinta-feira. A tela do meu telefone acende com mais frequência. Mantenho o aparelho por perto para ver se é o meu pai que liga. Nunca é ele. Toda vez que telefono para ver como ele está, meu pai jura que está tudo bem e promete que me ligará se precisar de alguma coisa. Mas nunca liga.

Talvez eu devesse ir para casa por alguns dias. Esquecer da faculdade. Da vida. Da angústia. De Cash.

De qualquer maneira, só disponho de poucos dias até Marissa voltar para casa. E depois, o que vai acontecer? "Nash" continuará a fazer parte da vida dela? Continuará a visitá-la? E abraçá-la e beijá-la? Será que diz que a ama? Será que algum dia planejou um futuro com ela? Por acaso irá planejar?

Esses pensamentos sempre me deixam em pânico. Por um lado, eu sabia que "Nash" provavelmente dormia com ela. Afinal, estavam namorando. Com certeza transavam. Mas achava que Cash fosse livre. Achei que estivesse interessado em mim. Completamente interessado. Pelo menos por enquanto. Tanto quanto é possível um cara assim ficar "a fim" de uma única garota. Mas foi tudo uma mentira.

Foi tudo uma mentira.

Não foi?

TRINTA E SEIS

# Cash

Faço o trajeto já familiar que leva à penitenciária. Estou desorientado. A única coisa que posso fazer, exceto aparecer na casa de Olivia e simplesmente rastejar, é conversar com meu pai. Ficou evidente para mim há alguns dias que não tenho ideia do que estou fazendo. Estou contando que ele me dê um bom conselho, algumas boas sugestões. Preciso de toda a ajuda possível. E só há uma pessoa, além de Olivia no mundo inteiro que conhece o problema.

Já faz alguns anos que guardei na memória o horário de visita. Eu venho até aqui visitar o meu pai como Cash e como Nash. Nunca tentei esconder o passado da minha família da alta sociedade de Atlanta. Apenas tentei permanecer inserido nela de um modo completamente diferente como Nash.

Como Nash, o enfoque era sempre a partir de uma perspectiva jurídica, como se fosse o meu dever tentar ajudar o meu pai aprendendo e fazendo o que eu podia. Legalmente.

Como Cash, nunca realmente fiz nada. Apenas assumi o controle da única coisa que ele me deixou: a boate Dual —

comprada com dinheiro suspeito de pessoas suspeitas —, e a transformei em um estabelecimento famoso e de sucesso. Algo que um adolescente sem um diploma de nível superior poderia administrar. Algo esperado de uma pessoa como eu. Representei o papel de Cash por completo.

Mas em algum ponto ao longo do caminho, eu me tornei algo mais. Algo diferente. Uma espécie de misto dos dois. Não estou mais satisfeito em ser o Cash fracassado. Pelo menos não *só* o Cash fracassado. *Gosto* de ser *respeitável* e *respeitado*. Gosto de ser visto como uma pessoa digna e perceber que minha opinião é importante. Gosto que outras pessoas saibam que sou inteligente, sem que eu tenha que tentar convencê-las. E acabar não conseguindo. Eu gosto de ser o vencedor que meu irmão foi.

Só que não sou meu irmão. Sou um vencedor por mim mesmo, sem ajuda de ninguém. Tudo bem, a morte dele me proporcionou uma chance na vida, mas eu conquistei todas essas coisas sozinho.

E sou a única pessoa que saberá disso. Exceto o meu pai. E Olivia.

Os guardas acionam um dispositivo eletrônico que abre o portão, e eu me registro, preenchendo o formulário e assinando o meu nome, além de identificar o nome e o número do detento que vim visitar. Quando acabo de preencher os papéis, eles me conduzem à sala que já conheço, onde há uma mesa comprida, cortada ao meio em toda a sua extensão por uma parede de vidro. Ela é separada por divisórias que criam pequenos cubículos, projetados para dar a ilusão de privacidade. Mas aqui não há nenhuma privacidade. Não tenho a menor dúvida de que tudo que eu digo no telefone preto e comum é gravado e guardado em algum lugar. Por sorte, meu pai é inocente. E qualquer outra coisa que conversamos, podemos fazer de forma vaga, sem levantar suspeitas.

Como acontece hoje, quando os guardas o conduzem até aqui e ele me cumprimenta.

Meu pai sorri.

— Afinal, quem está me visitando hoje? Cash ou Nash? Não consigo distinguir pelas roupas.

Olho para baixo, para a minha roupa escolhida apressadamente. Pelo menos para mim, ela é bem comum. Jeans preto e uma camisa de rúgbi listrada. É algo que tanto Cash quanto Nash poderia usar. Ou nenhum dos dois usaria. Não sei. Nem me lembro de ter comprado a camisa.

— Isso importa? — pergunto secamente.

Ele sorri novamente. Seus olhos procuram meu rosto, como fazem toda vez que venho aqui. Como se procurasse sinais de mudança e envelhecimento. Ou de aflição. Quando o seu sorriso desaparece, sei que hoje encontrou alguma coisa.

Ele senta um pouco mais ereto, seus olhos ficam aguçados. Atentos. Vigilantes.

— Qual é o problema? O que aconteceu?

— Eu conheci uma garota.

Uma carranca oscila pelo seu rosto — o rosto que muita gente diz que parece uma versão mais velha do meu —, mas então a expressão dele fica menos severa e seus lábios se curvam em um sorriso satisfeito.

— Bem, já estava na hora. Quem diria. — Em seguida, se acomoda e bate a mão na mesa. Ele está verdadeiramente feliz por mim. Pelo menos até eu contar o resto da história. Isso pode mudar o tom da conversa.

— Eu contei tudo a ela, pai — digo, sem rodeios.

Por um segundo, ele parece um pouco confuso, antes de compreender o que envolve essa declaração tão vaga.

— Há quanto tempo você a conhece?

Começo a balançar a cabeça. Sei bem onde ele quer chegar. Sempre desconfiado.

— Pai, isso não importa. Eu tinha que contar. Ela é importante pra mim. E confio nela. Além disso, achei que ela talvez pudesse ajudar.

— Trazê-la para toda essa confusão não parece um gesto que demonstre a importância dela pra você, nem um pouco.

— Fiz tudo de forma a mantê-la segura. Eu não a colocaria em perigo.

— Você a *colocou* em perigo. Você é meu filho; portanto, está envolvido, quer queira quer não. E isso me entristece. Mais do que você jamais poderá imaginar, mas o que está feito, está feito. Enquanto *eu* viver, você terá de ficar atento em relação às pessoas que deixa entrar na sua vida. Talvez um dia... quando eu não estiver mais vivo...

— Não vou ficar parado, pai. Não vou deixar você morrer aqui, nem vou deixar de viver normalmente por causa de alguns erros cometidos há muitos anos. Já fomos punidos o suficiente. Está na hora de darmos prosseguimento às nossas vidas. Acho que encontrei um meio de...

— De ser assassinado. É isso o que fez. Pare de se meter em assuntos que não tem que se meter, Cash. Eu dei a você aqueles... itens, por garantia. Nada mais.

— Bem, sinto muito, pai, mas estou cansado de deixar que outras pessoas destruam a minha vida. Não posso viver assim. Você é tudo que me resta. Não posso simplesmente ficar de braços cruzados, sem fazer nada.

— Filho, já conversamos sobre isso. Agradeço pelo que está tentando fazer, mas não é a maneira mais inteligente...

— Pai, será que não pode apenas confiar em mim? Pelo menos uma vez, será que não dá pra acreditar que sou capaz de cuidar das coisas, de tomar as decisões certas? De realizar um plano sensato e bem-elaborado?

Sua expressão se abranda.

— Não é que eu não confie. É que você é tudo o que me resta. E eu já trouxe tanta desgraça à sua vida. Quero que viva uma vida feliz, normal. Uma vida que você teria se eu tivesse morrido naquele incêndio também.

— Pai, eu nunca poderia ser feliz deixando você definhar aqui.

Ele ri.

— Definhar?

Sorrio.

— A faculdade de direito melhorou o meu vocabulário.

Ele começa a dizer algo, mas muda de ideia.

— Que foi? — pergunto.

— Eu só ia dizer que já me orgulhava de você *antes* de entrar para a faculdade de direito. Desde muito garoto, você sempre foi feliz sendo apenas o que é. Você fazia o que queria, o resto do mundo que se danasse. Eu sempre tive orgulho desse temperamento obstinado. Sempre admirei essa ousadia e autoconfiança.

Sinto a emoção apertar minha garganta, como um punho cerrado. Acho que nunca se é adulto demais para desejar a aprovação do próprio pai. Ou, pelo menos, eu ainda não sou.

— Cash, por favor, não deixe esse temperamento obstinado tomar as decisões por você. Há um momento para se desistir, para deixar as coisas acontecerem e se resignar.

Se gosta dessa garota, vá atrás dela e faça-a feliz. Tente mantê-la em segurança. Dê-lhe uma vida longe de tudo isso. Comece do zero. Se a ama, mesmo que seja a metade do amor que eu tinha por sua mãe, sua vida será feliz. E isso é tudo que eu desejo a você.

— Epa! Eu não disse que a amava.

Meu pai sorri.

— E nem precisava.

## TRINTA E SETE

# Olivia

Na sexta-feira de manhã, eu me forço a tomar uma chuveirada. Acho mais do que repugnante e patético não ter tomado banho a semana inteira.

Mas hoje resolvi deixar de ser patética. Já fiquei mergulhada em sofrimento, curtindo desilusão por tempo demais. Preciso fazer alguma coisa. Então decido ir para casa passar o fim de semana. Vou ligar para o Tad no caminho e ver se posso fazer pelo menos um turno. Depois decido o que fazer pelo resto... Bem, eu vejo quando voltar.

Só de pensar em ter de voltar e lidar com Cash e depois com Marissa, e a faculdade, e com a... vida, é uma sensação insuportável. Afasto esses pensamentos da cabeça para dar lugar a um fim de semana a ser desfrutado no ambiente familiar. No aconchego. Na segurança.

*Segurança. Nunca pensei que essa palavra teria um significado tão literal na minha vida.*

Preparo a mala com o básico e saio, trancando a porta. Com Marissa viajando e Cash/Nash fora de cena, eu me sinto completamente sem vínculo com a cidade. Com a minha vida. Com meu lar. Agora, não tenho a sensação de estar em um lar aqui. Sinto-me numa prisão de mentiras e angústia. O único lugar que me faz sentir em um verdadeiro lar é a fazenda, para a qual estou indo.

No caminho, ligo para meu pai e para Ginger. Ela, num gesto de amizade, me oferece um dos seus turnos, o que eu aceito contente. Será esta noite, o que é bom, provavelmente. Assim, posso me manter ocupada logo de cara. Amanhã, vou dar uma volta e procurar mais cordeiros, embora não haja nenhuma razão para isso. Mas vai ser bom sair um pouco, fazer algo que não me obrigue a pensar. Ou sofrer. Ou desejar.

— Ei, punk — diz meu pai como saudação, quando entro em casa. Tenho o súbito e inexplicável impulso de me jogar no seu pescoço e chorar no seu ombro, como fazia quando era criança. Entretanto, em vez de agir assim e deixá-lo assustado, pouso a mala, beijo-o no rosto e pergunto como ele tem andado.

Passo o dia assistindo a uma maratona de *CSI* na televisão e conversando sobre várias coisas. Isso não tira Cash completamente da minha cabeça, mas ajuda. Eu sabia que ajudaria.

Tomo um banho e me arrumo para o meu turno. Sinto o conforto emocional ao vestir o short preto e a camiseta, da mesma forma que sinto o conforto físico dessa roupa. Acomodo meu pai antes de sair e, em seguida, vou para o Tad's.

Todo mundo me recebe de forma extraordinária. Claro. Todos estão contentes por eu estar de volta. Mais de uma vez, sinto lágrimas ameaçando brotar nos meus olhos, quando os clientes me pedem para voltar a trabalhar ali, me garantindo que as coisas nunca serão tão boas para mim no meu novo emprego como são no Tad's. De certo modo, acredito. Mas, de alguma forma, também sei que isso não é verdade. Cash faz parte do meu novo emprego.

*Cash.*

Ginger aparece, não para trabalhar, mas para fornecer a ajuda extremamente necessária, do outro lado do balcão. Ela bebe a sua bebida e espera pacientemente as coisas se acalmarem, antes de fazer qualquer pergunta.

— Bem, me deixe adivinhar. "O bad boy provou ser um verdadeiro canalha"?

Dou uma risada. Bem, é uma risada um pouco amarga.

— Hum, acho que dá para dizer isso.

— Eu já temia por isso.

Então paro de colocar garrafas de cerveja na geladeira e a fito, boquiaberta.

— Você temia? Bem, então podia ter dito alguma coisa, não é?

— Eu o vi apenas uma vez e percebi que ele era problema. Ele não é só gostoso. Ele é inteligente. Isso não é uma boa combinação para seu coração, Liv. Pelo menos os outros eram uns inúteis e estúpidos. Mas, este? Ah, eu sabia que se ele a pegasse haveria problema.

Eu queria dar um tapa nela. Bem forte.

— Obrigada por me alertar, Ginger — digo, tentando um tom de brincadeira, mas consciente de que a minha raiva estava transparecendo.

— Você teria me escutado se eu tivesse tentado alertá-la? Não. Você nunca me ouve. Sabia que devia ficar longe dele.

Mas não ficou. Você acha mesmo que eu poderia ter dito algo que a faria agir diferente?

Não quero admitir, mas provavelmente Ginger tem razão. Cash tinha me deixado sem fôlego desde o primeiro dia. Assim como Nash. Porque ambos eram a mesma pessoa, só que com roupas e empregos diferentes. Acho que, no fundo, meu corpo sabia. Eu reagi a cada um deles do mesmo modo, sexualmente. Ambos me despertaram sensações intensas. E isso não é muito comum de acontecer com duas pessoas de personalidades tão supostamente diferentes. Por que não percebi isso antes? Como pude ser tão cega?

Estou retirando as últimas garrafas da caixa e colocando-as cuidadosamente na geladeira quando vejo alguém sentar no banco, ao lado da Ginger. Levanto os olhos e fico paralisada, com metade do braço dentro da geladeira.

É o Cash.

Ele não sorri. Não diz nada. Apenas me olha. Queria saber se é o seu coração que vejo naquele olhar. Ou se é apenas a minha imaginação. De qualquer modo, seja uma coisa ou outra, não confio nisso. Não confio *nele*.

Eu fico em silêncio. Então termino o que estou fazendo, levo a caixa para os fundos, volto e sirvo a ele um Jack puro e sem gelo. Quando empurro o drinque sobre o balcão, ele desliza uma nota de 20. Após registrar o pagamento da bebida, enfio o troco na caixinha de gorjeta. Em seguida, lanço um olhar presunçoso em sua direção, desafiando-o a fazer um comentário. Mas ele é inteligente. Não diz uma palavra, somente acena com a cabeça e bebe o seu uísque.

Não preciso perguntar o que ele está fazendo aqui. Escutei apenas uma das suas dezenas de mensagens, um pedido para falar comigo. Salvei o resto. Decidi que as escutaria mais tarde. Mas não ainda.

Um cara que todo mundo sabe que adora a Ginger senta ao seu lado e começa a bater papo, o que me deixa sozinha para servir aos poucos outros clientes do bar. E Cash.

Mantenho-me ocupada com afazeres isolados, mas isso de nada adianta. Cada nervo, cada célula, cada sentido de todo o meu ser está focado nitidamente em Cash.

*Cash.*

Ao final da noite, estou inquieta. Ele ainda não disse uma palavra. Nem eu. Mas a tensão é palpável. E está me matando.

Quando Tad anuncia que a boate já vai fechar, Cash me olha profundamente, por um longo tempo e, em seguida, se levanta e vai embora. Sinto-me aborrecida, abandonada, triste, frustrada e magoada. Mas entre todos esses sentimentos, o mais forte é a vontade de correr atrás dele. Pedir para ficar.

Mas não faço nada.

Não posso.

Não vou.

Seguindo as instruções que nos são dadas, os bartenders permanecem no bar enquanto Tad confere o caixa. Mas minha mente está concentrada em outra coisa. Em Cash. Sempre em Cash.

Pego o celular no bolso e verifico as mensagens. Não há nenhuma nova, o que me deixa intrigada e desapontada. Então seleciono aleatoriamente uma das mensagens salvas e a ouço. Quando surge a voz dele, sinto imediatamente uma dor aguda no peito.

— Escute, Olivia, eu gosto de você. Será que você não vê? Não sente? Posso não ter feito a coisa certa o tempo todo, mas tente ver as coisas sob o meu ponto de vista. Você tem ideia do quanto foi difícil pra mim contar tudo aquilo? Sabendo que você poderia partir e nunca mais voltar? Eu esperava que você não fizesse isso. Ir embora. Mas você fez. E sei que deveria deixá-la ir. Mas não posso. Simplesmente não posso.

Eu o ouço suspirar no telefone e depois desligar.

Sinto um nó na garganta.

*O que eu devo fazer? Ele é um mentiroso. Um tremendo mentiroso!*

Umas vozes começam a falar na minha cabeça, dizendo que ele tinha um motivo mais do que justo para mentir, mas que acabou contando a verdade, confiando a mim coisas que poderiam literalmente ameaçar sua vida.

*Isso importa?*

A voz fraca responde que sim. Importa muito.

Escolho outra mensagem para escutar.

— *Tudo bem, se é assim que você quer, perfeito! Fiz tudo o que eu podia. Tentei ajudá-la, mostrar que gosto de você, mas obviamente não foi o suficiente. Talvez tenha razão. Talvez você tenha razão de ir embora. Eu nem sei mais.*

Então escuto outra e mais outra e mais outra. Fica claro que Cash está enfrentando toda a sorte de reações em consequência da *minha* reação. Por alguma razão, isso me deixa com o coração apertado. Em todas as mensagens, fica evidente que ele está procurando desesperadamente um meio de consertar as coisas. E que eu o deixo desesperado.

Conheço a sensação. Sei como é gostar tanto de alguém a ponto de se ficar desesperado.

Mas isso não importa. Não *deveria* importar.

*Mas importa muito.*

Isso só me deixa mais irritada.

Quando Tad termina a verificação e está pronto para fechar a casa, todos saímos juntos. Ao me aproximar do meu carro, vejo Cash na sua motocicleta, bem ao lado do banco do motorista. Passo direto por ele, abro a porta, entro no carro e ligo o motor. Penso em abaixar a janela para falar com ele, mas desisto.

Ao deixar o estacionamento para ir para casa, vejo uma luz única, o farol da moto de Cash, atrás de mim.

*Ele vai me seguir? O que ele vai fazer, armar uma cena na frente do meu pai? Com a perna quebrada e tudo?*

Minha irritação aumenta. Mas também aumenta aquela sensação de dilatação no meu peito, como se o meu coração fosse explodir dentro das minhas costelas. Como naquele filme *Alien, o oitavo passageiro*.

As mensagens de Cash percorrem a minha mente: suas palavras, o som da sua voz, as coisas que ele não diz, bem como as que ficam evidentes. Olho no espelho retrovisor novamente, para o farol da moto. Seguindo meu carro, decididamente, persistentemente. Como se o seu foco fosse intenso e único como o farol.

Quando passo por um atalho conhecido, escondido atrás das árvores, ao longo da estrada, faço o desvio e paro o carro sobre os cascalhos. De maneira impulsiva e furiosa, coloco a marcha no ponto morto, desligo o farol e saio, batendo a porta. Em poucos segundos, Cash também para atrás de mim e desliga o motor.

Caminho pisando duro em sua direção. Ele começa a tirar o capacete e desce da moto.

— O que você quer de mim, afinal? — grito, sentindo a raiva de repente voltar a ocupar o centro das minhas sensações. Parto para o ataque, colocando as mãos no meio do seu peito largo e empurrando-o com toda a minha força. Ele praticamente não se move. — O que você está tentando fazer comigo?

Quando sinto lágrimas ameaçarem a brotar, me viro e volto rapidamente para o meu carro. Enquanto faço a volta em frente ao capô, sinto dedos fortes como fitas de aço envolverem os meus braços e me fazerem parar. Cash gira o meu corpo para que eu fique de frente para ele. Na luz prateada da lua cheia, posso ver a fúria pousada nos traços do seu rosto, o acesso de raiva nos seus olhos.

— Pare! Apenas pare! — grita.

— Por quê? O que mais precisa ser dito? Acho que você já me contou mentiras o suficiente para uma vida inteira.

— Chega de mentiras — diz Cash, furioso. — Eu nem *quero* mais falar com você. Só quero ouvir você dizer que não sente nada por mim. Que quer que eu te deixe em paz e nunca mais volte. Então eu vou. Se for isso o que você realmente quer, eu vou.

Sei que esta é a minha chance. No íntimo, acredito que ele fará exatamente o que diz — desaparecer da minha vida, para sempre, se eu quiser que ele vá embora.

Abro a boca para falar, mas não consigo emitir nenhuma palavra. Ouço-o arfar, como se estivesse esperando que eu o expulsasse da minha vida.

A raiva começa, pouco a pouco, a desaparecer do seu rosto. Ela dá lugar a uma súplica silenciosa. Então ele sussurra:

— Não faça isso. Por favor, não diga isso.
Procuro os seus olhos. Para que, não sei.
— Por quê?
— Porque não quero que você faça isso. Preciso que você volte pra mim. Não pra me ajudar. Ou ajudar o meu pai. Já desisti disso. Não quero a sua ajuda. O mais importante é você. Tudo o que quero é você. — Meu coração está disparado no peito. Não ouço nada, não sinto nada, não vejo nada além de Cash. E, ainda assim, mal consigo ouvi-lo sussurrar novamente: — Tudo o que eu quero é você.

Antes de pensar melhor, de considerar todas as hipóteses e me torturar com o que eu *deveria* fazer, em vez do que *quero* fazer, respondo baixinho:

— Tudo bem.

Percebo uma gama de emoções oscilar no seu rosto, mas depois não vejo mais nada. Estou nos braços dele.

Seus lábios pressionam os meus e o mundo desaparece. Eu acaricio seu cabelo, puxando-o para junto de mim. Suas mãos deslizam por minhas costas e quadris.

Logo ele me levanta e me coloca sentada sobre o capô do carro. Beijando o meu pescoço, levanta a minha blusa e acaricia os meus seios.

Enrolo as pernas em volta dos seus quadris estreitos e puxo o corpo dele para a parte interna das minhas coxas. Ele se esfrega na parte do meu corpo que mais deseja sua presença.

Seus dedos desatam o botão e abrem o zíper do meu short. Com vaga consciência, sinto-me agradecida por estarmos tão escondidos da estrada.

Então ele me empurra sobre o capô e puxa meu short e a minha calcinha. Em seguida, os lança sobre o carro e levanta minhas pernas sobre seus ombros, enfiando o rosto entre elas.

Não posso conter os gemidos de prazer que sua língua me proporciona ao fazer círculos intensos em volta do meu clitóris. Sinto-a descer e deslizar para dentro de mim, profundamente. Percebo seu rosto roçando em mim e logo sinto o mundo explodir ao redor dele, molhando-o com os fogos de artifício do meu orgasmo.

Ele recua um pouco e ouço o seu zíper se abrir. Em seguida, me penetra e meus espasmos continuam. Então ele agarra os meus quadris e me puxa com mais força contra si, as minhas costas ainda pressionadas no metal quente do meu carro.

Levanto os olhos com as pálpebras semicerradas e o vejo me observar, tão sério, tão sensual. Cash coloca a mão entre nós e eu dou um pulo quando o seu polegar roça o meu clitóris sensível. Mas ele é delicado e logo sinto a tensão aumentar novamente. Fecho os olhos e somente me entrego à sensação.

As ondas de um orgasmo se misturam ao seguinte. Enquanto o meu corpo o aperta, sinto-o pulsar dentro de mim. Ele se expande, enquanto me preenche e goza bem dentro de mim.

Abro os olhos novamente e vejo suas costas arqueadas e a sua cabeça jogada para trás. É tão gostoso vê-lo gozar que sinto o corpo reagir, explorando-o, exigindo tudo que ele tem para dar. Quero tudo. Quero tudo o que tem para me oferecer. Quero senti-lo se esvaziar em mim.

Ainda disparando o líquido quente dentro do meu corpo, Cash abre os olhos e segura as minhas mãos, puxando-me num abraço. Estamos colados um ao outro. E não só fisicamente.

Então cobre meu rosto de beijos e desliza as mãos pelas minhas costas. Ele não precisa usar palavras. Sei o que ele está dizendo. Percebo. Identifico. E sinto a mesma coisa.

## TRINTA E OITO

# Cash

Os raios de luz que atravessam as bordas da cortina do quarto de Olivia me fazem abrir os olhos. Eu não devia ter permanecido tanto tempo, mas queria ficar abraçado a ela, enquanto dormia. Queria que soubesse que eu não ia a lugar nenhum. Que ela está segura comigo. Nos meus braços.

Infelizmente, acabei dormindo também. Sexo gostoso pela terceira vez num curto período me deixa assim.

Sorrio e olho para Olivia, que está aconchegada a mim, seu rosto lindo relaxado no sono.

Não quero dar nome ao que sinto por ela. Só quero que ela saiba que não vou a lugar algum. E que pretendo cuidar dela. Fazê-la feliz. Espero que isto seja o suficiente. Tem de ser.

Ela se mexe junto de mim e sinto meu corpo reagir. Sei que se eu não levantar, vou acordá-la. E por mais que isso possa parecer o melhor começo para o meu dia, ela ficará dolorida se eu não lhe der um tempo. Além disso, o pai dela logo estará de pé e preciso voltar para o meu quarto.

Então, deslizo meu corpo sob o dela, visto a calça jeans e pego o resto da minha roupa, antes de andar na ponta dos pés, até a porta. Ao abri-la, presto atenção. Parece que o pai dela já está acordado.

Sem fazer barulho, ando furtivamente até o banheiro e tomo uma chuveirada rápida. Quando termino, vou para o andar de baixo, deixando Olivia dormir o máximo possível.

Darrin, o pai de Olivia, está sentado à mesa da cozinha. A forma como ele me olha, me faz pensar que já esperava por mim.

Aceno com a cabeça para cumprimentá-lo.

— Bom dia, senhor.

Ele acena com a cabeça retribuindo meu cumprimento.

— Então, você é o cara — diz Darrin, de forma enigmática.

Olho dentro dos seus olhos, uma versão mais castanha e menos brilhante dos de Olivia, e sei o que ele está insinuando, o que quer saber. Eu me empertigo, junto as mãos nas costas e aceno com a cabeça mais uma vez.

— Sim, senhor. Sou eu.

Ele me analisa dos pés à cabeça, me avaliando da mesma forma que deve avaliar um novo carneiro do seu rebanho, até pousar os olhos diretamente nos meus. Eles dizem tudo enquanto me fitam, resolutos.

— E você sabe o que ela representa para mim, e o que eu faria por ela. E com qualquer um que a magoasse.

Suprimo o sorriso que se forma nos cantos da minha boca. Ele *fala* sobre a Olivia como eu me *sinto* em relação a ela.

— Sim, senhor.

Após vários segundos longos e tensos, ele finalmente assente.

— Muito bem, então vamos preparar um café da manhã para aquela garota.

A partir daí, não consigo tirar o sorriso do rosto.

Algum tempo depois, ouço Darrin falar com Olivia. Então me viro e a vejo na porta da cozinha. Ela está linda despenteada, o que me faz querer pegá-la no colo e levá-la de volta para a cama.

Fico ansioso quando ela me olha. Estou um pouco preocupado. Não sei se a luz do dia trouxe alguma nova revelação que pode se virar contra mim.

Quando ela sorri para mim timidamente, relaxo. E quando suas bochechas ficam rosadas, solto um riso abafado. Não sei por que isso me faz tão feliz. Mas faz.

— Bom dia — digo, pousando a espátula no prato, à direita do fogão. Sei que o seu pai está a par dos meus sentimentos em relação a ela, mas mesmo se eu não soubesse, não poderia deixar de ir ao seu encontro.

Paro diante de Olivia e seguro seu rosto, beijando-a suavemente na boca. Ela levanta os olhos cristalinos e algo em mim se dispersa. Espero que não seja nada importante. Algo que eu poderia precisar.

Fico um pouco desconfortável com o que sinto por ela, portanto abro um sorriso e volto ao fogão, esperando que ela não perceba a minha incerteza.

O resto da manhã transcorre tranquilamente. Até ela anunciar que iremos voltar à cidade depois do almoço. Sou pego de surpresa e nossos olhos se encontram. Não há sinal de perigo neles, mas há um objetivo. Sem dúvida.

— Por que tão rápido, Liv? — pergunta Darrin.

— Tenho que resolver uns problemas, pai. — Vejo seus olhos se dirigirem a mim, para onde estou sentado, do outro lado da mesa. — Marissa vai voltar e tenho umas coisas para acertar.

*Ah, é isso.*

*Nós* temos umas coisas para acertar. Claro.

TRINTA E NOVE

# Olivia

A volta para a cidade é completamente diferente da viagem para a casa do meu pai. Mais emocionante só se meu cabelo pegasse fogo ou se eu fosse homem.

De vez em quando olho para trás e vejo Cash na sua moto, me seguindo. Ele está de capacete, portanto mal posso ver seu rosto, mas suponho que ele sorri para mim cada vez que olho para trás. Posso quase senti-lo. Algumas vezes, até acena com a cabeça, como se soubesse que o estou vendo. Queria saber se ele pode ver meus olhos o fitarem no espelho retrovisor...

Quando estaciono em uma das vagas designadas para o apartamento de Marissa, Cash para ao meu lado, desliga o motor e tira o capacete. Tento esconder o sorriso, ao perceber que ele vai entrar sem que eu precise pedir. É como um acordo tácito entre nós. Eu sou dele e ele é meu. Pelo menos por enquanto. E me recuso a pensar além disso.

Ele carrega a minha mala e a leva para o meu quarto. Em vez de simplesmente pousá-la no chão, ele a coloca na cama e senta-se ao lado. Antes que eu possa perguntar o que ele está fazendo, ele pigarreia e pergunta:

— Por que você não faz uma mala maior e vem ficar comigo? — Sinto o estômago tremer só de imaginar dormir nos braços de Cash toda noite e acordar neles toda manhã. Dormir com o seu gosto na minha língua e acordar com a sua língua na minha boca. É assim que seria. Pelo menos durante algum tempo. Durante alguns dias.

Seria o paraíso.

Mas então, como quase sempre acontece nos momentos mais inoportunos, a realidade interfere. E penso em Marissa.

— Ouça, Cash, entendo porque você fez tudo o que fez e a importância dos seus atos, mas não posso de repente fingir que você não é Nash. Que quando está transando com a Marissa, não é você. Porque é. E sempre foi.

Cash segura as minhas mãos e me puxa entre as suas pernas. Quando olha para mim, seus olhos escuros estão brilhando. Minha respiração fica presa no peito.

— Terminei com a Marissa na quarta-feira.

Embora eu ignore a sensação, sinto meu coração como um balão de gás que alguém encheu e depois soltou antes de amarrá-lo, e ele parece estar voando em volta da sala, na velocidade da luz.

— Jura?

— Juro.

Quase tenho medo de perguntar. Mas vou em frente.

— Por quê?

— Porque ela não é a mulher da minha vida, não é com ela que quero ficar.

— Mas você trabalha com o pai dela.

— Já falei com ele também.

— Sério?

Ele ri.

— Sim. Estou farto de todas essas... mentiras. Não posso contar a ninguém que Nash está morto, mas não preciso continuar assim. Estou dando por encerrado o caso do meu pai. Vou seguir em frente com a minha vida. Terminar o meu estágio e decidir o que fazer, decidir se vou exercer advocacia, onde e como. Não vou mais deixar o passado reger o meu futuro.

Ao mesmo tempo em que fico satisfeita com o que está dizendo, algo me incomoda.

— Mas ele é a sua única família. E está na prisão. Se você puder tirá-lo de lá, se houver alguma remota possibilidade, não acha que deveria tentar?

Ele abaixa a cabeça, olha para as nossas mãos entrelaçadas e esfrega os polegares sobre meus dedos.

— Há muito tempo não me sentia como se tivesse um lar. — Então faz uma pausa e seus olhos encontram os meus. Eles são carinhosos. Doces. Sinceros. — Até conhecer você. *Você* é como meu lar. E isso é mais importante do que qualquer coisa. Você é o meu lar agora. Você é tudo o que importa.

Quero beijá-lo. E abraçá-lo. E dizer que o amo.

*Amo?*

A resposta vem rapidamente.

*Sim. Amo.*

Mas ele não diz isso. Portanto, não digo nada. Mas sinto.

— Mas se há algo que você pode fazer para ajudá-lo, quero que tente. Não o abandone por minha causa. Eu o ajudarei da forma que puder. Não tenho medo. — E, conforme falo, me dou conta de que realmente não tenho. Não tenho medo. Por causa de Cash. E pelo que vejo no seu olhar. — Sei que você não vai me colocar em perigo. Não de propósito. — Puxo uma das mãos e acaricio o contorno do seu maxilar forte, quadrado, com as pontas do dedo. — Confio em você, Cash. Confio em você.

Ele agarra meu pulso e pressiona os lábios na parte interna dele. Depois o puxa suavemente até eu ficar curvada na altura da cintura e meu rosto ficar perto do seu.

— Venha para casa comigo. Por favor. — Posso sentir sua respiração quente nos meus lábios, eles estão muito próximos. Então me inclino para a frente a fim de preencher o pequeno espaço entre nós, mas ele recua. — Por favor — repete, baixinho.

Eu nunca lhe diria isso, mas neste momento, ele poderia me pedir qualquer coisa que eu aceitaria. Qualquer coisa.

— Certo. — Assim que as palavras saem da minha boca, seus lábios colam nos meus.

Suas mãos estão famintas e insistentes quando ele me agarra pela cintura para me deitar na cama. Despimos um ao outro como se nunca tivéssemos feito amor, como se essa fosse a primeira vez e não pudéssemos esperar, nem mais um segundo, para sentir a pele um do outro.

Quando ele me penetra, meu mundo inteiro vem abaixo. Depois derrete e nos cobre, quando ele se mexe dentro de mim, como um perfeito casulo cristalino. E quando estamos ambos satisfeitos e respirando pesadamente, Cash pousa a testa sobre a minha e sussurra:

— Meu lar.

Percebo que este é o exato momento em que estou entregue. Entregue a Cash. Para sempre.

## QUARENTA

# Cash

Enquanto coloco as coisas em ordem no meu apartamento, não consigo deixar de reconhecer que provavelmente nunca me senti tão seguro quanto agora, em relação à vida. Mesmo antes do "acidente" não me sentia tão bem em relação ao futuro. Tão otimista. Tão... entusiasmado.
    E a diferença?
    *Olivia.*
    Sorrio e balanço a cabeça ao pensar nela. Ela quis tomar banho e ajeitar a casa, antes de fazer as malas e vir para cá. E sugeriu que eu viesse na frente. Na realidade, não estou surpreso. Sei como são as mulheres quando o assunto é tempo e privacidade para se arrumar. Portanto, apenas a beijei e fui embora. O mais estranho é que tive de me esforçar para sair, para não me juntar a ela no chuveiro. Não sei o que essa garota tem, mas parece que nunca me dou por satisfeito. Mesmo quando fico satisfeito, quero mais.
    Quando o meu telefone toca, pego o aparelho e verifico a tela, onde apenas se lê: "Olivia". Meu sorriso aumenta.

— Você já devia ter chegado. Por que está demorando tanto?

Há uma pausa. Quando ela fala, ouço a sua voz tímida:

— É... Bem, não sei que... tipo de *planos* você tem para hoje à noite. Quer que eu leve minha roupa de trabalho para hoje e amanhã? Ou...

— Você ainda não o conhece, mas tem um cara que ajuda a tomar conta da boate. O nome dele é Gavin e já pedi que ele remanejasse o horário para cobrir seus turnos este fim de semana. Por que você não tira uma folga e passa esse tempo comigo?

Ela ri brevemente e, quando responde, posso ouvir o sorriso em sua voz:

— Eu adoraria passar o fim de semana com você fazendo... qualquer coisa, mas realmente não posso me dar ao luxo de ficar faltando trabalho.

Sou um cara perspicaz e um observador de mulheres esperto o bastante para saber que oferecer-lhe dinheiro seria um grande erro. Então, para manter a paz, faço o que preciso.

— Bem, então se organize para trabalhar apenas amanhã à noite. Você acha que é o suficiente, já que trabalhou ontem no Tad's?

— É, acho que assim está ótimo.

— Tudo bem. Então venha agora mesmo para cá.

— Já estou a caminho — diz, animada, e desliga.

Eu me pergunto se vou conseguir parar de sorrir, e caso não consiga, que tipo de desculpa vou ter que dar para justificar esse sorriso. Ou se vou me incomodar com isso. Porque, no momento, simplesmente não estou nem aí. Estou feliz. Ela está feliz. Isso é o que importa.

## QUARENTA E UM

# Olivia

Cash não disse onde eu deveria estacionar, então escolho a vaga na entrada, só por garantia. Provavelmente vou precisar retirar o carro mais tarde, para não anunciar a todo o mundo que estou recebendo tratamento especial por estar transando com o chefe.

Não dá para não sorrir. Parece algo tão sacana, mas simplesmente não me importo. Eu me recuso a deixar que algo ou alguém destrua este momento feliz da minha vida. Momentos felizes são tão raros que estou decidida a usufruí-los o máximo que puder, *enquanto* puder.

Então pego a mala e a bolsa no banco de trás, tranco o carro e me dirijo à entrada lateral, que dá para o apartamento. Sinto um frio na barriga, o que é meio ridículo já que transei com Cash bem mais de uma dúzia de vezes. Mesmo assim...

Ao me aproximar, vejo que a porta da garagem está aberta. Bem como a porta de dentro. E Cash está lá, sorrindo. Ele me impede de entrar e pega a minha bolsa e minha mala para pousá-las no chão, atrás dele. Em seguida, com um sorriso malicioso, me pega no colo e me carrega para dentro, fechando a porta com o calcanhar.

— Eu tenho que entrar em casa carregando você no colo, certo?

Eu rio.

— Se é isto o que você está fazendo, devo ter perdido algo importante enquanto dormia — digo, friamente.

Ele ergue as sobrancelhas e dispara um sorriso convencido.

— Ah, confie em mim, nunca deixarei você perder coisas boas por estar dormindo.

Envolvo os braços em volta do seu pescoço com mais força e ele abaixa a cabeça para me beijar. Quando seus lábios encontram os meus, uma corrente elétrica se irradia, como sempre. Mas há algo além disso. Algo mais profundo, mais doce. Mais significativo. Sinto meu coração se encher de alegria, da mesma forma que seu beijo me deixa arrepiada.

Ele me carrega para o quarto e me coloca na cama. Quando começa a se deitar ao meu lado, faço um gesto para impedi-lo. Desta vez é diferente. A *sensação* é diferente. E quero que as coisas comecem bem-transadas. Trocadilho intencional.

Fico de joelhos e me aproximo da beira da cama. Enquanto sorrio dentro dos seus olhos, não digo uma palavra. Concentro-me apenas em levantar a sua camisa. Como fiz na primeira vez que nos vimos. Ele não demora muito para perceber minha intenção. E noto o instante em que isso acontece. Seus lábios se contraem e suas sobrancelhas se erguem, como aquela primeira noite, e ele abre os braços, também como fez naquela noite.

Dou uma risada enquanto subo na cama para tirar a sua camisa e jogá-la de lado. Não consigo pensar em um modo mais perfeito de começar esta nova etapa do nosso relacionamento. É mais ou menos como se tivéssemos completado um ciclo e estivéssemos tendo outra chance. E se este é o caso, quero aproveitá-lo ao máximo.

Fico de joelhos e coloco a boca no seu mamilo achatado, acariciando-o com a língua até ele ficar retesado, depois chupo com vontade. Então ouço sua respiração ofegante.

— Já naquela noite, eu soube que você não me daria um minuto de descanso.

Olho para ele enquanto deslizo a boca até a sua barriga, e minha mão abre o zíper da sua calça.

— Gata, você nem imagina.

Noto pelo seu sorriso que ele está feliz. E isso é tudo o que importa.

Quase uma hora depois, Cash está repousado em cima de mim, apoiado nos antebraços. Estamos assim há vários minutos, apenas curtindo a sensação do seu volume começando a relaxar dentro de mim, a sensação da sua pele contra a minha, a sensação do mundo tão tranquilo ao nosso redor.

Quando Cash levanta a cabeça e olha dentro dos meus olhos, há uma fartura de emoções tão fortes e profundas que me levam às lágrimas. Lembro o que ele me disse antes e sorrio. Em seguida, acaricio seu rosto lindo e sussurro nos seus lábios:

— Bem-vindo ao lar.

Quando ele me beija, sei que ambos fizemos a coisa certa.

# EPÍLOGO

# Duffy

Foi muito fácil abrir a fechadura. Para Duffy, chega a ser engraçado o fato de as pessoas ricas se iludirem achando que estão seguras e protegidas contra invasores se tiverem um sistema de segurança. Ele ri alto diante dessa constatação, antes de sussurrar para si mesmo.

*Se eles soubessem...*

Caminhando pelos cômodos escuros, Duffy encontra o que está procurando: o quarto dela.

Ele dará um telefonema para o locador à meia-noite, queixando-se de uma televisão que deixaram ligada num volume muito alto. Neste apartamento. Ele exigirá que o locatário seja notificado e obrigado a abaixar o volume. Então ela voltará para casa para resolver esse problema e Duffy estará esperando por ela. Com a sua van estacionada do lado de fora.

Duffy é, acima de tudo, paciente. Ele não desiste de levar um bom plano até o fim. E o deles é um ótimo plano. Só precisam dela o tempo necessário para pegar os livros. Depois Duffy pode se livrar de ambos. Na maior moleza.

Ele vai até o vão atrás da porta do quarto dela e digita o número do locador para fazer a falsa reclamação. Em seguida, liga para o seu chefe.

— Sim, vou fazer com que ela venha hoje à noite. De manhã cedinho entrego os livros a você. Depois, vou me livrar de ambos.

Duffy fecha o celular velho e o guarda no bolso, antes de se acomodar para esperar.

Por Olivia Townsend.

*Continua...*

# UMA NOTA FINAL

Algumas vezes na vida, eu me vejo recebendo tanto amor e gratidão que dizer OBRIGADA parece trivial, como se não fosse o bastante. É assim que eu me encontro agora, em relação a vocês, meus leitores. Vocês são os únicos responsáveis por tornarem realidade o meu sonho de ser escritora. Eu sabia que seria gratificante e maravilhoso ter, finalmente, um emprego que eu tanto amava. Mas não fazia ideia de que isso teria menos importância e seria ofuscado pelo prazer inimaginável que tenho ao ouvir que vocês adoram o meu trabalho, que ele tocou vocês de alguma forma, ou que suas vidas parecem um pouco melhores por terem lido meus livros. Portanto, é do fundo da minha alma, do fundo do meu coração que afirmo ser simplesmente impossível AGRADECER o bastante. Eu acrescentei esta nota a todas as minhas histórias, juntamente com o link para um blog, que realmente espero que vocês tirem um minuto para ler. Esse blog é uma expressão sincera e verdadeira da minha humilde gratidão. Amo cada um de vocês. E nunca poderão imaginar o quanto suas inúmeras postagens, comentários e e-mails representaram para mim.

*http://mleightonbooks.blogspot.com/2011/*
*06/when-thanks-is-not-enough.html*

Este livro foi composto na tipologia Palatino
LT Std, em corpo 10,5/15, e impresso em papel
off-white no Sistema Cameron da Divisão
Gráfica da Distribuidora Record.